新　潮　文　庫

# 帰　　　　　還

古着屋総兵衛影始末　第十一巻

佐伯泰英著

新　潮　社　版

9256

# 目次

# 帰還

古着屋総兵衛影始末　第十一巻

# 序 章

宝永《ほうえい》五年（一七〇八）の年の暮れ、琉球首里《りゅうきゅうしゅり》の泊湊《とまりみなと》に英国《エゲレス》船とも阿蘭陀《オランダ》船ともつかぬ一隻《せき》の大型帆船が入港しようとしていた。

江戸富沢町《とみざわちょう》の古着問屋、大黒屋《だいこくや》総兵衛《そうべえ》の所蔵船大黒丸だ。

大黒丸はこの年八月半ば過ぎ、交趾《こうち》のツロンを出港し、チン家の大型帆《ほ》櫂船《かいぶね》二艘《そう》に襲われたが、エジンバラ号から譲り受けた長距離砲と船尾の軽砲が威力を発揮して撃退していた。

その後、琉球に向けて順調に航海していたが、マカオ沖を過ぎて澎湖《ほうこ》諸島を望遠する海域で異変が生じた。

突然、船底に鈍くも重い打撃が走り、舵《かじ》が効かなくなった。

帆が畳まれ、流れに任せた船上で、なにが起こったのか、総兵衛を中心に主船頭の忠太郎《ちゅうたろう》、助《すけ》船頭の又三郎《またさぶろう》、船大工の箕之吉《みのきち》らが急ぎ談義に入った。

その間にも大黒丸は潮流に押し流されていた。

「われらが承知していることは、舵が海底から突き出た岩礁《がんしょう》かなにかに当たって破断されたことです」

と最初に忠太郎が状況を説明した。

「主船頭、お言葉ですが岩にぶつかったのなら、もっと激しい衝撃があって不思議はございません。船底が破れて浸水も考えられる。ですが、水の入った様子はどこにもございません」

箕之吉が反論した。

「箕之吉、岩でなければなんだ」

総兵衛の問いに箕之吉が即答した。

「生き物にございます、魚です」

「魚じゃと、大黒丸の舵を壊すほどの大魚がおるか」

と又三郎が首を捻《ひね》った。

「総兵衛様、鯨は全長が六十余尺（約二〇メートル）もあると申します」

「おお、鯨はあちこちらの海を回避するでな、偶《たま》さか海中から浮上しようとした鯨が大黒丸に衝突したとしても不思議ではないな」

との総兵衛の言葉に一同は得心した。

「さあて鯨であれなんであれ、舵が効かなくなった船ほど厄介なものはない。われらどこへ流されておるか」

「総兵衛様、右手の島影は高砂（台湾）の南端にございましょう。ならば高砂の安平《アンピン》（台南）に大黒丸を寄せて、舵の修理をするのも一つの考えかと存じます」

「よし、いかなる工夫をしても安平に大黒丸を着けるぞ。われら、嵐《あらし》を乗り切り、無人島での暮らしに耐えて大黒丸の大改修を経験してきた海の兵《つわもの》よ。眼の前に高砂が見えておるのだ、何か月かかろうと自力で修繕し、信之助《しんのすけ》らが待つ首里に辿《たど》り着く」

総兵衛の決断に大黒丸の新たな苦難を乗り越える挑戦が始まった。

だれもが自力で琉球に辿り着くことを熱望していた。だが、潮に流される大黒丸は舵を失い、巨船だけに海上では手に負えなかった。

天は総兵衛らに新たなる試練を課し、最後に救いの手を伸べた。

漂流からおよそ一月、通りかかった南蛮船が漂流中の大黒丸を発見し、高砂の湊まで曳航《えいこう》してくれた。

一六八三年、高砂を支配してきた鄭氏《ていし》政権を清《しん》朝が倒して中国領土に併合し、福建省の統治下に編入した。だが、高砂を「化外《けがい》の地」として放置してきた。

そんな高砂の寂しい入り江に親切な南蛮船によって大黒丸は曳航された。安平ではなかったが、島人の手伝いもあって大黒丸の舵の修理を無事に終えることが出来た。

再び大黒丸が琉球を目指したとき、鯨と思える生き物との衝突事故から三月以上が過ぎていた。

だが、琉球首里に入船する大黒丸に苦難の影はどこにもなかった。それだけ乗り組んだ忠太郎らが異国経験を積んだということであろう。

三檣《さんしょう》の帆柱の内、前と主柱には二段の帆が、さらに後檣には一段帆がそれぞれ張られ、前檣付近から斜めに突きだした三角帆が風を孕《はら》んでいた。

外国の船乗りが、

「ラテンセール」

と呼ぶ形に似ていた。それにしても船体の造りがラテンセールとは異なっているようにも見えた。

また両舷《りょうげん》に格納されていたが五門ずつの長距離砲の砲門が見られ、舳先《へさき》下と艫櫓《ともやぐら》の船内にも軽砲四門が装備されている様子が見てとれた。

「見たこともねえ帆船だぞ」

「切れがよさそうな船じゃねえか」

「よさそうどころではないわ。船足を落とさず湊に入る様は、滅多に見られるもんじゃねえ。船を全く知らねえか、手足のごとく操舵《そうだ》する自信があってのことかね」

と湊近くで漁をしていた漁師が接近する帆船に小手を翳《かざ》して見ていたが、

「名護《なご》よ、主帆の家紋は変わっておるな。二羽の鳶《とび》が飛び違う紋だぞ」

「なんだと」

と名護と呼ばれた中年の漁師が満帆に風を孕んだ主帆を見ていたが、

「大変だ。こりゃ、一年以上も前に南蛮の海賊船カディス号に襲われ、行方を絶った江戸富沢町の大黒丸ではないか」

「あれは嵐の中での海戦だったな。二隻とも海の藻屑《もくず》と消えたという話ではなかったか」

「香助《こうすけ》、確かに大黒屋の船だ。双鳶《ふたつとび》の家紋がなによりの証拠だ」

「こりゃ、大事だ。大黒屋の信之助さんに知らせねばなるまいて」

漁師舟は急いで帆を張り、櫓《ろ》を加えて湊へと注進に走りだした。

舳先には南蛮の外套《マント》を身に纏《まと》った一人の大男が屹立《きつりつ》していた。黒のビロードの裾《すそ》が風に靡《なび》くと裏地の朱色が琉球の日差しに艶々《つやつや》と光って見えた。

総兵衛は一年以上も前に見るべきであった首里の光景を黙念と眺めていた。

泊湊は騒然となった。

首里の外湊は那覇津《なはつ》だ。那覇津に隣接して漁港の泊湊があった。

大黒丸が那覇津を避けたのは、王城の地の海の玄関にいきなり入港したときの琉球国の出方が気がかりだったからだ。

「大黒丸入船」

の報告を受けた信之助とおきぬは春先に生まれた赤子琉太郎《りゅうたろう》を抱いて湊に走った。

「おきぬ、なんとしたことぞ、大黒丸が蘇《よみがえ》ったぞ」

信之助が湊の入り口に帆を下ろし、投錨《とうびょう》する帆船を見て呆然《ぼうぜん》と呟《つぶや》いた。

「大黒丸にしては少し様子が違うように思えます」

大黒丸は三段帆に特徴があった。それが二段帆に変わり、小さな弥帆《やほ》が舳先の脇《わき》に突きだす三角帆に変わっていた。また船の外観も大きく違い、砲門の数も多いように見受けられた。

「おきぬ、カディス号と死闘を尽くして沈没したと見られていた大黒丸がどこぞの国に漂着し、改装したとしたらどうなる。なにより主帆の双鳶がその証拠ではないか」

「それはそうですが」

顔を見合わせる夫婦に顔見知りの漁師が、

「大黒屋さん、なにはさておき確かめることだ、おれの舟に乗りなせえ」

と声をかけてきた。

「はい」

一家三人は漁師舟に乗り込んだ。

船体の細い舟が走りだした。

琉球の漁師舟は船体が細く、船足が速かった。

おきぬは両腕に琉太郎を抱き締め、大黒丸と思われる巨大な帆船を見詰めつづけた。

舳先に立つビロードの外套を着た大男が目に入った。

「総兵衛様です、間違いありませんぞ！」

おきぬの口からこの言葉が洩《も》れると同時に、信之助が、

「総兵衛様！　兄じゃ！　皆の衆、元気かあ！」

と声をかぎりに叫んだ。すると舳先の男が悠然と声の方角を振りむき、手を振り返した。

「おおっ！　総兵衛様に間違いないぞ、喜べ、おきぬ」

信之助の言葉はもはやおきぬの耳に入らなかった。片手で琉太郎を抱くと、もう一方の手を振りまわし、叫んだ。

「ようお戻りなされましたな、総兵衛様！　皆の衆よ！」

中央の帆柱上の檣楼から叫び声が戻ってきた。

「信之助さん、おきぬさん、それにどうやらやや子がおられるようだな。総兵衛様、忠太郎主船頭ら二十と六人、無事に琉球に辿りつきましたぞ！」

「あれは綾縄《あやなわ》小僧の駒吉《こまきち》だぞ、おきぬ。もはや、これは夢ではないぞ！」

と叫んだ信之助は船底に両膝《ひざ》をついて合掌し、神仏に思いつくかぎりの感謝の言葉を捧《ささ》げた。

今や大黒丸じゅうから怒号のような喚声が湧《わ》きおこっていた。だが、超然として舳先に立つ総兵衛だけは、不動の、沈黙の姿勢を保ちつづけた。

大黒丸の舷側に漁師舟が接近した。

もはや舳先の総兵衛の姿も艫櫓の操舵室にいる忠太郎の陽に焼けた精悍《せいかん》な顔も見分けられた。

ふいに二つの船から湧きあがる叫び声が消えた。

泊湊に静寂が訪れた。

漁師舟が大黒丸の高い舷側に横付けすると、船上から縄梯子《なわばしご》が下ろされた。

「おきぬ、琉太郎をよこせ、おれが抱いていこう」

亭主の信之助が女房に言った。

「おまえ様、総兵衛様にはこの子を私から披露しとうございます。我儘《わがまま》を許してくだされ」

「縄梯子を上るのが危なくはないかと思うただけだ。なんの我儘なものか」

琉太郎は信之助とおきぬの子ではあったが、同時に、

「武と商」

に生きる鳶沢《とびさわ》一族の、

「次代の戦士」

でもあったのだ。

一族の頭領たる鳶沢総兵衛勝頼《かつより》に自ら披露したいとおきぬは願ったのだ。

「気をつけて上がれ」

「はい、おまえ様」

返事したおきぬは揺れる縄梯子をものともせず片腕に琉太郎を横抱きにして、這《は》いあがっていった。それを下から支えるように信之助がそろそろと従ってき

た。

おきぬは必死で縄梯子を上がった。それだけに集中しなければ、琉太郎を海に取り落とすことになる。

だが、胸の内は、海戦で死んだはずの総兵衛と一族の人々を一刻も早くこの目で、この手で確かめたいという衝動に突き動かされていた。

ふいに大きな手が頭上から伸びてきて、琉太郎の体が支えられた。

おきぬが見あげると懐《なつ》かしい総兵衛の顔が間近にあって、

「ようやった、手柄じゃぞ、おきぬ」

という声が耳に響いた。そして、琉太郎の体が総兵衛の両手に抱き取られ、おきぬは縄梯子の途中で泣きだした。

「おきぬ、泣くでない。上がれ、上がれ！」

と信之助が急《せ》かせた。

二人は縄梯子を上がり切ると大黒丸の船上によろめくように転がりこんだ。

ふいに小気味のいい響きの太鼓が鳴り、二人が顔を上げると二十数人の一族の者が南蛮の鉄甲に身を包み、腰には日本刀を手挟《たばさ》み、肩には最新式の銃を構えて整列していた。さらに艫櫓には主船頭忠太郎ら、操船に関わる数人がこれもまた南蛮の戦衣《いくさごろも》に身を包み、整然と立っていた。

太鼓を叩《たた》くのは舵《かじ》取りの武次郎《たけじろう》だ。

総兵衛はと見まわすと甲板の一角に琉太郎を抱いて、にこにこと笑いながら、信之助とおきぬを見ていた。

「総兵衛様」

信之助の瞼《まぶた》に熱いものが迸《ほとばし》りでた。

「信之助、おきぬ、心配をかけたな。われら、二十六名、ちと遅くはなったが首里に辿りついたわ」

「なんということにございましょうな」

おきぬが虚脱した体《てい》で呟いた。

「ささ、船室に入ろうぞ、積もる話をしようではないか」

総兵衛が琉太郎を抱いて自ら先導していった。

信之助とおきぬは又三郎を、稲平《いなへい》を、新造《しんぞう》を、善三郎《ぜんざぶろう》を認め、いちいち会釈《えしゃく》を交わしながら総兵衛の後に従った。

どの顔も陽光に焼けて、海戦後の苦労が偲《しの》ばれた。だが、その分、だれもが精悍不敵な面魂《つらだましい》に変貌《へんぼう》していた。

（どのような旅をしてこられたか）

そう思いつつ二人は船室に入った。だが、大黒丸の見知った船室の面影はなく、南蛮船の水密《すいみつ》と堅牢《けんろう》を併せ持つ改装がなされ、さらに装飾が施されて、まるで異国の船に紛れこんだようであった。

信之助は潤《うる》む瞼を拳《こぶし》でこすり上げると、

「お待ちしておりました」

と挨拶《あいさつ》した。

「苦労をかけたな」

それが総兵衛の返答であった。

その言葉に接したとき、おきぬは声を上げて泣きだした。

「おきぬ、泣くでない」

と信之助も言いつつ、再び瞼が潤むのを禁じ得なかった。

「よいよい、泣きたければ泣くがよい。われら、一族が一年有余ぶりの再会を果たしたのだからな」

炊方見習《かしきかた》の竜次郎《りゅうじろう》が南蛮酒をぎやまんの器に入れて酒器と一緒に運んできた。

続いて主船頭の忠太郎が船室に入ってきて、

「総兵衛様、わが甥《おい》ごを抱かせてくだされ」

と願い、総兵衛から受け取った。

「おうおう、なかなかの面魂かな。鳶沢一族の血を引いておるぞ」

伯父が嬉《うれ》しそうに赤子に言いかけた。

総兵衛が四つの酒器に赤葡萄《ぶどう》酒を注ぎ、信之助、おきぬ、忠太郎に手渡すと自らも器を手にした。

「思いがけぬ異郷への旅であった。なんとか無事にそなたらに再会できたことを神仏に感謝せずばなるまい」

船室の壁の一角には漂泊の船旅の徒然《つれづれ》に総兵衛が彫り上げた鳶沢成元《なるもと》の木像が安置されていた。

四人は酒器を初代の頭領の像に捧げ、飲み干した。

「ふうーっ」

と息を吐いた総兵衛が、

「長くもあり短くもあった」

と空白の歳月の感想を述べた。

「信之助、われらの積もる話はおいおい致そう。まず江戸の様子を聞こうか」

「それにございます」

と前置きした信之助が、

「富沢町の大黒屋では総兵衛様方が行方を絶たれた後、美雪《みゆき》様、笠蔵《かさぞう》様ら幹部が話し合い、次なる申し合わせを致しましたそうな」
一、総兵衛様の帰還の日までわれら鳶沢一族の仮当主は美雪様である。
一、美雪様に赤子誕生の砌《みぎり》、男児なれば仮当主は総兵衛様、美雪様のお子と致す。女児なれば美雪様が仮当主を続けられる。
一、総兵衛様御最期《さいご》が決まった場合には、仮当主が七代目の頭領を継承いたす。
一、われらは向後も変わりなく徳川一門への忠誠を誓いつつ、隠れ旗本として任を務め、古着商大黒屋の看板を掲げて、商売を一瞬の遅滞も弛緩《しかん》もなく続ける。もし、この事に動揺して、一族のご奉公に支障を来たす者あらば、鳶沢一族の習わしと覚悟に従い、厳正なる処罰を総兵衛様に成り代わり、美雪様が命じられる。

「総兵衛様、ただ今の富沢町の仮当主は、総兵衛様ご嫡男春太郎《ちゃくなんはるたろう》様にございます」

「おれと美雪の子は春太郎と申すか」

「はい」

「よき名かな」

と総兵衛が莞爾《かんじ》と笑った。

「よきことばかりではございませぬ」

「なにがあった」

「総兵衛様の永の不在をよいことに柳沢《やなぎさわ》様の力が強まり、富沢町での商い、立ち行かなくなったそうにございます。そこで美雪様、大番頭さんが話し合われ、富沢町の大黒屋を江川屋の崇子《たかこ》様に預け、美雪様と春太郎様は小梅村の寮に隠《いん》棲《せい》なされ、大番頭さん以下一族の者たちは船商いに出て陸奥《むつ》から蝦夷《えぞ》、出羽《でわ》辺りを回っております」

「苦労をかけておるな」

総兵衛はしみじみと言った。

「総兵衛様、数日前、薩摩《さつま》からの船が一つの噂話《うわさ》を届けてきました」

「なんだな」

「五代将軍綱吉《つなよし》様、重い病の床に伏せられたとか、はなはだあいまいな風説にございます」

総兵衛は三代将軍家光の四男として五代将軍を相続した綱吉の治世は二十八年の長きにわたっていることを思い出していた。そして、その齢《よわい》六十四歳になろうとしていることを考えていた。

「綱吉様が死去なされると寵愛《ちょうあい》を受けた柳沢吉保《よしやす》様の権勢も早晩衰えるか」

「となれば美雪様と春太郎様を始め、笠蔵さんらも大手を振って富沢町に戻ることができます」

信之助の言葉を総兵衛は黙って聞き、沈思した。

# 第一章　首　里

一

この日、江戸の大川左岸の小梅村の大黒屋の寮から賑《にぎ》やかな子供の声が響いてきた。

富沢町の古着問屋の大黒屋を預かる江川屋の崇子が長男の佐総《すけふさ》を連れて、春太郎一歳の誕生祝いにと小梅村を訪ねてくれたのだ。

佐総と春太郎が女中に外に連れだされ、美雪と崇子はようやく落ちついて話すことができるようになった。

「崇子様には江川屋様の商いの他に大黒屋の面倒までと大変な迷惑をおかけし

ております」

美雪が頭を下げて改めて詫《わ》びた。

「二度目の正月が巡ってきますな」

無論総兵衛らが南海に行方を絶ってからだ。

「なんだか百年の歳月が過ぎたような思いでございます。どこぞに姿を消していた総兵衛様の飼い猫ひなが富沢町に戻ってきたと崇子様から知らされたとき、総兵衛様方も必ずや帰還なさると喜びましたが、どうやら糠《ぬか》喜びに終わりそうです」

「美雪様、諦《あきら》められるのは早《はよ》うございます。私が申すのもなんですが、大黒屋総兵衛様は破天荒なお方、それに一騎当千の方々が従っておられるのです。どこぞで江戸に戻られる日を窺《うかが》っておられるような気がします。いえ、絶対にそうですよ」

崇子が美雪を力づけるように言った。

「そうであればよいのですが」

美雪の声にはどこか諦めが込められていた。

「美雪様、五代様が麻疹《はしか》にかかられ、病の床にあることはご存じでございますね。どうやらこの年を越すのが難しいという噂《うわさ》が頻《しき》りにございます」

崇子が話題を転じて美雪が頷《うなず》く。

「五代様が死去なされれば後《うし》ろ楯《だて》を失われるのは道三河岸《どうさんがし》の主《あるじ》どの、これまで権勢を誇ってこられただけに凋落《ちょうらく》の一途にございますよ。となれば大番頭の笠蔵様方も難儀しての船商いを続けて、富沢町を留守になされることもございません」

大黒屋、いや徳川幕府を護持するために隠れ旗本となった鳶沢《とびさわ》一族と幾多の暗闘を繰り返してきたのが大老格の柳沢吉保だ。

「そのような日々が戻ってきましょうか」

「必ずや美雪様や春太郎様が富沢町に戻る日が参ります、それも遠い日ではございません」

と崇子は言い切った。

崇子の出は京の中納言坊城《ちゅうなごんぼうじょう》家で公積《きんつみ》の次女だ。また朝廷勅使の前大納言柳原《さきのだいなごんやなぎわら》資廉《すけかど》は叔父にあたる。

当然江戸の城中には京の朝廷の密偵の目が光っていたから、崇子の言葉はただの風聞ではない。

美雪はそのことを承知しつつも綱吉が逝去《せいきょ》し、柳沢吉保が力を失おうとも総兵衛が戻ってこないことに変わりはあるまいと、どこか諦観《ていかん》の気持ちがあった。だが、崇子がせっかく勇気づけようと、訪ねてくれたことにすまぬ気持ちで一杯で、

「私がもっとしっかりせねばならぬのになんとも情けないことです」

と崇子に詫びた。

「京の人間はときに神懸りのことを信じます。それは八百万《やおよろず》の神仏やら狐狸妖《こりよう》怪《かい》と一緒に育ってきた京の人間の勘にございますよ」

と笑った崇子を美雪は訝《いぶか》しく見た。

「勝手とは思いましたが京の占い師に手紙を書き、大黒屋総兵衛様方の生死を占ってもらいました。この占い師、朝廷に仕えること何百年もの家系にございます」

「して占いはなんと出ましたか」

美雪が膝《ひざ》を乗り出した。

「江戸に凶兆吉兆二つあり、千代田の主様が身罷《みまか》られた後、南風に乗って瑞兆《ずいちょう》吹き来たりと卦《け》が出ましてございます」

「瑞兆吹き来たり、総兵衛様方が無事に戻られるという占いにございますか」

「その他になにが考えられますな」

「はい」

「美雪様、もうしばらくのご辛抱にございますよ。女ばかりの正月も来年が終わりにございます」

崇子の懇切な気遣いに美雪は思わず両の瞼《まぶた》が潤《うる》んで、対面する崇子の顔がにじんでぼやけた。

長い沈黙の後、総兵衛は手にしていた酒器の赤葡萄《ぶどう》酒を飲み干した。

「信之助、京のじゅらく屋様と金沢の御蔵屋《みくらや》様のほうはどうなっておる」

大黒丸には江戸、京、加賀の三都から荷積みされ、京、加賀の工芸反物はじゅらく屋と御蔵屋の、

「預かり荷」

であった。

それらは大黒丸が異郷で売り払い、その元金と儲《もう》けで異国の物産を購入し、その荷で清算されるべき品であった。

大黒丸の難破により、二つの店との約定はどうなっているのか、総兵衛が心配したのはまずこのことであった。

「じゅらく屋様も御蔵屋様も大黒屋総兵衛の死が決まったわけではない、そのことが確かになるまで預け荷の始末は待つと申されております。ですが、いつまでもお待たせするわけにもいかず、琉球《りゅうきゅう》で仕入れた荷を薩摩《さつま》船に頼んで、京と金沢へ送ろうかと考えていたところにございます。無論大黒丸が預かった荷のお代には遠く及びませぬ」

「相分かった」

と総兵衛が返事した。

「信之助、おきぬ、まず明日からわれらがなすことは京と金沢への荷を仕分けいたすことだ」

「はい」

「大黒丸には南蛮の陶器、繊維、鉄砲、短筒、刀剣、火薬、航海用具、書物、海図、大工道具、測量具、天体観測儀、宝石、革製品、家具が、唐物《からもの》として生糸、大巻緞子《おおまきどんす》、綸子《りんず》、紗《しゃ》、更紗《サラサ》、繻子《しゅす》、天鵞絨《ビロード》、砂糖、上人参《じょうにんじん》など薬種各種、伽羅《きゃら》、沈香《じんこう》、白檀《びゃくだん》、明礬《みょうばん》、水銀、鹿皮《しか》、虎皮《とら》、鼈甲《べっこう》、牛角《ぎゅうかく》、焼物、藍玉《あいだま》、香辛料などが満載されておる。これらの中からじゅらく屋さんと御蔵屋さん向きにうってつけの反物、布地、宝飾品を分けて、信之助とおきぬが集めた品に加えて早々に送り届けねばならぬ」

信之助とおきぬはしばし返答できなかった。

「どうした、なんぞ不満か」

「いえ、総兵衛様方は海戦と嵐《あらし》で難破したとばかり思うておりましたが、商いもなさっておられたので」

「幾多の砲撃戦も経験し、大嵐にももまれ、南海の孤島に漂着もした。だが、天はわれら鳶沢一族を見放さなかったとみえる。絶海の島で大黒丸を修繕し、南に向けて改めて航海に出たのだ」

「なんということで」

「信之助、おきぬ、それだけではないぞ。大黒丸の船倉には七割五分の荷が残っておった。われらは琉球を経由することなく交易に従事する羽目に陥ったともいえる。腹を括《くく》ったわれらが着いた先が交趾《こうち》のツロンと申す港だ。そこには関ヶ原の合戦に破れて異郷に楽土を求められ、かの地に永住なされるグェン一族もおられた。その一族の助けを借りて、ツロンに交易地を設けてきたわ。これから定期的に大黒丸はツロンに通うことになる」

「驚き入った次第にございます」

信之助の顔が弾《はじ》けたように綻《ほころ》び、

「これで一族は再起できますな」

と叫んだ。

「笠蔵らに苦労をかけた分、なんとしても異国との交易の道筋をつけたいものじゃ。となればまず迷惑をかけた京のじゅらく屋さん、金沢の御蔵屋さんの預かり荷分を優先して選《よ》り分け、大黒丸とは別便を仕立てて、京と金沢に送り込む方法を探さねばならぬ」

「大黒丸ではいけませぬか」

「大黒丸の船倉は荷で一杯だ。それに琉球分が加わるとなれば、ちと過重になろう」

「いかにも」

「京と金沢へ回せる借上船が用意できるか」

「むろん琉球には西国の船が密《ひそ》かに参りますから都合はいくらでもつきます」

「ならば即刻手配せよ」

「承知しました」

総兵衛はふとおきぬの顔に漂う怒りの表情に気づいた。

「おきぬ、いかがした」

「総兵衛様も亭主どのも、もはや会えぬと思うた人が生きて戻ったというにいきなり商いの話にございますか」

「おおっ、これは済まぬことをした」

「総兵衛様、私どもがどれほど心配したことか、ドン・ロドリゴとか申す船長の海賊船との船戦《ふないくさ》からお話ししてくだされ」

「話そう。だが、それには幾晩も時がかかる。おきぬ、その覚悟があるか」

「ございますとも、総兵衛様。愚痴を申すようですが、この琉球の地でどれほど信之助が血を吐く思いで総兵衛様方の行方を案じたか。いえ、琉球は目の前に総兵衛様方が戦われた海がございますし、大黒丸の残骸《ざんがい》も拾いましてございます。遠く何百里と離れた江戸の美雪様、笠蔵様方がどれほど身の縮む思いをなされたかと思うと……」

とそこまで一気に話すとまた泣きだした。

「これ、おきぬ」

と信之助が声をかけるのを制した総兵衛が琉太郎を抱えたおきぬを大きな腕に抱き止めた。

「おきぬ、そなたの気苦労も考えず相済まぬことであったな」

主従は肌の温《ぬく》もりを互いに感じつつ、再会を喜び合い、おきぬは慟哭《どうこく》を続けた。

おきぬの感情が鎮《しず》まったとき、総兵衛はおきぬと琉太郎の二人に、

「おきぬ、琉太郎、おれが大黒丸の船内を案内してやろうか。琉太郎はなにに

喜ぶかのう」

とおきぬとその子を船室から連れだした。

「信之助」

と実兄でもある大黒丸の主船頭忠太郎が言いだした。

「われらが一年有余のこと、大黒丸の全員を参集させた場でそなたらに話そうか。生死をともにしてきた仲であり、また還《かえ》らぬ仲間もある。その者たちの供《く》養《よう》もしたい」

「はい。兄じゃ」

と思わず鳶沢一族の武家言葉に戻った信之助が答えていた。

総兵衛が大黒丸の改装された食堂と炊《かしき》部屋におきぬを連れていき、

「彦次《ひこじ》、おきぬと琉太郎に異郷の珍しい水菓子でも出してやれ」

と命じた。

「おきぬさんが驚くような食べ物を馳《ち》走《そう》しようかのう」

と腕を撫《ぶ》した彦次が総兵衛に視線を向け、

「夕餉《ゆうげ》には帰還の祝い膳《ぜん》を用意しましょうかな」

と許しを乞《こ》うた。

「そなたに任す、食べ物も酒もふんだんに用意せよ、彦次」

「合点承知にございますよ」

総兵衛が忠太郎と信之助の兄弟が話し合う船室に戻ったとき、忠太郎が、

「だが、当面の心配は琉球の事情だ。われら、一年有余、異郷をさ迷ってきた者たちをどう琉球が迎えるか。それによっては早々にも碇《いかり》を上げねばなるまいと総兵衛様と話し合ってきた」

と弟に言ったところだった。

頷いた信之助が答えた。

「琉球は徳川幕府の支配なさる大和《やまと》から見た場合、冊封《さくほう》関係を何百年にわたり保ってきた唐《もろこし》から見た場合、さらには琉球を領土となさる薩摩から見た場合では大きく異なります。この地は言わば日本の中の異郷なのでございます」

「いくつかの力が錯綜《さくそう》し睨《にら》み合う地が琉球と申すか」

「総兵衛様、そのとおりにございます」

「ならばわれらが交易の拠点を築いた交趾のツロンとほぼ同じ境遇にあると考

えればよいようだのう」

と総兵衛が忠太郎に言いかけた。

「信之助の言葉はそう受け取れますな」

と応じた忠太郎に頷《うなず》き返した総兵衛は、

「もそっと詳しく話してくれ」

と信之助に命じた。

「承知しました」

と姿勢を正した信之助が、

「ただ今、琉球国王は十一代尚貞《しょうてい》様、宮名中城《なかぐすく》王子にございます。元々琉球には三つの勢力が鼎立《ていりつ》して、三山時代と申す時期がございました。今から三百三十有余年前の話にございます。このとき、本島中部を支配していた中山の王、察度《さっと》様が明《みん》朝の初代皇帝洪武帝《こうぶてい》に服属の意を示す使者を送りました。この時から琉球は明、清との主従関係にあると申せます」

「なんと三百年も前から唐と関わりがあったか」

「はい、二年に一度、明と清への朝貢は続けられてきました。進貢の習わしを続けることによって琉球は独立した国として認められてきたとも申せます。慶長十四年（一六〇九）、薩摩藩が三千余の兵を琉球に送り込み、侵攻いたしました。同じ年、薩摩藩主の島津家久《いえひさ》様が上井里兼と阿多某を琉球に下し、本島とその周辺部の島々の土地を丈量《じょうりょう》させたそうにございます。これを『琉球先竿《せんかん》』と称し、島津氏の琉球入りが行われたことを意味します。翌年には琉球国王尚寧様らが薩摩に連行されます。薩摩は尚寧王を家康様に拝謁《はいえつ》させた後、知行目録を布達《ふたつ》します、つまりは琉球が薩摩の領土になったことを意味します。ただ今の琉球の石高は九万八百八十余石にございますが、琉球王は清国に主従関係を結びつつ、薩摩を通して徳川幕府にも帰属していることになります」

「ふーうっ」

と呻《うめ》いた総兵衛が赤葡萄酒で喉《のど》を湿らせた。

「薩摩は琉球国王の王子を薩摩領内に置き、これは国質《くにじち》と称して、琉球が薩摩に弓を引かぬようにしております。同時に薩摩の家臣をこの首里に送り込み、明暦三年（一六五七）九月の『掟《おきて》』に従い、支配しております。まず薩摩から琉球に派遣される琉球在番奉行は、琉球国王に対面するのを、着任、年頭、帰帆の時の三度に限られております」

「それはまたなぜか」

「琉球人の官位昇進、裁き、地頭任命、扶持《ふち》給与など内政は琉球国王の三司官《さんしかん》が指図することだという考えです」

「琉球が異郷なれば当然の考えじゃな」

「ですが、一方で琉球人が武器を持つことに関して、薩摩は厳しい禁令を設けて取り締まっております。首里王府の鉄砲、玉薬《たまぐすり》の他、土地の衆（地頭）が所持する鉄砲は薩摩藩の奉行所で管理されております」

「琉球人は武器を持ってはならぬのか」

「王府の鉄砲所持は禁じておりますが、王子衆、三司官、侍衆の刀剣などは認められております」

総兵衛はしばし信之助の言葉を整理するように考え込んだ。

「信之助、われら大黒丸になんらかの命《めい》を強要してくる者があるとすると薩摩の琉球在番奉行か」

「仰《おお》せのとおりにございます」

と答えた信之助が、

「琉球在番奉行は単に在番、あるいは大和《やまと》在番と称され、キリシタン禁制と鎖国体制の護持が主なる狙《ねら》いにございます。ただ今の在番は曲詮三《まがりせんぞう》様と申され、湊《みなと》近くの薩摩の在番陣屋に従者三十余人と三年の任期で勤めておられます」

「曲どのの人柄はどうか」

「ちと厄介かと」

頷いた総兵衛は、

「薩摩の従者が三十人とは少ないのう」

信之助が首を横に振った。

「琉球王府を刺激せぬために公式な薩摩藩士は三十人に抑えられておりますが、在番陣屋の外に薩摩院外団なる不逞《ふてい》浪人剣客の集団を飼われておられます」

「とするとわれら大黒丸に難儀を及ぼすのは薩摩院外団なる私兵たちと申してよいのだな」

「はい」

「そやつらの人数は」

「薩摩院外団の人数は時により変わりますが、ただ今はおよそ五十人かと思われます。頭領は薩摩人の伊集院五郎八《いじゅういんごろはち》と申される方で配下の者の六割方は唐人、安南《アンナン》人など異郷の者にございます」

「こやつらの行状はどうか」

「首里の昼は琉球人が、夜は伊集院様が引率される浮浪組が支配するともっぱらの噂《うわさ》にございます」

「およそのことは分かった」

と返事した総兵衛が、

「この船旅で水夫頭《かこがしら》の伍助《ごすけ》、喜一《きいち》それに船大工の與助《よすけ》の三人が亡《な》くなった。江戸に戻り着いた折、三人の弔いは出すとして琉球でも菩提《ぼだい》を弔いたいものだが経を上げてくれる寺はあるか」

と言った。

「首里に大和寺《やまとじ》がございます。私が明朝ご案内申しあげます」

「安心いたした」

「そこには喜一の遺骸《いがい》が埋葬されております」

「なにっ、喜一の遺骸をそなたらは回収しておったか」

「はい。海戦の噂が湊に流れた後、何日も何日も捜索して喜一の遺骸を発見しました」

「信之助、これで少しばかり安堵《あんど》いたしたわ」

総兵衛は二人の遺髪と三柱の位牌《いはい》を自室に安置して朝晩線香を手向《たむ》けてきていた。だが、海戦で海に落下した喜一の遺髪はなかったのだ。

二

三人の鳶沢一族が話す船室の扉が叩《たた》かれた。

「入れ」

と応じる主船頭の忠太郎の声に助《すけ》船頭の又三郎が姿を覗《のぞ》かせた。

「琉球の張旗と虎旗を立てた御用船が大黒丸への乗船を願っております」

「頭分は名乗ったかな」

と信之助が訊《き》いた。

「三司官直属の湊親方《うえかた》奉行比嘉《ひが》具高《ぐこう》様と名乗られました」

頷いた信之助が、

「総兵衛様、三司官は大名家の家老職と考えてよかろうと思います。この上には尚貞王と国王自ら指名される摂政《しっしい》の二人がおられるだけです。三司官は世あすたべとも呼ばれ、直接政務を取り仕切られるのです。その下には親方奉行十九人がおられ、諸々《もろもろ》の役職に就かれて実務を担当しておられます」

「湊親方奉行もその一人か」

総兵衛が訊いた。

「はい。おそらく一年前に南蛮の海賊船と戦った大黒丸が不意に入港してきたので、事情を訊きに参ったと思えます。比嘉様とは顔見知りの仲、話の分からぬ方ではございません」

「難破の経緯を正直に告げてよいか、信之助」

「それがよかろうと思います。また大黒丸の荷はこの地で商いをせぬ以上、おそらくざっと検閲なされるだけにございましょう。その上で定まった入港料を支払えば、なんの問題もないかと存じます」

「又三郎、尚貞王への貢物《みつぎもの》、急ぎ用意せえ」

総兵衛が助船頭に命じ、

「こちらにお連れせよ」

と言い足した。

承知した又三郎と出迎えのために信之助が、船室を出ていった。

「忠太郎、われらが残した小判はいくらであったかな」

「非常のためにと千両箱一つに二百数十両にございます」

「千両を尚貞王に貢物と一緒に献上せよ」

「畏《かしこ》まりました」

琉球衣装に身を包んだ湊親方の比嘉具高が信之助に案内されて船室に入ってきた。

総兵衛が椅子《いす》から立ちあがって出迎えた。

「湊親方奉行比嘉様にございますな。私は江戸の富沢町古着商惣代《そうだい》大黒屋総兵衛にございます。一年有余前、この琉球に到着するはずが嵐《あらし》に見舞われ、さらには南蛮の海賊船に襲われ、難破いたし、異郷をさ迷う羽目に陥りました。信之助に聞けば、大黒丸遭難の報が琉球国を騒がす結果になったとか、多大な迷惑をかけ、申し訳ございません」

腰を深々と折った総兵衛の丁重なる挨拶《あいさつ》に比嘉具高は即座に総兵衛の人柄を見てとったようだ。

「思わぬ危難にご苦労をなされましたな。ともあれ無事の帰着、祝着《しゅうちゃく》至極にございます」

比嘉もまた礼儀をもって応じ、

「湊親方奉行の役目により乗船いたしました」

「ご苦労にございます」

総兵衛は比嘉に椅子を勧めて対座し、茶菓が用意された。

「比嘉様、なんなりとお尋ねくだされ、総兵衛がお答えできぬことは主船頭の忠太郎に答えさせます」

とその場に同席した忠太郎を紹介した。

「まず一年三月ほど前の琉球寄港時に南蛮の海賊船カディス号に襲撃されたというのは真実にございますか」

総兵衛が頷き、忠太郎が助船頭の又三郎を呼び、船日誌を取り寄せさせた。

総兵衛と忠太郎は代わる代わるカディス号と二隻《せき》の唐人船に襲われた経緯と経過を告げた。

「あの嵐の中で三隻の海賊船と砲撃戦を演じられましたか」

「カディス号と二隻の唐人船の速度と操舵術《そうだ》があまりにも違い過ぎました。それがわれらに味方したのです」

「嵐が去った後、海岸にかなりの量の漂着物、唐人の死体が流れ着きましたゆえ、われらは相打ちにて大黒丸もカディス号も沈没したのではと推測しておりました」

「海戦から二十数日も高波と強風に揉《も》まれ、南海の無人島に漂着し、半年以上の滞在をその島にて余儀なくされました。その間に島の材木を切り出して使い、砲撃戦に破壊された舵《かじ》や船体や帆柱を修理いたしました」

「なんと乗り組みの水夫《かこ》で修理なされたと申されますか」

比嘉は船室を見まわし、今一つ信じられないという表情を見せた。

「比嘉様、大黒丸には江戸で建造に携わった船大工が乗りこんでおりました。

その者の指導で修理はしましたが、それは航海になんとか支障なき程度のものでした。その後、交趾のツロン港で英国船のエジンバラ号の船大工の手を借りて、大きく改装し直し、用具などを譲り受けたのです」

「道理でな、和船と外国帆船のよきところを取り入れた切れのよさそうな仕上がりになっております」

と湊親方奉行として外国船に数多く接してきた比嘉が感心したように言った。

「ところで海賊船のカディス号ですが仕留められましたか」

「大黒丸とカディス号の砲撃戦は痛み分け、嵐の中で互いの姿を見失いました。ですが、交趾にてカディス号も自力で航海を続け、どこぞの湊で修繕の最中との噂を聞きました。おそらく今頃は再び獲物を求めて、大海原に戻っておることでしょう」

比嘉具高が頷《うなず》き、さらに訊いた。

「大黒丸に乗り組んだ人数はいかほどにございますか」

「海戦に斃《たお》れし者など三名がこたびの航海で亡くなりました。ただ今は二十六人にございます」

「お待ちくだされ。わずか三十名に満たない人数でカディス号と二隻の唐人船と戦いなされたか」

「いかにも」

「装備も戦士の数も大きく異なる大和船がドン・ロドリゴのような百戦錬磨の海賊の頭目に率いられたカディス号と相打ちに終ったなどこれまで聞いたこともございませんぞ。なんとも途方もない話にございます」

と賞賛しながら、比嘉具高は、

(江戸の古着商の惣代大黒屋総兵衛とその一統はただの商人ではない。大老格の柳沢吉保様を向こうに回して暗闘を続けてきた力は、並ではない)

という噂を思い出していた。

「いや、あれは嵐がわれらに味方したのです。凪《なぎ》の海の海戦なれば大黒丸は今頃琉球沖の海底に沈んでいたことでしょう。ともあれ、カディス号に襲撃されたことで、われらは得がたき経験を積むことができ申した。今、相見《あいまみ》えることになれば、そうそう簡単に海賊船に後れを取ることはございますまい」

総兵衛の言葉は淡々としていた。それがかえって比嘉に大黒屋総兵衛の大和人離れした凄《すご》みのある度量と深甚な英知とあくなき冒険心を感じさせた。

比嘉は念のために訊いた。

「大黒屋どの、あなた方は江戸の幕府の鎖国令に縛られておると思うたが間違いにございますかな」

「比嘉様、人というものはおかしなものにございますよ。きつい規範に縛られれば縛られるほど謀反《むほん》心を起こすものでしてな、この琉球の界隈《かいわい》にも幕府の目を盗んだ西国大名の船がいくらも横行しておりましょう」

総兵衛がにたりと笑い、比嘉も頷いてみせた。

「こたびの難破でわれらは江戸の考えと他の国々の考えは天と地ほど違うということを改めて教えられ申した」

「総兵衛様とご一統は江戸幕府の法度《はっと》を無視して、今後も海外交易に活路を見《み》出《いだ》されますので」

比嘉の関心はもはや琉球国湊親方奉行のそれを越えていた。

「徳川幕府開闢《かいびゃく》から百余年、鎖国が国を守ってきたことは確かにございましょう。だが、そのことで諸外国に大きく立ち遅れた、あらゆる面においてですな。

このままでは早晩、徳川幕府は諸外国の勢力に倒され、どこかの属国になるやも知れませぬ」

清国と日本に忠誠を誓いつつ、国をなんとか守ってきた琉球の湊親方奉行が複雑な顔で頷いた。

「そのとき、遅れをとってはなりませぬ。ただ今の徳川幕府への背信は将来に忠誠に転じるための布石にございますよ。われらはその覚悟をしたまで」

「江戸の古着屋惣代大黒屋総兵衛なる人物、並外れて器が大きい、破天荒な商人との噂を耳にしましたが、噂以上のお方ですな」

と比嘉が破顔した。

「なんのなんの、これは商人の方便にございます」

「商人の方便ですと」

「さよう、琉球国が清国と日本のふたつをうまく利用なされて、国政の運営をなされているように、大黒屋とその一統は徳川に永久の忠誠を誓うために多少の謀反も企てます」

「そう平然と申されるお方は少のうございます」

「比嘉様、こたびの航海にて大黒丸船腹一杯に荷を積んでございます。ですが、琉球に荷下ろしする考えはございません」

「禁制品は積んでおられるかな」

「どこの国の法度での禁制品ですかな」

総兵衛と比嘉がにたりと笑い合った。

そこへ又三郎が姿を見せて、

「総兵衛様、尚貞王とご家族、重臣の方々への貢物、御用船にお運びいたしました」

と報告した。

「比嘉様、われらが進貢物、気に入っていただけるとよいのですが」

「それはご丁寧に」

と受けた比嘉が御用船に載せられたという貢物を見ることもなしに言った。

「大黒屋どの、大黒丸船内調べ、ただ今終わりましてございます。明朝にも寄港料を琉球政府に支払ってくださりませ」

「ご苦労にございました。信之助に持参させまする」

比嘉が用件は終わったとばかり椅子から立ちあがった。そして、総兵衛を振りむき、

「大黒屋どのは琉球が清国政府と徳川幕府に忠誠を等分に保ちつつ、国体を護持してきたと申されたが、それほどきれいごとではございません。われら、琉球人は常に監視されて生きておるのです」

「薩摩の在番奉行のことですかな」

頷いた比嘉具高が、

「琉球在番奉行、曲詮三様は油断ならないお人にございます、充分に気をつけられよ」

と注意した。

「ご忠告しかと承りました」

琉球国湊親方奉行が大黒丸の船室を出ていった。

その夜、大黒丸の食事部屋で大黒丸琉球寄港の宴が開かれた。

大黒丸は総兵衛以下二十六人、それに琉球の出店を任されていた信之助とお

きぬの夫婦が加わり、熱気がむんむんとしていた。それは大黒丸の生還がもたらした熱気であり、興奮であった。

信之助とおきぬは一旦《いったん》大黒丸を降りて、店に戻ると諸々《もろもろ》の手配をなし、琉太郎を女衆《おんなし》に預けて再び湊《みなと》に戻ってきていた。

宴に先立ち、航海の最中に倒れた喜一、伍助、船大工の與助の法要が一同の集まったところで行われ、三人の御霊《みたま》に黙禱《もくとう》を捧《ささ》げた。

その後、炊方《かしきかた》の彦次と竜次郎が作った料理の数々が、長い航海を終え琉球まで戻ってきた乗り組みの男たちと、琉球で不安と絶望の日々を送ってきた信之助とおきぬの夫婦をもてなすように並べられ、異郷の酒樽《さかだる》の栓が抜かれた。

信之助は駒吉らに一年有余の航海のあれこれを聞き、

「おのれ、駒吉め、この信之助を羨《うらや》ましがらせよって」

と悔しがった。

四方山《よもやま》話は尽きることなく続いた。だが、信之助とおきぬが店に戻る刻限も迫っていた。

二人はそっと宴の席を離れて、甲板に出た。

月明かりが泊湊を照らしつけていた。

二人が縄梯子《なわばしご》に手をかけようとすると、

「ちと土を踏みとうなった。そなたらの舟に同乗させてくれぬか」

と総兵衛の声がした。

「総兵衛様がお送りくださるので」

「そなたらにかけた苦労は計り知れまい。どう返せばよいものか」

とおきぬの問いにこう応じた総兵衛が舟を見おろすと伝馬《てんま》にはすでに一つの影があった。

駒吉だ。

「綾縄《あやなわ》小僧、陸《おか》が恋しくなったか」

「琉球を皆より先に見たいと思うたまでですよ」

「ならば共に夜の散策を致すか」

駒吉が櫓《ろ》を握った伝馬に三人が乗りこみ、信之助が大黒丸の大きな船腹を手で押した。

「信之助、そなたが琉球にて買い集めた品はなにかな」

「紅型《びんがた》の反物、螺鈿《らでん》細工の漆器類、屏風《びょうぶ》、扇子などこの琉球の物産にございます。それに南蛮船や唐人船から買い集めた品がかなりございます。ただし、これらの品は大黒丸の荷と重なるものもございましょう」

「京、金沢、江戸の三都で捌《さば》くのだ。品が重なっても構うまい」

「明日早々に買い上げた品の書付を持参して、京、金沢分を選びます」

「じゅらく屋さんと御蔵屋さんの分は年内に船積みして出帆させたいものだな」

「借上船の手配はすでに致しましたゆえにまず大丈夫かと思います」

伝馬が泊湊の船着場に寄せられた。

琉球の都首里は島の南部の中央の高台にあった。

信之助が大黒屋の琉球出店を開くにあたって選んだ地が琉球第一の都の首里と泊湊の二箇所だ。

首里の人口は四万人を超え、泊湊は五千余人であった。

「夜道を首里まで戻るのはつろうございます。明日の手配を考えまして泊の出店に泊まることに致しました」

信之助は泊湊と首里はおよそ一里（約四キロ）ほど離れていると説明した。

「ならば船に泊まればよかったではないか」

「お店《たな》第一にございます」

「おれとしたことがなんということを言ったものか」

苦笑いした総兵衛と駒吉の二人は、夜更《よふ》けの湊を信之助とおきぬに案内されて、大黒屋の泊店へと向かった。

綾縄小僧が歩きだした途端、懐《ふところ》に手を突っこみ、

「御免くだされ」

と言い残すと闇《やみ》に消えた。

残された三人は驚く風もなく歩みを続けた。

行く手に黒い影が七つ八つと立ち塞《ふさ》がった。

どの顔も武骨そうに顎《あご》が張り、手には太い樫《かし》の木刀を持参していた。

「夜分、どけ行っきゃっとな」

「これはこれは、薩摩の琉球在番奉行お支配のお見回りご苦労様にございます。私どもは泊湊に出店を持つ大黒屋の支配人信之助とおきぬの夫婦にございます。

ただ今、知り合いを案内して店に戻るところにございます」

「知り合いち、言うとな。こん男、誰《だい》さぁ」

一人の男が総兵衛の前に立ち、見あげた。

手織りの薩摩絣《さつまがすり》に足駄を履いた男の口から酒臭い息が吐きかけられた。

「大黒屋総兵衛と申します」

「ぢごろ（土地の人）な」

「江戸は富沢町の大黒屋の主《あるじ》にございますよ」

「江戸者ち言うとか、まこっのこっな」

「嘘《うそ》を申してもしようがありますまい」

「魂消《たまげ》らすっな。こん男があん船の主どんやっど」

男が仲間を振り見た。

後方から羽織の武家が仲間を掻《か》き分けて進み出てきた。

「大黒屋総兵衛に間違いないか」

江戸藩邸の勤番を勤めたか、この者の言葉には訛《なま》りがなかった。

「今日、泊湊に船を着けたな」

「いかにもさようにございます」

「なぜわれら薩摩の琉球在番奉行の役所に入津《にゅうしん》を届けぬ」

信之助がその問いに代わって答えた。

「琉球国湊親方奉行のお調べはすでに終わってございます」

羽織の男がじろりと信之助を見ると、

「その方に問うてはおらぬ」

と言うと、

「総兵衛、答えよ。そなたら、どこから琉球に参ったな」

と詰問《きつもん》した。

「そなた様は」

「琉球在番奉行同心浜村主水《はまむらもんど》」

「浜村様、われら、この一年有余前、嵐《あらし》に船を流されて異郷の海をさ迷うておりました」

「徳川幕府の下、鎖国令にあることは承知だな」

「無論承知にはございます。ですが、嵐には鎖国令も歯が立ちませぬ」

「薩摩の在番陣屋で取り調べる、参れ」

「琉球国は薩摩ご支配とは聞き及びますが、また同時に清国にも冊封《さくほう》関係を結ぶ国、となれば大和の大名諸家とは一風違いましょう。われらはすでに湊親方奉行に届けた身にございますれば、お断りいたします」

「大黒屋、薩摩在番をまた大和在番と申す。その役目はキリシタン禁制と鎖国令の遵守《じゅんしゅ》である。その方ら、鎖国令に違背した疑いあり、同道いたせ」

「浜村様、お断りすると申さば、どうなされますか」

「その頭、叩《たた》き割っても引き摺《ず》っていく」

浜村の声に配下の者たちが木刀を構えた。

三

「高すっぽば、けっ殺せ」

「浜村どん、任せやんせ」

浜村の命に手の木刀が高々と突き上げられ、高足駄が後方へと蹴《け》り飛ばされた。

総兵衛を半円に囲むように薩摩侍が陣形をとった。

言うまでもなく薩摩藩のお家流、示現流《じげんりゅう》だ。

信之助が総兵衛の前に出ようとするのを総兵衛が止めた。

「信之助、薩摩の衆は私に用事なのだ」

「ですが……」

信之助はなんの得物《えもの》も持たない総兵衛を案じ、わが身を捨てる決心で前に出たのだ。

その瞬間、虚空《こくう》で風を切る音が響き、夜空を裂いて鉤縄《かぎなわ》がするすると伸びると突き上げられた一本の木刀に絡《から》み、
あっ
という悲鳴が一人の薩摩っぽの口から上がった。

予想もかけず虚空から伸びてきた鉤縄に木刀がさらわれ、それが総兵衛の手元へと運ばれていった。

総兵衛が手を伸ばすと鉤縄が、

ぱらり
と解《ほど》け、船問屋の屋根に立つ綾縄小僧が月明かりに、
にやり
と笑うのをおきぬは見た。

そのとき、おきぬは異郷の暮らしは駒吉ら鳶沢一族の度胸と技を大きく培《つちか》ったことを察していた。

(駒吉さんときたら、その昔、総兵衛様に叱《しか》られて泣いていた小僧さんではございませんね。立派な鳶沢の戦人《いくさびと》ですよ)

おきぬのそんな感慨をよそに総兵衛が信之助とおきぬに、

「下がっていよ」

と命じた。

「うっ殺せ」

という浜村の非情の命が新たに発せられた。

木刀を綾縄小僧に奪われた薩摩っぽは剣を抜き、

「おいどんがいき申す」

と真っ赤な顔で一番手を志願した。

木刀を突き上げた朋輩《ほうばい》が剣の男の左右に三人ずつ並び、比翼の形で総兵衛に接した。

間合いは五、六間（一〇メートル前後）か。

けええいっ
泊湊に怪鳥《けちょう》の鳴き声にも似た声が響きわたり、裸足《はだし》の男が突進してきた。

さらに示現流の気合とともに男が中空に身を置いた。

総兵衛は木刀を扇子のように立てたまま、薩摩っぽが飛翔《ひしょう》する真下に能楽師のように優美にも舞い動いた。

「ちぇーすと！」

虚空の薩摩っぽが両手にしていた剣の峰を背中に叩きつけた反動で振りおろす行動に出た。その動きは飛翔が落下の動きへと変わる中で行われた。

薩摩国の東郷重位《とうごうちゅうい》が創始した示現流は愚直な剣といえた。

早く動き、高く飛び、強く振りおろす。

この簡素きわまる技を会得《えとく》するために地面に立てまわした何本もの固木の林

を動きまわり、血を吐くように叫んでは飛びあがり、虚空から力任せに木刀で打撃する稽古《けいこ》を繰り返す。

太刀風は迅速であれ、打撃は強くあれ。

薩摩示現流は一撃勝負の必殺剣といえた。

その空恐ろしい剛直な剣が悠然と舞う総兵衛の頭上から襲いきた。

総兵衛の片手の木刀が能楽師の扇のごとく動いた。

鳶沢一族には戦場往来の実戦剣法、

「祖伝夢想流《そでんむそうりゅう》」

が伝わっていた。

この実戦剣法もまた、

「相手をいかに早く斃《たお》すか」

に主眼が置かれていた。

総兵衛は時代の変容とともに「祖伝夢想流」に工夫を加えた。戦国の気風が消え、

「武から商」

の時代に移ったとき、剣風もまた変わらざるをえないと自ら創意を凝らした。

それが祖伝夢想流を基に創始された、

「落花流水剣《らっかりゅうすいけん》」

だ。

水辺に咲き誇る花が生から死の瞬間を悟り、流れる水に花を落とす。その気配に剣者の呼吸を読み、流れる水に落ちた花が流れに再び活《い》かされて、動きだす。それは己の力ではなく森羅万象の力によって活かされる、

「動き」

であった。

一見、自然界の動きに合わせてゆったりと機能し、鍛えあげられた人間の力さえも吸収する超然とした剣だった。

虚空にあって薩摩っぽは、

(あいのど頭ばかっ割《さ》いた)

と勝利を確信しつつ、剣を巨軀《きょく》の総兵衛の眉間《みけん》に叩きつけた。

その直前、足元を微風がなぶり、重い打撃が下腹部を捉《とら》え、

げえぇっ
と絶叫を上げながら薩摩っぽは、虚空から横手に吹き飛ばされた。

どさり
と地面に叩きつけられ、悶絶《もんぜつ》していた。

「こんし、手妻ば使いおっど！」

朋輩が言い合い、六人が木刀を構え直し、突き上げるように立てた。

総兵衛がその木刀の林の中に自らを舞い動かして入りこんだ。

示現流は勢いをつけて打撃を開始する剣法ともいえた。総兵衛自らがその輪の中に踏みこみ、示現流の、

「間合い」

を消していた。

「こん糞《くそ》たいが」

「高すっぽば、けっ殺せ」

互いに叫びつつ木刀で総兵衛の体を殴りつけ、動きを止めようと試みた。

だが、木刀と木刀の動きの狭間《はざま》に身を躍らせた総兵衛の木刀が一閃《いっせん》、また一

閃されるたびに輪の中から悲鳴が上がり、一人ふたりと倒されていった。

一陣の涼風が吹き抜けて止まった。

残るは羽織を着た浜村主水だけだ。

「おまん、ただの商人ではないな」

浜村が羽織の紐《ひも》に手をかけた。

「浜村様、互いに挨拶《あいさつ》にございますれば、本日はこれで失礼を致しましょう」

総兵衛の手から木刀が投げだされ、するすると信之助とおきぬが待機する場所まで下がった。そして、浜村の体から殺気が消えたと判断した後、総兵衛らは戦いの場を離れた。

半町も進んだとき、屋根を伝う駒吉に総兵衛が礼の言葉を投げた。

「駒吉、命を助けられたな」

「なんのことがありましょうや」

総兵衛と駒吉の主従、一族の中でも奇妙な関係にあった。

駒吉ほど一族の者として、商人として総兵衛に叱られ、鍛えあげられた男もいまい。それだけに馬が合うともいえた。

一年数か月前、江戸湾の船隠し、相州浦郷《うらごう》村深浦の入り江を出た大黒丸には
そもそも総兵衛も駒吉も乗船していなかった。

大黒丸が建造された暁には、いの一番に乗船を許されると高を括《くく》った奉公ぶりに総兵衛がきついお灸《きゅう》を据えたのだ。すなわち富沢町での地道な奉公であった。

だが、出帆した大黒丸を船大工の箕之吉《みのきち》が陸路追いかけ、なにか怪しげなことが大黒丸に振りかかったことを察知した総兵衛は駒吉を連れ、箕之吉の後を追った。そして、北回りで若狭小浜《わかさおばま》湾に投錨《とうびょう》していた大黒丸に追いついたのだ。

総兵衛も駒吉も、さらには船大工の箕之吉も予定外の乗船者だった。

嵐との遭遇、海賊船の襲撃と戦い、さらには漂流、異郷での暮らしと交易の中で三人が乗船したことがどれほど役に立ったか。

「総兵衛様、薩摩の待ち伏せ、偶然とも思えませぬ」

と信之助が案じた。

「狙《ねら》いはなにか」

「大黒丸の荷、あるいは大黒丸そのものではございませんか」

「薩摩が大黒丸を狙ってのことと申すか」

「薩摩は抜け荷のための船団を薩摩領内から奄美《あまみ》大島、琉球列島に定期的に動かしております。この薩摩船団を十文字船団と土地の人間は呼んでおりますが、この十文字船団に大黒丸を組み込み、南海の国々との交易に向かわせる考えではありませんか」

「薩摩に奪われてたまるか」

「あくまで私めの推量にございます」

と答えた信之助が、

「薩摩の在番陣屋を調べます。一両日の時を貸してくだされ」

と総兵衛に許しを乞《こ》うた。

「よかろう」

と答えた総兵衛が、

「十文字船団の大きさと装備はいかに」

「船団の旗艦は大隅丸《おおすみまる》、千五百石の軍船仕立て、砲備もなされております。が、大黒丸に比して大海原を航海する堅牢《けんろう》性、操舵《そうだ》性、帆走性に欠けておりましょう。後の四隻《せき》は七、八百石ほどの大きさにて、装備は貧弱にございます」

「無論江戸は十文字船団のことを知らぬのだな」

「薩摩領内は幕府の隠密《おんみつ》が一番潜入しにくい地にございますれば、噂《うわさ》にては承知していたとしても確かめるまでにはいたっておりますまい」

「それは重畳《ちょうじょう》」

　と総兵衛が答え、おきぬが、

「薩摩の抜け荷船の存在を江戸が知らぬことが私どもにとって都合よきことですか」

「おきぬ、薩摩の抜け荷船が幕府に秘密なれば、立場はわれらが大黒丸と同じことだ。今後、大黒丸と十文字船団が戦う羽目に陥り、薩摩の船を木っ端微塵《こ ぱ み じん》に粉砕しようと江戸幕府に頼ることも報告することもできまい。大黒丸も十文字船団も幕府にとっては存在せぬ船、船団じゃぞ」

「いかにもさようでございますな」

　とおきぬが応じたとき、泊湊の大黒屋出店の前に主従は到着していた。

　平屋ながら間口十四間（約二五メートル）、角地に建つ堂々とした店構えだ。

「信之助、店を見せてもらいたいと思うたが薩摩が気にかかる」

「そのことにございます。泊湊に停泊中、十文字船団に囲まれたら、身動きできませぬ」

「今夜のうちに大黒丸をどこぞに移そうか」

「ならば泊湊を出て本島沿いに海上一里（約四キロ）ほど未申《ひつじさる》（南西）の方角に参りますと珊瑚海《さんごかい》の間に浮かぶ珊瑚島に入り江がございます。その島の入り江なれば大黒丸が動き回れる水深もあり、見通しもようございますし、十文字船団が襲ってきてもすぐに対応ができましょう」

「よし」

「駒吉、このことを主船頭に伝えよ」

と総兵衛が屋根の上の駒吉に命じるのに信之助が、

「総兵衛様、水先案内人を一人つけとうございます」

と閉じられた店の潜《くぐ》り戸を叩いた。すると即座に中から返事が返ってきて戸が開かれた。

「おおっ、栄次《えいじ》か。大きゅうなったな」

総兵衛に言われた栄次がにっこりと笑い、

「総兵衛様、お久しぶりにございます。永の船旅にございましたが栄次は無事のお戻りを信じておりました」

と挨拶した。

「しっかりとした奉公人になったものよ。信之助とおきぬの躾《しつけ》がよいとみえる」

と褒めた総兵衛が、

「ほれ、そなたの兄じゃが屋根の上に控えてござるわ」

と頭上を指して教えた。

栄次は鳶沢村の分家の長老次郎兵衛の機転で琉球に行く信之助とおきぬに付けられた小僧だった。

この他、琉球の大黒屋出店には老練な一族の者、又兵衛《またべえ》も改めて派遣されていた。

屋根から軽やかに通りに飛び降りた者がいた。

栄次の兄、駒吉だ。

「栄次、信之助様やおきぬさんの邪魔になってはおらなかったか」

と駒吉が心配した。

栄次は江戸の富沢町の大黒屋に奉公することなくいきなり琉球出店の開店に従い、久能山《くのうざん》沖から大黒丸に乗せられてきたのだ。

「小僧時代の兄さんではございません、栄次には思慮も分別も十分に備わっておりますよ」

弟が胸を張り、信之助が、

「栄次、湊の大黒丸に急ぎ、珊瑚島の入り江に大黒丸を誘導しなされ。仔細《しさい》は駒吉が承知です」

「畏《かしこ》まりました」

駒吉と栄次の兄弟が肩を並べて闇《やみ》の中に走りこんだ。

その夜のうちに大黒丸は泊湊から消えた。

翌朝から泊湊の大黒屋に集められていた荷が借上船に積みこまれた。

その荷積みが二日かかり、借上船は珊瑚島の入り江に移動した。

大黒丸の舷側《げんそく》に横付けにされた借上船に、大黒丸から京のじゅらく屋と金沢の御蔵屋のために買い付けられた異国の布地、反物、装飾品、小物、化粧品などが分けて積みこまれた。

その作業が丸々一日かかり、総兵衛と信之助が話し合った結果、借上船には筆頭手代の稲平が同乗して京と金沢に荷を届けることになった。

総兵衛は京と金沢の二店の主殿《あるじ》に宛《あ》てて、長き不在の理由と心配をかけた謝罪の言葉を記した手紙を書き上げて稲平に持たせた。

江戸でやきもきしている大黒屋一統の気持ちを慮《おもんぱか》った信之助が、

「総兵衛様、美雪様や笠蔵さんへの手紙はいかがなさいますな」

と訊《き》いた。

「そなたは未《いま》だ知るまいが大黒丸の船足に叶《かな》う帆船はあるまい。われらが書状を積んだどの船よりも早く江戸に戻りつく」

「もしやして、十文字船団との海戦で再び航行が不能になる心配はございませんか」

「われら以上の船がこの海域にいるとも思えず、案ずるな、信之助」

総兵衛の物静かな言葉に揺るぎない自信を感じとった信之助は、

「不吉な予感」

をふっ切ったように笑顔を見せた。

借上船が珊瑚島の入り江を出たのが、宝永五年もあと数日を残すばかりの年の瀬だった。

ともかく総兵衛の胸に重くのしかかっていた懸念《けねん》が一つ消えた。

あとは大黒丸が碇《いかり》を上げて、江戸に向かうだけの話だ。

そんな日々、信之助が総兵衛に報告した。

総兵衛は薩摩の在番奉行の同心浜村主水と配下の者たちと揉《も》めた夜から泊湊の大黒屋の店に寝泊まりしていた。

「琉球在番奉行の陣屋に入れておった密偵が手紙を寄越しました」

信之助は琉球に着任すると同時に琉球の複雑な政治支配を察知して、琉球在番陣屋に首里で雇った男をもぐりこませていた。

この琉球人は薩摩支配に嫌悪《けんお》を抱《いだ》くもので、信之助の頼みを快く引き受けていた。

「やはり過日の浜村同心らの待ち伏せは総兵衛様のお手並みを知るために差し向けられたようにございます」

「その後、なんぞ動きがあるか」

「在番奉行曲詮三様は十文字船団を琉球に呼び寄せられたそうにございます。おそらく数日内には姿を見せましょう」

「大黒丸の行く手を塞《ふさ》ぐようなれば、お手並みを拝見することになるな」

「十文字船団の旗艦、大隅丸はどうやら唐人船を通じて重砲を買い入れ、数門を加えて攻撃力を増したそうにございます」

「それは聞き捨てならぬ」

と答えた総兵衛の語調にはどこか遭遇を楽しみにする様子が見えた。

「他の船の装備は変えたか」

「大隅丸の情報しか伝わってきておりませぬ。おそらくは新たに砲を加えたと見たほうがようございます」

総兵衛は首肯し、

「信之助、砲撃戦で優位に立つにはまず船の操舵性よ。いかに船の角度を迅速に変えられ、保持できるかによって薩摩の船団の能力が知れる」

と答えた。

信之助が畏まり、言い添えた。

「総兵衛様、今ひとつ、琉球国尚貞王が総兵衛様にお会いしたいとの伝言にございます」

「総兵衛もご挨拶申しあげたかった。信之助、対面の機会を早々に設けてくれ」

「承知しました」

## 四

その日の朝、泊湊から琉球特有の船体の細い小舟に乗って珊瑚島の入り江に移動した大黒丸に総兵衛は戻ろうとしていた。それは尚貞王対面のための帰船だった。

船頭を栄次が務めた。

「栄次、尚貞王はおいくつか」

「正保《しょうほう》二年（一六四五）のお生まれにございますゆえ、年が明ければ六十五歳の長寿を迎えられます」

奇《く》しくも病床にある綱吉と一つ違いだという。

「六十五歳になりか、長寿よのう」

「琉球の人は長閑《のどか》な性格ゆえか、温かい気候ゆえか長寿の人が多いように見受けられます」

「楽土ゆえ薩摩にも幕府にも清国にも狙われるか」

頷《うなず》いた栄次が、

「琉球の人々は琉球王朝への尊敬の念が強く、尚貞王も大いに慕われておられます」

「その琉球人だがどのような気性だな」

「一見腹を割って見せぬように見受けられますが、一度《ひとたび》信頼し合えば、先方から裏切るようなことは決していたしませぬ。薩摩人の前では仮面を被《かぶ》り、いつの日か、琉球の人々だけで暮らせる時を夢見て志を保ち、身体の鍛練に心血を注いでいるように見受けられます」

「身体の鍛練に心血を注ぐとはどういうことか」

「薩摩の命により、一部の階級しか武器を携帯することは適《かな》いませぬ。その代わり、琉球の方々は空手《からて》で戦う術《すべ》を身につけており、達人ともなればその拳《こぶし》は刀剣にも匹敵する武器になると言われております」

琉球の空手は洪武二十五年（一三九二）一月、明の太祖朱元璋《しゅげんしょう》が造船と操舵の技術と一緒にもたらしたものが最初とされる。ゆえに琉球のそれは、

「唐手」

と表記された。

小舟は珊瑚礁《さんごしょう》が島を取り囲み、さらにその外に群青色《ぐんじょういろ》の海が広がる海域を滑るように走っていた。

栄次は櫂《かい》を巧みに操り、海面を真一文字に舟を進めた。

「栄次、よう琉球に溶けこんだな」

櫂の使いぶりを見た総兵衛が褒めたとき、行く手に大黒丸の巨大な船影が見えてきた。

大黒丸の高い主檣《しゅしょう》が青い空に向かって突きだし、檣楼上で見張りをする男の影があった。

「総兵衛様、お帰り！」

見張りの声は駒吉だ。

檣楼から手が振られ、

「船はなんの変わりもございませんよ」

の声が小舟に響いてきた。

「兄じゃ、しっかり見張りをせえよ！」

弟が手を振り返し、叫んだ。

「栄次、そなたも総兵衛様をしっかりとお守りするのだぞ！」

兄弟はこの数日でそれまでの長き空白を取り返すように睦《むつ》まじさを蘇《よみがえ》らせていた。駒吉が駿府《すんぷ》の鳶沢村を出て、江戸の富沢町の大黒屋に奉公に出された時以来、二人は一緒に暮らしたことはなかったのだ。

その十五年の空白を埋めるように琉球での再会を楽しんでいた。

小舟は珊瑚礁の間に幅一町ほどの帯になって延びる水路に入り、その真ん中を進んだ。

珊瑚礁の間の水路は周囲の浅い海とは異なり、たっぷりとした水深を保ちつつ、珊瑚島と呼ばれる平ったい島の入り江へと導いてくれていた。

入り江に入ると微風が小舟に吹きつけてきた。

「総兵衛様、いつの日かこの栄次を異国に連れていってくださいませ」

「異国を訪ねたいか」

「琉球におれば唐人船も南蛮船も入って参ります。鳶沢村では徳川様のご支配なさる土地以外にたくさんの国があって人が暮らしているなんて夢にも思いませんでしたよ。そのことを琉球で教えられました。ならば、直《じか》に自分の目で見て、商いがしとうございます」

「よかろう」

と総兵衛が答えた。

「お許しが出たのですか」

「栄次、そなたらを大黒丸に乗せて琉球の遥《はる》か南の海を走る日がくるのもそう遠い先ではあるまい」

総兵衛の言葉は栄次の将来ばかりか、鳶沢一族の未来を占うように告げられた。

「有難うございます」

小舟が大黒丸の船腹にぴたりと寄せられ、総兵衛は縄梯子《なわばしご》を摑《つか》むと巨体を感じさせぬ軽々とした動きで甲板へと上がっていった。

甲板では忠太郎が出迎えていた。

「どうだ、支度はなったか」

「いつ何時でも大黒丸を再び首里の外湊《みなと》に向かわすことができます」

栄次が小舟を大黒丸から垂らされた縄に括《くく》りつけ、縄梯子を上がってきた。

「十文字船団はどこにおるか、情報はないか」

「名護湾に碇を下ろし、こちらの出方を窺《うかが》っているそうにございます」

「琉球の湊におるうちは動きを見せぬつもりか」

「諸外国や西国大名の船が停泊する湊ではまず仕掛けてきますまい。夜のうちか、外洋に出たところで行動を起こすとみられます」

「そのときはそのときのことだ。お手並みを拝見しようか」

と平然と答えた総兵衛が、

「忠太郎、これから尚貞王に拝謁《はいえつ》を願う。予《か》ねてからの手筈《てはず》通りに湊に戻る、帆を揚げえ！」

「畏まりました」

と答えた忠太郎が大黒丸の司令塔の艫櫓《ともやぐら》に駆け戻ると、すぐさま出帆準備の法螺貝《ほらがい》が鳴り響いた。

大黒丸船上に緊張が走り、すべてが動きだした。

抜錨《ばつびょう》作業と拡帆作業が同時に進行し、それまで仮眠していた大黒丸が一気に息を吹き返した。

主檣の帆に双鳶《ふたつとび》が翻《ひるがえ》り、帆柱上から何流もの旗が靡《なび》いた。

大黒丸の巨体が悠然と珊瑚海に延びる水路へと動きだし、さらには珊瑚礁を抜けて海に出た。

舳先《へさき》が丑寅《うしとら》（北東）に向けられた。

船足が増し、右手に首里の城が見えてきた。

これが公式の大黒丸の入港であった。

「縮帆減速！」

「面舵《おもかじ》！」

艫櫓から次々に命が飛び、即座に応じる返事が飛び交い、大黒丸は那覇津湊へと入っていった。

泊湊と那覇津湊は隣り合わせに並んでいる。

泊湊は漁港の色彩が強く、首里の外湊は那覇津がその役を果たしていた。

大黒丸が最初に泊湊沖に停泊したのは、琉球国の出方を気にかけたからだ。

だが、こたびの入港は琉球国尚貞王の招きに応じてのこと、首里の海の貌《かお》ともいえる那覇津へと粛然と入り、唐人船や南蛮船が賑々《にぎにぎ》しく停泊する間に投錨した。

唐人船や外国船の船上に人が群がり、悪名高き海賊船のカディス号と互角の砲撃戦をなした大和船を注視していたが、その見事な操船ぶりに歓声が起こった。

それほど大黒丸は威風辺りを払い、堂々とした操船ぶりであった。

忠太郎が次なる命を発し、大黒丸の船上から鳶沢一族の男たちの姿が消えた。

四半刻《しはんとき》(三十分)後、那覇津湊に二隻《せき》の琉球の御用船が姿を見せて、大黒丸に接近していった。

留守を預かる大黒丸警護の琉球人たちが左舷《さげん》と右舷に御用船を止めた。

甲板上に再び鳶沢一族が姿を見せた。

鳶沢一族の海老茶《えびちゃ》の戦《いくさ》衣装に身を包み、腰に大小を差した姿で肩には最新式の南蛮小銃を担《かつ》いでいた。

それは江戸の古着問屋の奉公人の集団ではなく、隠れ旗本として生きつづけてきた鳶沢一族が百年の約定を捨てて、表に見せた姿だった。

鳶沢一族が伝馬《てんま》に分乗した。

最後に南蛮衣装にビロードのマントを羽織った総兵衛が悠然と姿を見せて、伝馬に乗りこんだ。

大黒丸を離れた五隻の伝馬は那覇津の船着場を目指した。

船着場には総兵衛のために輿《こし》が用意され、信之助が又兵衛を連れて迎えに出ていた。

「又兵衛、堅固そうじゃな」

「総兵衛様、お久しぶりにございます」

「以前よりも若返ったようじゃ」

「この地の空気が肌に合ったようにございます」

「なによりかな」

総兵衛が輿に乗り、琉球王朝の雇人が担ぎあげた。

首里城《ぐすく》は那覇津の東、標高四百余尺（約一三〇メートル）の丘陵に建てられていた。首里城の広さは東西四町弱（約四〇〇メートル）、南北二町強（約二七〇メートル）、敷地は一万四千二百余坪であった。

総兵衛の一行は、石灰岩が敷き詰められ、ハイビスカスやデイゴの赤い花々が咲き乱れた石畳の道をゆらりゆらりと城に向かって進んでいった。

珊瑚を積みあげた塀の中の家屋敷の屋根には守り神のシーサーが見えた。

輿の上の総兵衛が辺りに目を凝らすと石畳が交差する辻《つじ》の塀の陰にこちらを見詰める目があった。琉球在番奉行支配下の同心たちであろうか。

だが、一行は一顧だにせず粛然と進んだ。

「総兵衛様よ、守禮之邦《しゅれいのくに》の扁額《へんがく》を掲げた守礼門が見えてきたよ」

と又兵衛が教えた。

青空の下、唐様式の那覇津の坊門である守礼門が一際《ひときわ》鮮やかに一行を迎えた。

総兵衛は輿に乗って守礼門を潜《くぐ》り、歓会門前で輿から降りた。

徒歩になった一行は歓会門、瑞泉門《ずいせんもん》、さらには漏刻門を潜って下之御庭《うなー》に出た。

鳶沢一族の者たちはここまでの随行しか許されてない。

総兵衛に大黒丸主船頭の忠太郎が従い、案内役として大黒屋出店の店主信之助が付いた。

三人は琉球王朝の尚貞王の近習《きんじゅ》に導かれて、奉神門を潜り、広い御庭の向こうの正殿を正面に拝んだ。

この正殿、琉球が明国、清国との交流が長いことを示して、かの国の紫禁城を模した造りだ。三段の石段の上に建つ間口百尺（約三〇メートル）余、奥行き六十余尺（約二〇メートル）の木造の朱塗りの宮殿だ。琉球瓦《がわらふ》で葺かれ、屋根の龍頭に大陸の影響を受けた正殿は、総兵衛が訪問した宝永五年（一七〇八）の翌年、火事で消失することになる。

正殿の前に赤地龍瑞雲嶮山文様《あかじりゅうずいうんけんざんもんよう》の唐衣を着た尚貞王が一人出迎えておられた。

総兵衛が歩を進めようとすると三線《さんしん》の音が響いてきて、御庭の四隅から徒手空拳《くうけん》の男たちが八人姿を見せた。それがするすると総兵衛に向かって間合いを詰めてきた。

尚貞王は平然と見ておられる。

信之助が主の危険とみて、盾になろうというのを制した総兵衛は、身に帯びた白扇を手に八人が間合いを詰めるところに自ら入りこんだ。

輪が縮まり、総兵衛が真ん中に立った。

攻撃は気配も見せずに始まった。

総兵衛の左右にいた二人が駆け寄りざまに虚空《こくう》に飛び、片足の先が刃《やいば》のように伸びて総兵衛を襲ってきた。

扇が悠然と閃《ひらめ》いた。

飛び蹴《げ》りの足首が軽く叩《たた》かれ、男二人が次々に御庭に落ちた。強く叩かれたとも見えないのに二人は攻撃から離脱させられていた。さらに二人、三人と連携した攻撃が襲いきた。

総兵衛は、鋭角的な攻撃を舞うようにゆるゆるとした動きで受け止め、白扇が閃《ひらめ》くたびに攻撃の男たちが倒れていった。

八人目が倒れたとき、

「見事なり、大黒屋総兵衛！」

という尚貞王の賞賛の声が御庭に響いた。

姿勢を正した総兵衛は面《おもて》を伏せ、腰を屈《かが》めて何事もなかったように国王の前に進んだ。

その後を忠太郎、信之助の兄弟が従った。

「大黒屋総兵衛、いや、鳶沢総兵衛勝頼、面を上げよ」

「恐れ入りまする」

二人の脳裏からは、もはや総兵衛の力を試す戦いがあったことなど消えていた。

「そなたも大胆不敵な男よのう、幕府の鎖国令に反してあのような大船を建造し、わが琉球の地に出店を作り、南蛮の海賊船と戦い、遠く越南《えつなん》の地まで交易に走って、薩摩が目を光らせる首里の外湊に船を立ち寄らせたか」

「尚貞様、大黒丸をご存じにございますか」

「変わった大和船が立ち寄ったというので密《ひそ》かに見に参った。そなたの面魂《つらだましい》が乗り移ったような大船かな」

と破顔された尚貞王は、三人を正殿の右手にある南殿へと招いた。

南殿は大和式の儀式に使われる宮殿であった。

尚貞王は薄縁《うすべり》を敷いた座敷の卓に三人を着かせた。

「総兵衛、過日は異郷の品々の他に大和の小判で千両献上したそうな、有難く思うぞ」

「恐縮にございます」

「総兵衛、そなたが異郷を目指した考えを知りたい」

「尚貞様、徳川幕府誕生から百年余、時代は大きく武から商へと転換いたしつつあります。そのような時代の忠誠とはなにかを考えた末に幕府の鎖国令に反し、大黒丸を建造し、異国との交易を通じて力を蓄え、鎖国の間に遅れた事物や考えを取り戻そうと考えました」

「それがそなたの徳川様への奉公、忠義か」

「さようにございます」

総兵衛は言い切った。

尚貞王は総兵衛の明快な答えにしばし沈思なされた。

心中、清国には独立した国家を装《よそお》い、進貢を行い、冊封使《さくほうし》を受け入れ、一方徳川幕府とは薩摩を通じて主従の誓いを果たさねば琉球国を保持できぬ運命に思いを馳《は》せられていたか。

「そなた、異郷で購入した物産をいかに大和で売り捌《さば》くか」

「名は申しあげられませぬが、私めの行動を支えてくれる豪商が江戸、京、金沢それぞれにおりまして、大黒丸出船を助けてくれました。それにもともと古着問屋大黒屋は諸国の商人とつながりを持っておりますれば、得がたき品、珍しき物産、巧みな技の工芸品、さらには武器弾薬まで買い入れたき商人、大名はいくらも見つけられまする」

「だが、大黒丸が江戸に戻った折に幕府が見逃してくれようか」

「江戸湾の一角に船隠しを用意してございます。今後、異国船、商人との取引が定期的になれば、大黒丸が一々《いちいち》江戸に戻ることもありますまい」

「琉球を中継湊にして物産を積み替える考えか」

「お察しのとおりにございます」

「琉球は薩摩の目が光っておるぞ」

「いかにもさようにございます」

「どういたす所存か」

「薩摩など西国大名には弱点がございます。われらと同じく鎖国令に反し、抜け荷商いに従事しておることです。幕府はそれを承知していても琉球の海まで取り締まる大船を持ちませぬ」

「それで」

「大黒丸が薩摩の十文字船団を撃破したとお考えくだされ。薩摩はこのことを江戸の幕府に伝えましょうか」

「そなた、一隻の大黒丸で薩摩の軍船を撃破すると申すか」

「われらの方から仕掛けることはございませぬ。なれど、行く手を阻《はば》まれ、危害を加えようとなされるならば、われら商と武に生きる鳶沢一族力を合わせ、戦い抜いてみせまする」

「勝算はありや」

「尚貞様、ドン・ロドリゴなるアラゴン人が率いたカディス号と薩摩の船団は戦ったことがございましょうか」

「大人と赤子の戦いと考え、薩摩は避けて通ってきておるわ」

「われらは戦い、カディス号を大破させ、随伴の唐人船二隻のうちの一隻を琉球沖に沈めました」

「いかにもさようであったな」

尚貞王が手を叩かれた。すると酒と料理の数々が運ばれてきた。

女官たちによって酒が注がれ、尚貞王が、

「鳶沢総兵衛、よう首里に参ったな」

と改めて歓迎の言葉を述べられた。

「私めも琉球の地に大黒屋の出店を設けたときから、尚貞様のお力をお借りいたしたくお目にかかりとうございました」

「無力の国王が鳶沢一族に力を貸すことなどできようか」

「尚貞様、一国土を制圧するのは他国の武力ではございませぬ、人心を引きつける仁政をなすかどうか。反対に侵入された国を守り抜くことは畢竟《ひっきょう》領民の心一つにございましょう。琉球の民が尚一族を王に戴《いただ》き、一丸となって国運回復に邁進《まいしん》する以上の力はほかにございますまい。われら、その手伝いができれば幸せにございます」

「そなた、薩摩にとって代わるために琉球に出店を設けたか」

「薩摩の琉球支配は圧倒的な武力と独断の政事《まつりごと》によって行われておりましょう。われらが琉球と関わりを持つのは一事にございます、商い、交易にございます」

「そのために琉球に中継地を設けると申すのだな」

「はい。われらは異国で購《あがな》った物産をこの琉球の地で一旦《いったん》下ろし、大和の諸都諸湊に向けて積み直します。まあ商いの方便にございます」

鎖国令下の徳川幕府にも海外の物産が入る地がいくつかあった。

官許の長崎口、それに薩摩の支配下にあって徳川の目が届かない琉球口だ。

総兵衛は琉球口を利用して、江戸や京に物産を運び入れようと考えていた。

「われら、琉球王朝の利とはなにかな」

「ただ今、首里の外湊那覇津に来航する船から入港税を徴収なされておられますな」

「いかにも」

「琉球王朝の国庫を十分に満たすものでございますか」

「いや、十分には程遠い。それに湊《みなと》の外で取引いたさば、われら琉球にはなんの益もない」

「交趾《こうち》のツロン湊にて経験いたしましたが、琉球の領地に立ち入る船から一律に税を徴収なされるとどうなりましょうか」

「だれもさようなことは聞くまいな」

「いえ、われら、大黒丸は率先して税を納めます。その代わり、税を納めた船には優先して米、塩、油、水の供給をなされて下さりますよう。また荷揚げ人足は、税を納めた船に限り派遣することにいたさば、外国船はわれら大黒丸を見習いましょう」

「おもしろいな」

「琉球の地の利を最大限にお考えになれば、王朝の財政もおいおい好転いたしましょう。今一つ提案がございます」

「聞こう」

「海の民、琉球人が手足をもがれたように他国を知らぬのは、大変な損にございます。尚貞様、われらと一緒に大黒丸に乗りこみ、海外交易に従事なさいませぬか」

「なにっ、われらに交易をせよと申すか」

「はい、最初は琉球の若い方を大黒丸に乗せるもよし」

「大黒丸に琉球人を乗せてくれるか」

「はい。われら鳶沢一族と琉球が手を結ぶのです」

「おもしろいぞ、総兵衛」

酒を飲み、料理を食べつつ、国事、交易、防備などのあれこれについて壮年を迎えた総兵衛と長寿の尚貞王は時がたつのを忘れて話し合った。

総兵衛の一行が守礼門を出たのはなんと四つ（午後十時頃）過ぎのことだ。

尚貞王との対面の席に同席した忠太郎と信之助の兄弟は期せずして、

「徳川の隠れ旗本の頭領、総兵衛の胸の内」

を測りきれずにいた。

だが、兄弟がそのために不安を感じたわけではなかった。総兵衛様なれば鳶沢一族を滅亡の淵《ふち》に導かれることはないと信じ切っていたからだ。

輿《こし》を中心に黙々と湊へと下る一行を月光が照らしだしていた。そして、その後を尚貞王の密偵が尾行していた。

宝永五年の年の瀬も明日で終わり、新しい年を迎えようとしていた。

この時、遠く離れた江戸では五代将軍徳川綱吉が風邪を訴え、床に就いているために、城の内外に暗い空気が漂っていた。

# 第二章 薩《さつ》摩《ま》

## 一

石畳の道を下りきり、平地に辿《たど》りついた。
船問屋、商店、民家が密集する大きな四辻《よつつじ》に総兵衛を乗せた輿が差しかかった。
夜風に磯《いそ》の香りが混じっていた。
ふいに輿が止まって下ろされ、随伴の一族が鉄砲を構えた。
一行は殺気に包まれていた。
輿の戸が押し開かれ、するりと総兵衛の長身が辻に滑り出た。

「総兵衛様」

駒吉が鳶沢一族の総帥《そうすい》の佩刀《はいとう》三池《みいけ》典太《でんた》光世《みつよ》を差しだした。

初代鳶沢《とびさわ》総兵衛成元《なるもと》が家康から、

「隠れ旗本」

として生きる証《あかし》に頂戴《ちょうだい》した一刀であった。葵《あおい》の紋が刻みこまれた刀は別名、

「葵典太」

とも呼ばれていた。

「総兵衛様、伊集院五郎八が率いる薩摩院外団と思えます」

信之助が報告した。

頷《うなず》いた総兵衛が輿を担いでいた琉球《りゅうきゅう》王朝の雇人に、

「そなた方は騒ぎに巻きこまれてはなりませぬぞ」

と忠告した。

総兵衛を守ろうと身構えていた男衆《おとこし》は一瞬迷いを見せた。

「ときに高みの見物もよいものでござろう」

総兵衛の平然とした言葉に、

「畏《かしこ》まりました」

と空の輿を回船問屋の軒下に寄せた。

総兵衛が三池典太を腰帯に差し落とし、南蛮外套《マント》を脱いで捨てた。

「鉄砲を使うでない」

総兵衛は夜の首里を支配するという薩摩院外団だが飛び道具は使うまいと考え、一族の者にも禁じた。なにより琉球王が支配なさる首里に夜陰銃声を響かせる非礼をはたらきたくはなかったのだ。

「承知しました」

忠太郎の声がして、直《ただ》ちに鳶沢一族は四辻の真ん中に立つ総兵衛を中心に円陣を作った。むろんその視線と注意は外へと向けられていた。だが、その輪から駒吉の姿だけが消えていた。

湊《みなと》から伸びてきた石畳の道に一つの姿が浮かんだ。

腰を沈めた武骨な構えに殺意が満ち溢《あふ》れていた。

影のかたちから薩摩人と見えた。

さらに総兵衛一行が下ってきた坂道に唐の武具、矛を構えた巨漢の姿が浮かびあがった。三番手、四番手が交錯する道の左右二方に見えた。

「われら、琉球国王に拝謁《はいえつ》した帰り、江戸富沢町の古着商大黒屋の主従一行にございます。なんぞ御用にございますかな」

総兵衛が薩摩人に声をかけた。

「いかなる理由により、江戸の古着屋風情《ふぜい》が遠く琉球の地まで大船を派遣して参った」

「近頃、江戸の人々の好みも煩《うるそ》うございます。在り来たりの古着ではなかなか捌《さば》けませぬ。そこでかようにして何百海里の波濤《はとう》を越え、仕入れに来たのでございますよ」

「商人の口先が嘘《うそ》で固められたものとは承知だが、大黒屋総兵衛、ちと無謀に過ぎたな」

「伊集院五郎八様にございますな」

総兵衛が問い、

「いかにも伊集院五郎八じゃあ」

薩摩の院外団を率いる頭領が手を振った。するとの四方の道からそれぞれ変わった武具を構えた傭兵《ようへい》たちが姿を見せた。

その数およそ五十余人、鳶沢一族に倍するものがあった。

「大黒屋総兵衛の首を上げた者には小判十枚が下しおかれる」

伊集院五郎八が宣告した。

傭兵の間からざわめきが起こり、一人の巨漢が進みでてきた。

「陶安民《とうあんみん》、こやつの首を上げげん」

と巨漢が巧みな大和言葉で宣言した。

総兵衛一行が通ってきた石畳に伊集院五郎八に続いて姿を見せた唐人だ。

「伊集院様、総兵衛の命、えらく安く見積られましたな」

苦笑いの中に怒りが含まれていた。

「参れ、陶安民！」

鳶沢一族の防衛線の一角が空けられ、七尺余（二一〇センチ以上）の身の丈の陶安民が両刃の付けられた柄の長さが一丈（約三メートル）もありそうな矛を小脇《こわき》に掻《か》いこんで悠然と姿を見せた。

六尺を優に超えた総兵衛すら小さく見えるほどの巨漢だ。

矛がしごかれた。

目にも止まらぬとはこのことか、刃渡り二尺余の両刃が月光に煌《きらめ》き、一条の火になって総兵衛の胸板一尺まで走り、瞬時に引き戻された。さらに長柄の矛が左右上下に旋回されると、
ぶるんぶるん
と夜気が斬《き》り裂かれて音を立てた。

総兵衛が三池典太を抜き、正眼に構えをとった。

間合いは二間余（約四メートル）。

矛の間合いだ。

陶安民の大きな顔が紅潮して、青筋が立つのが見えた。

再び矛がしごかれた。前後に往復する動きは先ほどよりも素早かった。そして、総兵衛が間合いを見切れないように矛の穂先が突きだされ、後退する位置が微妙に変えられていた。

矛先が総兵衛の構える三池典太のかたわらを疾《はし》って胸前《むなさき》数寸のところで停止し、引かれた。

総兵衛は微動もしない。

ただ相手の狙《ねら》いを鋭敏に研ぎ澄ました五感で読もうとしていた。

ふあっ
という殺気が押し寄せてきた。

これまで止められてきた矛先が総兵衛の胸を突き通す勢いで繰り出された。

三池典太が両刃の矛先を弾《はじ》いた。

矛が横へと流れた。

それを読みこんでいた陶安民は矛先を流しつつ、
ぶるん
と刃先を回して総兵衛の首筋を撫《な》で斬ろうとした。

鋭く反転してきた刃を右手から受けて、総兵衛は腰を沈め、さらに能楽師のように摺《す》り足で前へ踏みこんだ。

その瞬間、総兵衛の身はまさに刃渡り二尺の矛の刃に晒《さら》された。

陶安民の顔が綻《ほころ》び、豪快な刃風が総兵衛を両断する勢いで迫ってきた。

虚空《こくう》へと飛びあがった総兵衛の身が消えた。

陶安民の矛先が空を切り、次の瞬間夜空から翼を広げた怪鳥《けちょう》のように黒い影が襲いかかって、
ぱあっ
とその眉間《みけん》を断ち割った。
げげえっ
壮絶な絶叫が四辻に響き渡り、身の丈七尺の巨漢が、
どどっ
と横倒しに斃《たお》れこんだ。
一瞬の決着だった。
輿の周りに控えていた琉球人はただ啞然《あぜん》と総兵衛の、
「静から動」
への変容の凄《すご》さを見せつけられていた。
(恐るべし、大黒屋総兵衛)
尚貞王に総兵衛一行が大黒丸に戻るまで見届けよと命じられていた密偵はその言葉を脳裏に刻みこんだ。

戦いは終わりではなかった。

薩摩の一番手の陶安民が壮絶にも斃されたのを見て、院外団は一瞬言葉を失い立ち竦《すく》んでいた。

伊集院五郎八も呆然《ぼうぜん》とした。

その間隙《かんげき》を衝《つ》くように鳶沢一族が四つの辻に分散された院外団の傭兵に襲いかかった。

異国人戦士との戦いにはすでに慣れた一族の面々だ。いかに先手をとるか、幾多の海戦を通してこつを飲みこんでいた。

そんな連中が気配もなく一瞬の隙《すき》を衝いて行動を起こしたのだ。

足を斬り払われ、腰を突かれて、最初の攻撃に三分の一の数が倒されていた。

「相手は無勢、押し包んで殺せ！」

頭領伊集院の命が響いて、ようやく院外団傭兵は陣形を立て直した。

その瞬間、四辻を見おろす屋根の上から屋根瓦《がわら》が飛んできて、反撃に出ようとした傭兵や剣客たちの額や頬を直撃した。

綾縄小僧の駒吉の仕業だ。

反撃の出鼻をくじかれた傭兵や剣客たちに再び鳶沢一族が襲いかかり、七、八人が倒された。

これで完全に数の上では五分と五分、勢いは鳶沢一族にあった。

そのとき輿を担《かつ》いでいた琉球人たちが動いた。日頃、薩摩の院外団には手ひどい仕打ちを受けていた。その悔しい思いが彼らをして立ちあがらせたのだ。

これで数が逆転した。

「伊集院どの、どうなさる所存か」

総兵衛が問うた。

しばし伊集院からの返答に間があって、

「今宵《こよい》は引き上げじゃあ。大黒屋、今宵の恨み、薩摩は忘れぬ」

と宣言すると首里の夜を支配するという薩摩院外団が闇《やみ》に消えた。

「参ろうか」

何事もなかったように総兵衛が輿に戻り、行列が再び動きだした。

四辻に血の臭《にお》いだけが残され、尚貞王の密偵が独り呟《つぶや》いた。

「非情なり、鳶沢一族」

この言葉を残して、密偵は鳶沢一族の行動を尚貞王に報告するために消えた。

首里の外湊那覇津《なはつ》から泊湊《とまり》に、

「琉球と大黒屋が手を結んだ」

という噂《うわさ》が風のように流れたのは宝永五年の大晦日《おおみそか》のことだ。

湊のあちこちで、

「薩摩が黙って見逃すか」

「いや、あの薩摩っぽのことだ、なんぞ仕掛けてくるぞ」

「戦《いくさ》か」

「おう、大黒丸が那覇津に留《とど》まっているかぎり、いくら薩摩とて手は出せまい。だが、外海に出れば十文字船団が大黒丸を取り囲もう」

「どっちに分《ぶ》があるな」

「そりゃ、おまえ、一隻《せき》対五隻では話になるまい」

「十文字船団は大隅丸の他に大薩摩丸《おおさつままる》という大船を新造したというぞ、その船を琉球に寄越したとしたらどうなる。一隻と六隻では太刀打ちできまい」

「いや、ドン・ロドリゴ船長のカディス号の襲撃を受けて、逃げ果《おお》せたばかりか相手にも大きな損害を与えた大黒丸の力は侮《あなど》れぬ。なにより大黒丸の面々は戦上手というぞ」

「古着商の大黒丸の奉公人がどうして船戦《ふないくさ》上手か、分からぬな」

「なんでも大黒屋の先祖は水軍というぞ」

「ならば船戦が上手なのも交易がお手の物なのも分かるな」

無責任な会話が飛び交った。

宝永五年から六年（一七〇九）と新玉《あらたま》の年に変わった正月元日、鳶沢一族の面々が大黒丸船上に呼び集められた。

難破を経験した総兵衛以下大黒丸の乗り組みの二十六人から筆頭手代の稲平が借上船に乗船して姿を消して二十と五人、琉球出店の店主信之助とおきぬの夫婦に琉太郎、それに又兵衛に栄次が加わり、三十人の面々だ。

この中で船大工の箕之吉が一族の者ではなかった。だが、大黒丸の建造から携わり、鳶沢一族の秘密を共有して、もはや一族の者といっても過言ではなかった。

夜明け前、大黒丸に煌々《こうこう》と明かりが点《とも》され、甲板に一族が集合した。

一同は駿府《すんぷ》鳶沢村の方角を遥拝《ようはい》し、先祖に新年の祝賀を述べて、屠蘇《とそ》酒を酌《く》み交わした。さらに総兵衛と一族が向き合って、

「総兵衛様、新年の慶賀申しあげます」

「一同の者、目出度《めでた》いのう」

と祝い酒を飲み干した。

だが、一旦《いったん》、酒盃《しゅはい》は置かれた。

総兵衛が主船頭の忠太郎以下と改めて向き合い、

「大黒丸が相州浦郷村深浦湾を出て、一年数か月、われらは正月三が日を此処《ここ》那覇津で過ごし、四日の未明いよいよ江戸に戻る」

と宣告した。

静かな歓声が湧《わ》いた。

琉球に残る信之助らのことを気にしたからだ。

「徳川幕府の開闢《かいびゃく》から百年余、将軍家を中心に国家安泰が続き、喜ばしき限りである。だが、国の内外の厳しい諸情勢を見るとき、われら、鳶沢一族の奉公

がこのままでよいかどうか思い悩む。無論、われらのご先祖成元様が神君家康様と約定を交わしたごとく、徳川危難の秋《とき》になにをなすかは自明のことである。だが、そなたらも承知であろう、事海戦を考えても帆船は巨大になり、速力を増し、その火力は計り知れない。翻《ひるがえ》ってわれらが国土を考えるとき、西国の大大名を除いて、旧態依然として帆掛け船で陸地を見ながらの日中だけの航行である。大砲は昔ながらのもので飛距離は短く命中率も低い。これらの船や大砲は南蛮諸国では百年以上も前に廃棄された代物《しろもの》である。かような武力でなにができようか、公平なる交易一つ満足にできぬことはわれらがすでに体験してきた。南蛮の船も清国の船も商船は軍船と同じく装備を持っておる」

総兵衛はちらりと駿府の方角の空に目をやった。

鳶沢一族は六代目にして、その生き方を大きく変えようとしていた。

総兵衛の心の中はすでに迷いなく固まっていた。

「いつの日か、異国の船がわれらの領土を襲い来るやも知れぬ。見てみよ、この琉球王国の地を。慶長十四年（一六〇九）、島津薩摩の軍勢三千余兵がこの地に侵入して、尚家が支配してきた地は実質的に薩摩支配に変わったのだ。琉球の敗因は何百年にわたり平和と繁栄を謳歌《おうか》し、戦いと無縁であったことだ。その悲劇が徳川家に襲い来ぬと、だれが保証いたすか。そのとき、三百諸侯、旗本八万騎がどれほどのお役に立つと思うか。関ヶ原の御世《みよ》の戦《いくさ》仕立てで巨船長距離重砲と戦おうと申すか。もはや無理じゃ、先祖伝来の甲冑《かっちゅう》は無用の長物じゃぞ」

と総兵衛は言い切った。

「われらは鎖国に甘んじて、新しく生まれた考えを、武器をないがしろにしてはいかぬ。鳶沢一族は商と武に生き、徳川家を陰から守るために、商いを改め、軍備を一新いたす」

忠太郎の口から思わず呻《うめ》き声が洩《も》れた。

「忠太郎、なんぞ考えがあるか」

「お聞きいたします」

「申せ」

「われらは商と武の両輪を転がしつつ、この百年を生きて参りました。その国表は駿府鳶沢村、江戸屋敷は富沢町の店にございました」

「いかにも」

「総兵衛様のお言葉は国表も江戸屋敷をも捨てると聞こえまするがいかに」

「忠太郎、駿府鳶沢村はどのようなことがあれ、われらの故郷だ。変えようもないわ」

「とすると富沢町の古着問屋を撤退なされますか」

「忠太郎、他の者もよく聞け。総兵衛の腹の中には一つの考えがある、だがそれをそなたらにうまく伝えるためにはどう表せばよいのかと口にするのを迷っておる」

と正直な気持ちを告げた総兵衛は、

「その問いの答え、江戸帰着の時まで待ってくれぬか」

と一族の者に頼んだ。

おきぬは総兵衛の話に、

（こたびの航海で総兵衛様は変わられた）

ことを痛感していた。

変わったわけは異郷を見られたことだけか、そこが判然としなかった。

「ともあれ大黒丸を建造し、船出したときから鳶沢一族はもはや後戻りできぬところへと踏みだした」

それは全員が感じていることだった。

「こたびの難破はそのことを教えてくれた。われらはすでに異郷をこの目で知り、血を流して戦い、還《かえ》らぬ者もおる」

一同が頷《うなず》いた。

「われらは成元様と家康様の約定を守りぬく。そのために商の様態を変え、武の育成に努めねばならぬ。富沢町を捨てる守るは些細《ささい》なことよ。われらは何処《いずこ》の地にか、新しき富沢町を築くまでじゃ。世界は途方もなく大きい、われらの知らぬことが無数にある。その世界の人々と交易をするためにわれらが変わらねばならぬ。百年の長きにわたり、徳川様を陰から支えてきた自負はある、だが、これからの百年を支えるためにはわれらが変わらねばならぬのだ。それだけは確かなことよ」

総兵衛の自らに言い聞かせるように思い悩む言葉はそこで打ち切られ、重い沈黙がしばらく続いた。

「総兵衛様、われらは一族の命運を総兵衛勝頼様にお預けした者どもにございます。総兵衛様が向かわれる先に従うまでにございます」

信之助が一同を代表するように言い切った。

「同感にございます」

という言葉が一座から湧き上がった。

総兵衛が大きく頷いた。

「総兵衛様、申しあげてようございますか」

駒吉が総兵衛の顔を見た。

「駒吉に限らぬ、腹に思うたことを自由に述べよ。総兵衛、聞く耳は持っておる」

「有難い仰《おお》せにございます」

「前置きはよい、申せ」

「総兵衛様が舳先《へさき》に立たれた大黒丸が一族の棺桶《かんおけ》船になるか、われら一族を百年先まで運んでくれる宝船になるか、駒吉はこの命を賭《か》け、腹を括《くく》って見定めまする。なあに最後は鳶沢総兵衛勝頼様に従い、この一命を投げだせばよいことにございます」

「よう言うた、駒吉！」

と叫んだのは又兵衛だ。

「老い先短い命、なんぞ新しきことに使いとうございますよ、総兵衛様」

と言い切り、年寄りの言葉に一座が大きく頷いた。

二

元旦の朝日が上がった。

大きな日輪に向かい、柏手《かしわで》が打たれ、拝礼が行われた。

首里の外湊の那覇津から泊湊に停泊する南蛮船、唐人船に五色の旗が上げられ、楽の音が鳴り響き、花火が打ち上げられて宝永六年の元旦を祝う宴《うたげ》が始まった。

大黒丸でも炊方《かしきかた》の彦次、竜次郎が何日も前からおせち料理を用意し、さらにはおきぬが琉球風の正月料理を作って船に持ちこんだので、一層華やかな食べ物の数々が食卓に並んだ。

酒は南蛮の葡萄酒《ぶどうしゅ》、琉球酒、京の上酒まで色々な種類が甲板に設けられた宴の席に並べられた。

主船頭の忠太郎が、

「今日一日は好きなだけ酒を飲み、好きなだけ料理を食べよ。これからは無礼講ぞ」

と許しを与えて、宴会が始まった。

すでに唐人船から酒に酔った叫び声が水面を伝って流れてきた。

総兵衛のかたわらには駒吉たち、総兵衛の話に興奮した若い連中が押しかけ、

「総兵衛様、私めの酒を受けてくだされ」

「ちとお聞きしたいことがございます」

と次から次へと酒器が差しだされていた。その姿を忠太郎ら老練な一族の者たちがにこにこと笑ってみていた。

宴は一日続きそうな気配だ。

酔いつぶれて甲板に寝込む者もいたが、正月とはいえ南国琉球だ。寒くはな

い。

淡い夕焼けが首里の空を染め、信之助とおきぬの夫婦は幼い琉太郎を連れて、首里の店に戻ることになった。又兵衛は酒に酔いつぶれ、栄次は兄の駒吉から異郷や江戸の話を聞いていた。そこで一家だけで大黒丸を離れたのだ。

伝馬《てんま》の櫓《ろ》は信之助自らが握った。

「おまえ様、総兵衛様はお変わりになったと思われぬか」

とおきぬが言いだしたのは大黒丸と船着場の真ん中に伝馬が差しかかったときだ。

「なにが変わったと申すか」

「さてなにが変わったと反問されても答えられませぬ。ですが、女の勘というのでございましょうか、私の知る総兵衛様ではないように思えます」

「おきぬ、そなたの申すこと全く理解ができぬわけではない。われらとて琉球に参り、江戸では考えもしなかった物を見た、異国の人に会った。だが、この琉球は薩摩様が支配なさる徳川幕府の領地と申してよかろう。総兵衛様は異国の海賊船や唐人船と戦い、交趾《こうち》のツロンの日本人や異国人と交易をなして、なにかを得られた、感じ取られた。そのことが徳川に隠れ旗本として仕える鳶沢一族の頭領に変化をもたらしたか。あるいは別の理由か」

おきぬは漠然と亭主の言葉と自分の感じ方が違うことを悟ったがなにも言わなかった。

「おきぬ、はっきりしておることが一つだけある。益々《ますます》この首里の大黒屋出店が重要な拠点になるということだ」

それは総兵衛と尚貞王のやりとりを聞かされたおきぬも感じ取ったことだ。

「承知しております」

「そのとき慌《あわ》てぬようにおさおさ準備を怠らぬようにせねばなるまい」

「はい」

伝馬が船着場に着けられ、杭《くい》に舫《もや》い綱が巻かれた。

船着場付近では正月の晴れ着を着せられた子供たちが遊ぶ光景が見られた。

琉太郎を抱き取った信之助はおきぬと並んで首里の店へと石畳を上がっていった。

大黒丸では酒宴が終わりに近づいた頃、客人が訪れた。琉球王朝の湊親方《うえかた》奉行の比嘉具高だ。

席が船室に改められ、総兵衛と忠太郎が応対した。

比嘉は元旦の慶賀に首里城に登っていたか、琉球高官の正装に身を包んでいた。

「比嘉様、新年おめでとうございます」

「総兵衛様にもつつがない様子、慶賀に堪《た》えませせぬ」

新年の祝い酒が酌《く》み交わされた。

「本日は尚貞様の使いとして参上いたしました」

総兵衛と忠太郎は姿勢を改めた。

「先の対面、大変楽しく双方に有意義なものであった。われらの交流が益々強固なものにならんことを望むとの伝言にございます」

「大黒屋総兵衛、確かに承《うけたまわ》りました」

「明日の正月二日は首里城にわれら家臣団が集《つど》う日にございますが、その場に那覇津に寄港した外国船の船長《カピタン》ら要人、薩摩の在番奉行方を招く習わしにございます。大黒屋総兵衛様もぜひお招きしたいとの言付けにございます」

「喜んで年頭のご挨拶《あいさつ》に参じます」

比嘉の用件はこの二つであった。

改めて酒が酌み交わされた。

「過日、下城の折、薩摩の院外団に襲われなさったとか」

「汗を掻《か》かされました」

総兵衛の言葉は平然としていた。

「総兵衛様、お気をつけなされ。琉球在番奉行の曲詮三様が院外団の腑甲斐《ふがい》なさに烈火のごとく憤激なされて、伊集院様にそれでも薩摩隼人《はやと》か、倍する院外団が大黒屋一味にきりきり舞いさせられておめおめと引きさがりおって、この場で腹を掻《か》っ捌《さば》けと罵《ののし》られたとか。伊集院様はなんとか切腹は免れましたが、この一両日うちに総兵衛様の首を討ち取る約定をさせられたそうにございます」

「それは気の毒なことを致しましたな」

総兵衛が酒器を片手に呟《つぶや》いた。

「曲様はなかなかの策士にございましてな。琉球の恥を申すようですが、三司官のお一人、具志頭朝寧《ぐしかみちょうねい》様、唐名を尚温《しょうおん》様と申されるお方を籠絡《ろうらく》なされ、琉球の政事《まつりごと》を薩摩方に引っ張っていこうとなされております。正直申して城中の話もたちまちにして薩摩在番に知れるのは具志頭様の働きといわれております」

比嘉は琉球王朝の複雑な政治事情を告げた。ということは尚貞王の意思を比嘉が伝えているということではないか。

「有難く承りました」

総兵衛は頭を下げ、比嘉が頷いて話の矛先を変えた。

「大黒丸はいつ那覇津を立たれますな」

「三が日明けの四日未明に帆を揚げる所存にございます」

「あと二日、何事もなければようございますがな」

と呟いた比嘉は、

「総兵衛様、江戸行きの大黒丸に何人か琉球人を乗せてはくれませぬか。尚貞様は大黒屋と組むと決まれば少しでも早く船にも航海にも慣れさせたいとの希望をお持ちなのです」

「願ってもない申し出ながら、われらの行く手には薩摩が待ち受けております
ぞ」

「薩摩との戦と聞いて尻込《しりご》みする琉球人がおりましょうか。総兵衛様方の足手
まといになる者は人選いたしませぬ」

「こちらからお頼み申す」

「何人選びますか」

「まずは十人」

比嘉が大きく頷いた。

「比嘉様、その十文字船団ですが、なんぞご存じのことはございませぬか」

「名護湾に停泊したまま大黒丸の出帆を待っておりました大隅丸以下の五隻《せき》の
軍船、昨日北に向けて出帆いたしました」

「ほう、薩摩に引き上げられたか」

「いえ、薩摩の直轄《ちょっかつ》領地の名瀬湊に引き上げ、大黒丸を待ち受ける考えのよう
でございます。無論隠密船《おんみつせん》はうろうろとこの那覇津で大黒丸の行動を見張って

おりますよ。大黒丸に出帆の動きあれば直《す》ぐに船団に告げる手筈《てはず》です。こやつの始末はわれらで致します」

と答えた比嘉が、

「旗艦の大隅丸の装備をご存じか」

と訊《き》いた。

「いえ」

「つい最近、左右両舷側《げんそく》に仏蘭西《フランス》国の商船から購入した長距離砲を三門ずつ加え、片舷八門の重装備がなされたと聞いております」

「十六門の大砲を積んでおりますか」

左右舷側五門ずつの重砲と船首船尾に各二門の軽砲を配置した大黒丸の砲備よりも火力が多かった。

「それに薩摩は新しき帆船を建造したとか、購入したとかの情報もございますれば、出帆の節は十分にお気をつけくだされ」

「比嘉様、数々のお心遣い有難うございます」

もはや比嘉一個人の親切というより尚貞王の考えを比嘉が代弁に来たことは

確かだった。

「人選のこともござれば私はこれにて」

比嘉が用件を済ませた顔で辞去の挨拶をした。

「明日、首里のお城でお会いいたしましょうぞ」

比嘉の乗る御用船が大黒丸を離れたとき、総兵衛は物思いに耽《ふけ》るように沈思していた。

「なんぞお考えが」

と忠太郎が気にかけた。

「薩摩の十文字船団と遭遇したおりのことを考えておった。なあに海戦は船の数でもなければ、砲門の数でもなく、船の大きさでもない、そのことは重々承知よ。つまるところ戦術と操舵《そうだ》の巧拙が勝負を分ける」

「となればなにを案じてなさるので」

「京、金沢向けの荷は借上船に積みかえたとはいえ、まだまだ大黒丸は船腹に相当の荷を積んでおる、それに十人の琉球人を乗せるとなると船はさらに重くなる道理だ。忠太郎、それがそなたの操船指揮に影響せぬかと気にかけておった」

「大黒丸が商船である以上、それは致し方なきことにございます。われらはあるがままの状況を受け入れて戦いに備えるしか方策はございますまい」

「薩摩の船団が大黒丸に狙《ねら》いをつけておると知った上で、なにも手を打たぬのも怠慢の誹《そし》りを免れまい」

と答えた総兵衛は、

「信之助の知恵を借りに参る」

「これからにございますか」

「時間の猶予《ゆうよ》はあるまい」

「供は」

総兵衛の視界に酔いつぶれた又兵衛を駒吉と栄次の兄弟が背負って船から下ろそうとしているのが目についた。

「あの伝馬に同乗いたそう。待たせてくれ」

総兵衛は船室に戻ると三池典太を腰に差し落とし、今度の航海で買い入れた洋式短筒を懐《ふところ》に忍ばせた。

甲板に戻り、縄梯子《なわばしご》に手をかけた総兵衛の耳に又兵衛の高鼾《たかいびき》が聞こえてきた。

「お出かけにございますか」

又兵衛を下ろした駒吉が訊いてきた。

「酔うておるか」

「酒はいただきましたが酔いつぶれるほどには飲んでおりませぬ」

「よかろう、供をせえ」

「どちらまで」

「首里の店に信之助を訪ねる」

「畏《かしこ》まりました」

伝馬が湊へと向かった。

船着場から栄次が又兵衛を背負い、

「首里の店に参られるなれば、ちと勾配《こうばい》はきつうございますが抜け道がございます」

と総兵衛に狭い道でもよいか許しを乞《こ》うた。

「よし、栄次、案内に立て」

又兵衛を兄弟が代わる代わる背負って、細い路地の坂道をうねうねと上がった。

路地に接した家々からは正月の宴の気配が伝わってきた。

坂の路地を上がること半刻《はんとき》(一時間)、ふいに石畳の広場に出た。

「総兵衛様、ほれ、あそこに見えるのが大黒屋首里店にございますよ」

と又兵衛を背負い直すために栄次が立ち止まった。

広場の向こうに琉球瓦《がわらふ》を葺いた間口八間(約一五メートル)ほどの店が見えた。

「参りましょう」

と歩きだす栄次に総兵衛が、

「待て」

と命じ、ほぼ同時に駒吉が闇《やみ》に没するように姿を消した。

「兄はどこに行きました」

栄次が訊いた。

「気配が察せられぬか、栄次。店を何者かが取り囲んでおるわ」

と顎《あご》で指した。

「それは迂闊《うかつ》にございました。信之助様とおきぬ様は気づいておられましょうか」

「二人のことよ、とっくに気づいておるわ」

総兵衛と栄次はしばしその場の闇に身を潜めていた。栄次の背から相変わらず又兵衛の高鼾が聞こえてきた。

「栄次、寒くはあるまい。又兵衛を軒先に寝かせておくぞ」

総兵衛が又兵衛を抱き取り、地面に下ろした。そこへ駒吉が戻ってきた。

「薩摩の院外団の残党にございます」

「在番奉行の曲《まがり》に尻を叩《たた》かれ、伊集院め、矛先を大黒屋の店に向けおったか。駒吉、数はどれほどか」

「伊集院の姿は確かめられませんでしたが、およそ二十人かと思います」

「直ぐにも突入する気配か」

「元旦《がんたん》の夜にございます、近所が寝静まるのを待っているかに見えます」

「駒吉、栄次、ちと汗を掻《か》くことになった」

「酒っ気が抜けてようございます」

駒吉が平然と答え、懐に片手を入れた。綾縄《あやなわ》小僧は鉤縄《かぎなわ》を確かめたのだ。

総兵衛は懐から出した短筒を栄次に渡し、

「なんぞ始末に困れば遠慮のうぶっ放せ。元旦の夜を騒がすことになるが薩摩っぽが驚き騒ぐ音にはなろう」

と無手《むて》の栄次に渡した。

「承知しました」

栄次が受け取り、総兵衛が悠然と広場に姿を晒《さら》し、歩きだした。

広場に謡《うたい》が流れた。

観阿弥《かんあみ》の「松風」の一節だ。

「松島や雄島の海人《あま》の月にだに、影を汲《く》むこそ心あれ、影を汲むこそ心あれ……」

大黒屋首里店を囲む闇の人影がその声に揺れた。

同時に総兵衛の到来は店の中で侵入の時を待ち受けていた信之助の知るところになった。

店の前、十間のところで総兵衛の謡が消え、

「伊集院五郎八はおるか」

と問う声が響いた。

しばし沈黙の後、

「おのれ、大黒屋総兵衛」

と吐き捨てた伊集院が姿を見せた。

「在番奉行曲《まがり》どののお叱《しか》りを受けて、家族しかおらぬ店を襲う策を弄《ろう》したか。それとも姑息《こそく》と評判の曲どのの考えか」

「許せぬ」

その声に大黒屋を囲んでいた院外団の残党が姿を見せた。大半は唐人で過日の夜の戦いを承知していた。

「今宵《こよい》はわれら三人だけだ。真っ向勝負を望むか」

と総兵衛が言いかけ、

「伊集院五郎八、もはや後には引けまい。この大黒屋総兵衛と尋常の勝負をしてみる気はないか」

と挑発した。

「五郎八をみくびいたか。わっがびんたば、かっ割っちくるっ！」

お国言葉で叫んだ伊集院五郎八が夜空へと突き上げるように剣を抜いて構えた。さらに草履を脱ぎ捨てた。

ざっくりとした小袖《こそで》を着流した総兵衛は三池典太を抜くと正眼に構えた。

両者の間合いは六、七間と離れ、薩摩示現流を使うには十分なものだった。

「参れ。来ぬなれば祖伝夢想流、一差し舞《も》うてみせようか」

伊集院五郎八が走りだした。

総兵衛も同時に動いた。

瞬《また》く間に間合いが詰まり、伊集院の口から、

「ちぇーすと！」

の奇声が発せられ、虚空《こくう》に飛んだ。

総兵衛も石畳を蹴《け》って虚空に長身を置いていた。同時に正眼の剣を胸前に引きつけていた。

二人の身が円弧を描きつつ交錯して、上段の剣と手元に引きつけた葵典太が

同時に振るわれた。
見物の目には二つの剣が同時に相手の身を襲ったように見えた。
だが、長身の総兵衛の三池典太の切っ先がぐいっと伸びて、伊集院五郎八の喉元《のどもと》を一瞬早く搔き斬《き》っていた。
ぱあっ
と血飛沫《ちしぶき》が上がった。
げげげえっ
という呻《うめ》き声が口元から洩《も》れ、伊集院五郎八の体から力が、
ふあっ
と抜けて、腰砕けに石畳に落下していった。
死の痙攣《けいれん》が一頻《ひとしき》りして伊集院五郎八が死んだ。
血と死の臭《にお》いが辺りに漂った。
「薩摩の方々に申しあげる。今宵の勝負は決着がつき申した、伊集院どのの亡《なき》骸《がら》を運んで引き上げなされよ」
総兵衛の凜然《りんぜん》とした言葉が響き、迷いを見せて沈黙が支配した。だが、頭目

を失った院外団の面々が伊集院のまだ温かい体に近寄り、血が流れ切らぬ五体を抱えて闇に消えた。

大黒屋の表戸が開き、三段突きと異名を持つ槍《やり》の名手信之助が槍を小脇《こわき》に姿を見せた。

「信之助、そなたの知恵を借りに参った、夜分遅いが邪魔を致す」

何事もなかったように総兵衛が言った。

「この店は総兵衛様の出店にございます、なんの遠慮がいりましょうか」

と信之助が答えたところに栄次が又兵衛を背負ってきた。

「おうおう、又兵衛め、白川夜船で寝てござるわ」

と笑った総兵衛に又兵衛の高鼾が掛け合うように応じた。

三

総兵衛と駒吉はその夜、大黒屋の首里店に泊まることにして総兵衛は信之助と長い刻限二人だけで話し合った。

そして、夜明け前、総兵衛と駒吉が大黒丸に戻るのに信之助も同道し、那覇津の湊《みなと》で別れた。

信之助はこの日、なんとかして借上船の手配をするべく湊の回船問屋を走りまわることになった。

総兵衛は大黒丸の荷を幾分でも軽くして海戦に備えようと考えていた。その要望に応《こた》えられるかどうか。

正月のことだ、どこもが商いを休んでいた。

もし船が借り上げられたとしても薩摩の隠密船《おんみつせん》の目を逃れて、短時間に荷移しして、借上船を出帆させねばならなかった。

ともかく海戦に備え、できる限りの手を尽くすと総兵衛は考えたのだ。

大黒丸に戻った総兵衛は忠太郎に会い、信之助と話し合って借上船の手配を整えようとしていることを告げた。

「船が見つかりましょうかな」

「見つからなければ、荷をこの琉球に残していくか、このまま走るかの二つに一つ」

「総兵衛様、江戸ではわれらの生還もさることながら、大黒屋を立て直すための荷を一刻も早く待ち望んでおられましょう」

「笠蔵以下が陸奥《むつ》、出羽への船商いに出ておるのだ。この荷は喉から手が出るほどに欲しかろう」

「ならば外洋に逃れ、一気に黒潮に乗り、江戸に突っ走る手もございます」

「こたびだけなればそれが上策。だが、われらが琉球を根拠地に交易に手を出しつづける以上、ここで薩摩を叩いておかねば相手を図に乗らせるだけだ。となれば道は一つしか残されておらぬと思わぬか、忠太郎」

「いかにもさよう」

「あとは信之助の働きにかかっておる」

と総兵衛が答えた。すると忠太郎が、

「総兵衛様、すでに琉球の男衆《おとこし》が乗り組んでこられましたぞ」

と報告した。

「さすがに比嘉様、やることが早いのう。十人すべてか」

「いえ、頭分の二人でございまして、湊親方《うえかた》奉行支配下の池城安則《いけぐすくあんそく》様、幸地朝《こうちちょう》保《ほ》様と申される若い衆です。二人してなかなか精悍《せいかん》な面魂《つらだましい》の若い衆にございます。特に池城様は尚貞王の遠縁にて唐名は尚玄《しょうげん》、若王子と呼ばれるご身分の方です。この方々なれば鳶沢一族の大いなる助けになりましょうな。お会いになりますか」

「会おう」

総兵衛が即答した。

早速船室に二人の若者が連れてこられた。まだ二十歳を一つか二つ過ぎたばかり、確かに不敵な顔立ちの男衆だ。

若王子の池城は機敏な動きを小柄な体に秘めていた。

幸地は六尺豊かな体付きだ。

「大黒屋総兵衛様、大黒丸への乗船をお許し願えますか」

池城が総兵衛に願った。

「さし許す。今後はわれら大黒丸と生死も苦楽も秘密も共にいたす。それでよいか」

「その一命、総兵衛様に預けよ、琉球のために大黒屋様の下で働けとの尚貞王の命にございました」

「そなたらの命、確かに大黒屋総兵衛が預かった」

総兵衛が短く答え、忠太郎が、

「十人の寝所を用意いたしました」

と報告した。

「大黒丸は商船じゃ。まずなにより荷が大事でな、乗り組みの者はちと窮屈じゃが、我慢いたせ」

「なんのことがありましょう」

「そなたら、薩摩の十文字船団が大黒丸の行く手に待ち伏せておることは承知であろう。死に戦《いくさ》になるが覚悟はよいか」

二人の若者がにたりと不敵な笑みを浮かべ、

「楽しみにしております」

琉球は薩摩支配を百年にわたって受けてきたのだ。表面上は薩摩支配を受け入れつつも内心では独立する熱い想《おも》いをだれもが抱いていた。

「その折は存分に戦え」

「はい」

「そのためには大黒丸の構造、防備を知ることが大事ぞ。時間はない、なんでもよい、主船頭、舵方《かじ》、帆前方に訊《き》け、そして早急に身に着けよ。そなたらの働きで勝敗が決まろう」

「なんとも有難き仰《おお》せにございます。われら、総兵衛様の期待に背かぬよう務めます」

「うーむ。なんぞ意見があればなんなりと遠慮することなく総兵衛か忠太郎に申せ」

池城が畏《かしこ》まると、言いだした。

「大黒丸の喫水線はぎりぎりにございますが、船戦になった折、操舵《そうだ》に差し支えはございませんか」

「多勢の薩摩の船団と戦うとなればちと厄介じゃのう。ただ今、船を見つけておる。薩摩に隠れて密《ひそ》かに借上船を捜させ、荷を軽くするつもりだ」

「その仕事、われらにお命じください。必ず見つけて参ります」

と湊親方奉行支配下で港湾や船問屋を知り尽くした池城若王子が願い、幸地も頷《うなず》いた。

「船を借り上げんと那覇津を走りまわっているのは信之助と申す者だ。そなたら、承知か」

「大黒屋の店主どのなれば昵懇《じっこん》の付き合いをさせてもらっております。早速下船し、信之助様の手伝いを致します」

「頼んだぞ」

「畏まりました」

二人の若者が早々に船室を辞去していった。

「正月参賀の供、いかがいたしますか」

「主船頭は出帆の準備があろう。又三郎と駒吉の二人でよい」

総兵衛は早々に羽織袴《はかま》に威儀を正し、腰に脇差《わきざし》だけを差して甲板に出た。するとすでに又三郎も駒吉も待機していた。

那覇津に泊まる唐人船や南蛮船から正月参賀の挨拶《あいさつ》に向かう舟がきらびやかに漕《こ》ぎだされ、船着場に向かっていた。

「我らも参ろうか」

「お供いたします」

伝馬《てんま》の櫓《ろ》を駒吉が握り、船着場への舟の群れに加わった。

信之助は回船問屋など船を借り上げられそうなところを四軒、五軒と当たった。

「大黒屋さん、江戸では正月から仕事をなさいますので」

と問われ、返事に窮していると、

「ほれほれ、仕事は後回しにして、宴《うたげ》の席に着いてくだされ」

と座敷に引っ張り上げられようとした。

そんな問答がどこの店でも繰り返された。

それはそうだ、正月の二日、船からは水夫《かこ》も下りて、家族の下へと帰っていた。

明日にも千石船を借り上げたいと願うほうが無理な注文だった。

(さてどうしたものか)

信之助が思案にくれたところに二人の若者が走り寄ってきた。

「信之助様、手伝いをさせてくださりませ」

顔見知りの湊親方奉行支配下の役人の池城若王子と幸地がにこにこと笑いかけてきた。

「池城様、幸地様、私がなんで走りまわっておるかご存じなので」

「われら、大黒丸に乗り組む許しを総兵衛様から得たところにございます」

「それは心強いことにございます」

「信之助様、借上船の手配はつきましたか」

「何処《どこ》も正月休みで仕事の話など受けつけてもらえません」

頷いた池城と幸地が顔を見合わせ、

「遠出をしてもようございますか」

と信之助に言いだした。

「船が借りられるならばどこへでも参ります」

「島尻《しまじり》代官領の豊見城《とみぐすく》に琉球船の心当たりがございます」

「大きさはいかがでございますか」

「大和船でいえば三百石積みですがそれに倍した荷を積み、黒潮の流れに乗り、海の道を進めば薩摩領内にも肥前長崎にも行く連中です。二隻《せき》手配すれば、千石船の積荷に匹敵しましょう」

「大黒丸の荷が一隻分だけでも軽くなれば、操舵性も船足もだいぶ違います。二隻借りられれば、いうことなしですがね」

「参りましょう」

池城と幸地は信之助を湊に案内し、船体が尖《とが》った刃のように幅狭い琉球の帆舟に信之助を乗せた。

帆が張られ、停船する大黒丸を遠くに見て那覇津の湊の外へと走りでた。さすがに海の民の琉球人だ。舟を操るのはお手の物だ。

「信之助様、先ほど総兵衛様から大黒丸に乗りこみ、生死と苦楽と秘密を共にする以上、疑問に思うことはなんでも訊けといわれました」

「なんでございますな」

「大黒屋様は一介の商人とも見えませぬ。なんぞ秘密がおありですか」

池城若王子の問いは無邪気で大胆なものであった。

「総兵衛様がそう申されたのであれば、その問いはわれらが一族の総帥《そうすい》総兵衛様に直《じか》にお尋ねなされ」

「そういたしましょう」

池城の答えはまた素直であった。

今度は幸地が代わって訊いた。

「ただ今、一族の総帥と申されましたが、一族とはどのような一族にございますか」

重ねて問われた信之助は考えた。

総兵衛が大黒丸乗船を許した以上、そして、尚貞王と鳶沢一族が命運を共にしようと約定した以上、池城と幸地は鳶沢一族の秘密を早晩知ることになるのだ。

「幸地様、その問いにも総兵衛様しか答えられませぬ。ですが、お二人は大黒丸の危難を解消しようとこうして手伝っておられる。私一存の考えで申しあげます、当分は二人の胸の中に止《とど》めておいていただけますか」

「承知しました」

「琉球の男は約定に死を賭《と》します」

と二人が誓った。

「われら鳶沢一族の初代は鳶沢成元様と申され、江戸に都城を建設の折は浪々の身にございました。いえ、正しく申せば夜盗の類《たぐい》です。その頃の江戸は、海辺に集落がいくつかあるような寂しい土地でした。そんな東国に都を建設しようというのです。関ヶ原の戦いに敗北した者たちが職を求めて新興の都に入り来たりて夜盗の身に落ちた、この夜盗の群れが何十組と夜の江戸を徘徊《はいかい》して殺《さつ》戮《りく》を繰り返していたのです。この夜盗に悩まされた家康様は一計を案じられた。夜盗の中でも一番勢力を持つ鳶沢成元様に狙いをつけて、捕縛なされた。成元様は家康様の前に引きだされ、死を覚悟なされたそうな。そのとき、家康様が提案をなされたのです」

「どのような提案ですか」

「江戸に跋扈《ばっこ》する夜盗を退治するか、恭順させれば、鳶沢成元の延命を許し、一つの権益と一つの御用を与えるというものです」

「ご無礼ながら家康様は毒には毒をもって対処なされようとしたのですね」

「いかにもさようです」

「それで鳶沢成元様は夜盗を退治なされた。一つの権益とはなんですか」

「江戸城の近くに拝領地を与えられ、古着商の特権を差し許すというものです。古来、古着の売買には諸々の情報がついてまわります、鳶沢成元様は大黒屋総兵衛と改名されて、古着商いについてまわる情報をも手になされた」

「大黒屋様が大商人になられた理由を知りました」

池城が感心したように言い、

「家康様が命じられた御用とはなんですか」

「池城様、幸地様、その問いは総兵衛様しか答えられませぬ。ただ……」

「ただなんでございますか」

「後に家康様から江戸の拝領地のほかに駿府にも領地をいただきました。この地は家康様がご逝去なされた折の最初の埋葬地、久能山《くのうざん》の裏手にあたります。この鳶沢村がわれらの一族の国許《くにもと》、故郷なのです」

「なんとなく総兵衛様の大胆不敵な言動の源が分かったような気がします」

若者二人が鳶沢一族の身分に察しがついたように納得した。

その時、総兵衛は薩摩の在番奉行曲詮三《まがりせんぞう》と対面していた。総兵衛と曲を引きあわせたのは尚貞王だ。

琉球の楽が奏され、酒が注がれ、料理が並んでいた。

言わば琉球王朝の外交の場だ。

だが、宴の場で一か所だけが緊迫に満ちていた。

「大黒屋、その方は江戸の古着屋と申すがしかとさようか」

「いかにも富沢町の古着商人にございます」

「古着屋風情《ふぜい》が幕府の禁じた大船を造り、異郷の海に乗り出して抜け荷を商うとはどういうことか」

曲が薩摩の特権を背景に詰問《きつもん》した。

「曲様、大黒屋、抜け荷商いに手を染めたつもりは毛頭ございません。大黒屋も琉球を拠点に交易をなされる薩摩様をお手本にさせていただいただけにございます」

「一商人が薩摩の真似《まね》を致すと申すか」

「元々交易は商人の本能にございますれば、こちらの品をあちらに運んで売り捌《さば》き、その利で異国の品を買いこんで、琉球にて転売する、それだけのことにございますよ」

「琉球国を支配いたすのが薩摩藩ということを大黒屋、忘れてはおらぬか」

「つまり薩摩様の命に従えと申されますか」

「できぬと申すか」

「お断りいたさば江戸幕府にこの事上申なさいますか」

「鎖国令に反すること明白なり、それも一つの手であろう」

「なされませ。ですが、曲様、われら大黒屋がなぜ家康様から御城近くに拝領地をいただき、かつて古着商の惣代《そうだい》を独占的に務めてきたか、外様《とざま》大名薩摩様はお考えになったことがございますか」

総兵衛が七十二万九千石の大大名薩摩藩から派遣されてきた在番奉行を相手に薩摩を外様と呼び、睨《にら》んだ。

総兵衛は神君家康の名を出して応じてみせたのだ。

薩摩が江戸で大黒屋を幕府に上申などすれば、逆に反撃に遭う可能性もあった。総兵衛はそのことを巧妙に臭《にお》わせたのだ。

「言わば幕府のご禁制に反して交易に従事するは薩摩様もこの大黒屋も同じこと、その罪咎《つみとが》で大黒屋が罰せられるならば、薩摩様も同罪にございます」

「おのれ」

「言わせておけば」

「曲様、本日は正月二日の目出度《めでた》き祝いにございます。互いに睨み合うよりは、手と手を携えて交易に従事することにいたしませぬか」

と平然と総兵衛が言いかけ、曲詮三が、

「大黒屋、その傲慢《ごうまん》が命取りになろう、覚えておれ」

と尚貞王と総兵衛の前から去っていった。

「総兵衛、あのように薩摩を挑発いたして後々困らぬか」

「尚貞様のご家臣を危ない目に遭わすことになりそうですが、われら、決して薩摩に膝《ひざ》を屈することは致しませぬ」

「海戦を覚悟したと申すか」

「こたび逃げれば薩摩が図に乗るだけ、互いの力を見せ合うことも時にに必要にございます」

「そなたの強気、どこからくるのか」

尚貞王が呆《あき》れ顔で呟《つぶや》いた。

その時、信之助は二隻の琉球船を借り上げることに成功しようとしていた。池城と幸地の二人が信之助を連れていったのは豊見城の南外れ、複雑に切り立った岩場を自然の波が長年かけて穿《うが》った洞窟《どうくつ》を潜《くぐ》り抜けると船隠しのような浜が遠くに姿を見せた。

「この洞窟は汐《しお》の満ち干で隠れるときもあります」

池城が言い、信之助が、

「このような場所に回船問屋がありますか」

と訝《いぶか》しい顔で訊いた。

「南風原《はえばる》水軍の親方《うえかた》がこの浜にお住まいです」

と幸地が答え、にやりと笑った。

「琉球に水軍とは初耳です」

「琉球海賊と申せば納得いかれますか」

「南風原水軍は海賊ですか」

「とは申せ、薩摩支配に抵抗して代々の尚《しよう》一族が保持してきた水軍にございます。言わば相手によって交易商にも海賊にも豹変《ひようへん》するのです」

言外に薩摩相手の海賊行為を続ける水軍だといっていた。

「われら大黒屋のために南風原水軍を動かすことを尚貞王もお許しになっておられますか」

「当然尚貞様の許しなくして、金武《きん》親方は船を動かせません」

「心強い限りです」

と信之助が答えたとき、白い砂浜に細い船体の舳先《へさき》が突き刺さるように止まった。

四

正月二日深夜から三日未明、大黒丸の左舷《さげん》に南風原水軍の琉球船がぴたりと寄り添うように接舷し、荷の乗せ替えが闇《やみ》の中でひっそりと行われた。

南風原水軍は薩摩の交易船を外洋で密《ひそ》かに襲う海賊行為が本業、湊《みなと》に停泊中の船から一気に荷下ろしするなどお手のものだ。

忠太郎に指揮された鳶沢一族が船倉からツロンで買いこんだ荷の数々を甲板まで上げ、南風原水軍の金武親方と一統が手際《てぎわ》よく琉球船に積みこんでいった。

未明、南風原水軍の琉球船は喫水をぎりぎりにして湊の外へと静かに滑るように出ていった。

その琉球船が大黒丸に残していったものがいた。

琉球船の人足として働いていた若い衆八人だ。

頭分の池城と幸地を入れて十人が大黒丸に乗船したことになる。

荷移し作業の後、仮眠をとった十人はまず大黒丸の中を助船頭の又三郎に案内されて見てまわり、船の構造を知った。さらに帆前方の正吉《しょうきち》の指導の下に拡帆、縮帆作業を何度も何度も繰り返し教えられ、自らも作業に加わった。

元々が海の民だ。飲み込みは早かった。

操船訓練に鳶沢一族の者たちも加わり、那覇津の湊に停泊する外国船や琉球船の人々は、大黒丸の出港が近いことを悟った。

そのせいで薩摩藩の隠密船《おんみっせん》が大黒丸の周りをうろつき、喫水が下がったことに気づいた。

「喫水が下がっとる、どぎゃんしたとやろか」

「こいはおかしか」

と頭を捻《ひね》っていた。

さらに隠密船の行動を見守る湊親方奉行比嘉具高の目があった。もし隠密船が薩摩の十文字船団へ異変を告げるために那覇津を出るようなれば、一気に襲う手筈《てはず》を整えての行動だ。

だが、隠密船は喫水が下がったことを荷下ろしとは結びつけられぬようで、しばらく様子を窺《うかが》う態勢を示した。

三日の深夜から四日未明にかけて、二隻《せき》目の琉球船が大黒丸に接舷し、荷下ろし作業が始まった。

さすがにその異変に薩摩の隠密船は気づき、無灯で大黒丸の左舷側へと回りこんできた。

「薩摩の目ば騙《だま》かすっちか、おのれ、外道めが」

と船足の速い隠密船が大黒丸を離れて湊の外へと出ていこうとした。
帆が張られた。
その作業に気を取られた。
隠密船の船腹にどーんと舟の舳先が当たり、徒手空拳《くうけん》の男たちが飛びこむと隠密船に乗り組んだ薩摩人の四人を襲い、気を失わせた。
隠密船は豊見城の南風原水軍の根拠地に移動され、目隠しされた四人は幽閉
された。そして、乗り組みの四人は大黒丸が出帆した後、那覇津の沖合いで解
放される手筈が決められていた。
荷移し作業二日目も無事に終わり、夜明け前、琉球船は那覇津を離れた。
前夜出立した船と同じく屋久《やく》島の湊に先行することになっていた。この湊は
薩摩には内緒の琉球船の風待ち湊、避難地であった。
大黒丸には琉球の若い衆が新たに乗り組み、鳶沢一族の二十五人と合わせて
三十五人の大人数になった。
琉球船が湊を離れて半刻《はんとき》後、大黒丸船上が急に慌《あわただ》しさを増した。
ほら貝が吹かれ、碇《いかり》が上げられ、帆が揚げられた。

大黒丸はゆっくりと舳先を回頭して湊の外へと向けた。

船着場からは信之助、おきぬ夫婦、又兵衛と栄次の四人が名残り惜しそうに手を振って見送った。

舳先に屹立《きつりつ》する総兵衛がしばしの別れに手を振り返した。

「総兵衛様、ご機嫌よう！」

「無事の再会をお待ちいたしておりますぞ！」

「おう、それも遠い日ではないわ！」

総兵衛の叫び声が湊の水面を伝って四人の耳に届いた後、大黒丸は大きく外海へと走りだした。

「なんと優美な姿にございましょうな」

おきぬが何羽かの白鳥が上下に重なり、それぞれ両翼を広げたような光景に思わず嘆息した。

「全く惚《ほ》れ惚《ぼ》れする姿だな」

信之助の言葉はおきぬの耳に、

（おれも一緒に乗り組みたい）

と聞こえた。

「女の私が惚れるのです、男衆《おとこし》には堪《たま》りますまい」

信之助がおきぬを不思議そうに見た。

「全帆拡帆せえ！」

艫櫓《ともやぐら》から主船頭忠太郎の命が凜然《りんぜん》と下り、帆前方の正吉の指図で水夫《かこ》たちが拡帆作業に入った。

その水夫たちには八人の琉球人たちが従い、作業を手伝った。

さすがに琉球の尚貞王が選んだ若い衆だ。たちまち大黒丸の帆上げのこつを飲みこみ、三檣《さんしょう》の五枚の帆と補助帆《ラテンセール》が満帆に風を孕《はら》んだ。すると一気に船足が速まった。

艫櫓の忠太郎と又三郎の主助船頭のかたわらには池城若王子と幸地の二人が付き添って、大黒丸の操船を学んでいた。

「池城様、そなた様は操船方新造の補助を命じます。幸地様、そなた様は舵《かじ》取りの武次郎を手伝ってくだされ」

と忠太郎が持ち場を指示した。

「畏《かしこ》まりました」

と即答した池城が、

「主船頭殿、助船頭殿、われら十人の者は大黒丸の見習にございます。どうか今後は池城、幸地と呼び捨てにしてくださりませ、客人扱いは御免にございます」

頷《うなず》いた二人の船頭が、

「よう申された。それでこそ仲間にございます」

「いかにも」

と笑い合った。

薩摩の鹿児島湊から吐噶喇《とから》列島、奄美《あまみ》大島、徳之島、沖永良部《おきのえらぶ》島、沖縄島、宮古島、石垣島、竹富島、西表《いりおもて》島、与那国《よなぐに》島と黒潮の流れに沿うように弧状に島が続いていた。

薩摩から琉球を経て、東亜細亜《アジア》へと続く海の道だ。

古来、海の民は小さな舟で島伝いに何百海里も旅してきたのだ。

大黒丸は往路、相州浦郷の深浦湾の船隠しを出ると北へ向かい、津軽海峡を抜けて若狭小浜湊に停泊した。そこから総兵衛らが乗りこみ、平戸島を経由して、吐噶喇列島に到達した。

そこで嵐《あらし》に遭遇し、さらにはカディス号と唐人船の待ち伏せを受けて、砲撃戦を戦った。大破した大黒丸は高波にもまれながら南へ南へと流され、琉球も高砂（台湾）も島影さえ見ることはなかった。

だが、復路は海の道に沿っての航海だ。

夜が明けると快晴の空が広がり、その空の色を映した海が群青色《ぐんじょういろ》に光って大黒丸を迎えてくれた。

大黒丸の船足が落ちついたと見定めた砲術方の恵次《けいじ》が、

「主船頭、正月酒に鈍《なま》った体にちぃと汗を掻《か》かせようと思うがいいかのう」

と長閑《のどか》にも許しを乞《こ》うた。

「恵次、いつまでも正月気分では大黒丸の横っ腹に大穴が空くぞ、訓練を始めよ」

と許しを与えた。

言葉の長閑さとは裏腹に訓練は厳しいものだ、それを双方が承知していた。

大黒丸の砲術方は恵次と加十《かじゅう》の二人がいて、それぞれが左舷《さげん》と右舷を受け持っていた。

その下に琉球の若い衆が四人ずつ配属された。

「琉球の衆よ、大黒丸は乗り組みの人数が少ないでなあ、右舷の砲門だけが開くときは左舷方が手伝う決まりだ。左舷の砲撃戦では右舷の者が助《すけ》っ人《と》に回る。まず、右舷の砲撃をお見せしますぞ」

と加十が説明したとき、主檣の檣楼上から駒吉が、

「加十の父《とっ》つぁん、右舷丑寅《うしとら》（北東）の方角十二町（約一・三キロ）に岩場が突きでておるぞ！」

と目標を知らせてきた。

「よし、よくよく見張れ、綾縄《あやなわ》小僧よ！」

と応答した加十が、

「二番砲、三番砲、四番砲、砲撃準備！」

の命を下した。

右舷の三門と左舷の七番砲から九番砲は英国商船エジンバラ号から買い入れた長距離重砲で最新の大砲だった。

その時、総兵衛は相変わらず舳先に、小袖《こそで》の上に漁師が大漁祝いに着る万祝着《まいわいぎ》、どてらを羽織って裾《すそ》を大きく海風に靡《なび》かせて、片手には三池典太光世を杖《つえ》のように床板に突いて屹立していた。

その姿は航海にも訓練にも超然として無関心のようにも見えた。

池城若王子と幸地は砲撃準備を機敏に進める一族の動きを目で追いながらも、江戸で古着商の惣代《そうだい》の権利を家康から許されたという大黒屋の当主を眺めて、

「これぞ頭領の器なり」

「ただの商人ではないぞ」

と感服した。

一見、無関心のように見えて大きな目で大黒丸全体の動きを総兵衛が把握し、理解していると感じ取っていた。

「二番砲、装塡《そうてん》完了！」

の叫びの直後、

「三番砲、装塡完了！」

「四番砲、装塡完了！」

二つの声が同時に響いた。

加十が檣楼を見上げた。

駒吉が遠眼鏡を覗《のぞ》きながら、

「右舷丑寅の方角、距離十町（約一・一キロ）に接近！」

と叫び返し、三門の距離方が岩場を視認しながらも砲門の仰角と方向を微調整した。

「二番砲から順次連続砲撃！」

と加十の命が下り、間を置かず、

「砲撃！」

の声が掛かった。

三門の砲口から相次いで閃光《せんこう》が走り、琉球の海を揺るがして殷々《いんいん》たる砲声が続いた。

砲弾が青空を切り裂いて弧を描いて飛んでいく。

琉球の若い衆十人はその砲声が新しい琉球の夜明けを告げる音のように耳に響き、心地よさに酔っていた。

(薩摩の頸木《くびき》を離れて独立し、自由に海を越えて交易に従事する)

その思いだった。

「二番砲 榴散弾《りゅうさんだん》命中！」

「三番砲弾、目標左に落下！」

「四番砲弾、命中！」

と駒吉が大きく揺れる檣楼上から遠眼鏡で着弾を確かめて報告してきた。

歓声と落胆の声が交差し、

「左舷方、六番、十番砲撃用意！」

の恵次の命が重なった。

砲術方とその手下たちが左舷から右舷へと機敏に移動した。

右舷の一番砲と五番砲、左舷の六番砲と十番砲が固定重砲だった。

恵次は見習い中の琉球の若い衆を鳶沢一族の者たちに混ぜ入れて、実弾砲撃を経験させることにした。

「急ぐ要はない、与えられた仕事を確実に、順にこなせ」

と全員に諭すように言うと砲撃前に何度も手順を飲みこませた。

「琉球の衆、分かったか」

「はい」

という返事に、

「よし、実戦と思うて仕事をせえ」

と最後の忠告を与えた。

大黒丸の舵が大きく面舵に切られ、帆がばたばたと風に鳴った。

大黒丸は舳先《へさき》を東に向け直した。

「六番砲、十番砲、砲撃用意！」

一門の砲に七人が取りつき、手順どおりの準備を終えた。

「両砲装塡完了！」

と補助に回った加十が報告し、当番方の恵次の、

「六番、十番砲同時砲撃！」

との命が発せられた。

二つの重砲が鈍い砲声を響かせて発射された。

二つの砲弾が大きな円弧を描いて七、八町先の海面に落下し、大きな水飛沫《みずしぶき》を上げた。

砲撃訓練は繰り返し、昼前まで続けられ、終わった。

最後には琉球人だけの砲撃も行われ、なかなかの手並みを見せた。

昼餉《ひるげ》は豚肉など具がたくさん煮込まれた琉球蕎麦《そば》が供され、鶏《とり》の握り飯とともに全員が健啖《けんたん》ぶりを示していた。

艫櫓では当番の助船頭の又三郎と操船方の新造が船の位置を計測していた。

沖縄本島の最北端、辺戸岬《へどみさき》の北、およそ六十五海里（約一二〇キロ）ほどの海上を北上していた。

「砲撃訓練をしてきたわりには距離を稼いでおるようですな」

「風に恵まれておるでな」

二人が会話するところへ池城若王子が上がってきた。

「昼餉は終えたか」

「はい」

と答えた池城若王子には興奮の余韻があった。

「大和の船がこれほどの火力を備えているとは驚きました。カディス号を敵に回して互角に戦ったのは大黒丸の地力です」

「まだ南蛮の軍船には太刀打ちできまい。今日の砲撃訓練もちと考えねばならぬと新造と話し合っていたところだ」

「私どもが邪魔をしましたか」

「そうではない。戦術の問題だ」

又三郎はなにか考えがあるのかそう答えた。

「それにしても大黒丸の船足は速《はよ》うございます、はや、与論《よろん》島が見えてきました」

と丑寅（北東）の方角の島影を指した。

「やはりあれが与論島か」

と又三郎が納得した。

「池城、薩摩の十文字船団がわれらを待ち受けるとしたらどこと思うな」

「この海域は琉球王国の縄張りにございます。となるとやはり奄美大島の海域に入って姿を見せようかと思います」

「本日の遅くか、明日早朝に遭遇だな」

と又三郎が予測し、

「できることとなれば広い海域で勝負したいものです」

と新造が笑った。

大黒丸の操舵性《そうだ》、船足、砲撃力を信じての言葉だった。

「助船頭、新造さん、その時が待ち遠しいです」

池城若王子が笑みを浮かべ言い切った。

「日頃の鬱憤《うっぷん》が溜《た》まっておられましょう、大いに暴れなされ」

と新造がけしかけるように言った。


昼餉の後、大黒丸の甲板上では海戦の支度が始められた。甲板上の予備の綱や帆は荷を下ろした船倉に移され、動きやすいように綺麗《きれい》に整頓《せいとん》がなされた。

また砲弾庫には予備の砲弾が船倉から上げられ、戦に備えられた。

炊方《かしきかた》の彦次と竜次郎には三人の琉球人が手伝い、飯が釜《かま》で炊《た》かれ、握り飯が大量に用意された。砲撃戦になれば火を使うことなど適《かな》わない。

薩摩の船団と多勢に無勢の船戦《ふないくさ》だ。長期戦は覚悟せねばならなかった。

同時に怪我人《けがにん》のために処置場所が設けられ、消毒液や医薬品が用意された。

船大工の箕之吉は各船倉を回り、荷を固定し、急旋回にも荷崩れを起こさないように綱や板で仮止めして回った。

船戦で一番危険なのは船体の均衡を崩すことだ。船が傾けば砲撃どころか操舵もままならない。そのことを幾多の砲撃戦で経験してきた箕之吉は、どこをどう固定すればよいか承知していた。

大黒丸の利点は一つの船倉が砲弾に破壊されても次の船倉との壁が水を食い止める水密構造《せき》をなしていたことだ。さらに大黒丸は荷のおよそ五分の二ほどを借上船一隻と琉球船二隻に積み替えて、残る荷は船底に収納されていた。

このことで大黒丸の船体は安定し、船足も増し、舵の利《き》きもよくなっていた。

夕暮れ前、すべて戦の支度は終わった。そして、
ばたり
と風が止まった。

東に薄く島影が見えた。

徳之島だ。

主船頭の忠太郎が池城に相談を持ちかけた。かたわらには助船頭の又三郎がいた。

「池城、徳之島は薩摩の直轄領《ちょっかつ》だが、大黒丸が仮泊するのは危険かな」

「なんの危険がございましょう。薩摩が支配するのは島のごく一部にございます。今宵《こよい》仮泊なさるならば、安全な入り江にご案内します」

「よし、案内してくれ」

池城は操船方の新造に大黒丸の進路を指示した。そうしながら、この大黒丸の総帥《そうすい》、総兵衛が一切航海に関して口出しせぬことを改めて不思議に思っていた。

薩摩の十文字船団との海戦を控え、敵方の直轄領の湊《みなと》に船を入れるのは危険であり、大事な決断のはずだ。だが、忠太郎はそのことを総兵衛に相談する風もなく、また総兵衛も平然として舳先で煙草《たばこ》を吹かしていた。

一族の者たちの間に確固とした信頼関係が成り立ち、だれが主《あるじ》か承知してい

るがゆえの、

「決断」

であったと改めて思い知らされた。

壮大な夕暮れが西の空と海を染め、徳之島の北側の入り江に大黒丸が静かに入りこんで、碇《いかり》を下ろした。

そして、総兵衛と池城若王子が伝馬《てんま》で浜の長老に挨拶《あいさつ》に向かった。

胴ノ間に座りながら、総兵衛は、

「琉球王国」

と組んだ意味合いの大きさを改めて考えていた。

# 第三章　奄美《あまみ》

一

徳之島の入り江に投錨《とうびょう》した大黒丸から伝馬《てんま》が下ろされ、池城《いけぐすく》が浜の網元に挨拶《あいさつ》に向かった。

その伝馬には貢物《みつぎもの》を持参した大黒屋総兵衛が同乗して、近づく浜の様子を眺めていた。琉球瓦《りゅうきゅうがわら》の家の屋根にはシーサーが鎮座し、赤い南国の花々が咲き乱れていた。

「総兵衛様、明日はいよいよ薩摩《さつま》と船戦《ふないくさ》にございます。勝ち戦の秘策はございますか」

「安則《あんそく》」

と総兵衛が呼んだ。

池城はそのことに驚き、次の瞬間、破顔した。一族の者たちと同等に扱ってもらえたと感じ取ったからだ。池城は尚一族と関わりのある若王子の一人だ、呼び捨てにするものなど限られていた。そして、総兵衛の呼び掛けには信頼の情が込められていた。

「われらは商人、商いを邪魔する者は薩摩でも排斥する。ただそれだけのことよ」

「薩摩は眼中にないと申されますか」

「無論薩摩は大き過ぎる障害よ。だが、われらは押し通るだけだ、江戸に戻るためにな」

総兵衛の答えには力みも強がりも感じられなかった。

それが池城安則には頼もしかった。

大黒丸の艫櫓《ともやぐら》では砲術方の恵次、加十が呼ばれた。

呼んだのは主船頭忠太郎の許しを得た助船頭の又三郎だ。その場には操船方、帆前方の頭が同席し、幸地朝保《こうちちょうほ》も呼ばれていた。

「恵次、加十、明日の砲撃だが、助船頭に考えがあるそうじゃ。聞いてやれ」

と忠太郎が命じ、又三郎が大小の貝殻を手に説明を始めた。

「大黒丸は薩摩船団五隻《せき》から六隻の戦船と戦わねばならぬ。一隻ずつばらばらに攻撃を仕掛けてくるなれば幸いだが、薩摩も一気に勝負を決しようと複数同時に砲撃戦を仕掛けてこよう。となればわれらがいくら機敏な操舵《そうだ》性を発揮し、砲撃を続けようと打撃を受けることになろう。われらが生き残ったとしても大黒丸の荷に損傷があれば、この戦い、われらが負けだ」

又三郎は大きな貝殻を艫櫓の床に一つ置いた。

白い貝殻には大黒丸の文字があった。

さらに敵対する位置に大隅丸と描かれた薩摩の旗艦帆船を置いた。さらにその周辺に五つの貝殻、丸に十文字の貝殻を並べた。

「できることなれば、まず最初に大隅丸を餌食《えじき》にしたい。だが、十文字船団はまず護衛船を先行させて大黒丸を囲み、船足が落ちたところで大隅丸が射程距離から砲撃を加えてこよう」

又三郎は大黒丸を薩摩護衛船団が囲むように並べ変えた。

「こうなればわれらが取るべき策はひとつだ。護衛船団の一角を迅速のうちに破壊して包囲網から抜けだし、大隅丸との一騎打ちに持ちこむ。ともあれこの場合、大黒丸の砲撃は一撃必中が課せられる」

恵次と加十の顔が険しいものになった。

帆船時代の砲撃戦で一撃必中はありえないといってよい。操船は風任せで大砲の精度も高いとはいえなかった。

「われらは護衛船団に包囲された場合、右舷《げん》左舷の砲門すべてを一隻ずつに狙《ねら》いを定める。左右二隻の同時照準が不可能なれば、一隻だけを確実に狙って片舷の五門をすべてそれに合わせる。五門の大砲を一隻に狙い定めて、確実に仕留める」

又三郎は大黒丸と書かれた貝殻を横に移動させながら、左舷の砲を護衛船団の一隻へと煙管《きせる》のがん首を何度か往復させて砲弾の軌跡を描いてみせた。

「助船頭、一隻に照準を絞って五門同時に砲撃すれば確かに命中の精度は高まる」

と恵次が言った。

「恵次、高まるでは困る。そこで考えた」

そう言うと又三郎は十文字船団と大黒丸が向き合うように貝を並べかえた。

「大黒丸が船団と正面から対峙《たいじ》したとせよ、船団はわれらを包囲にかかろう。われらは臆《おく》することなく船団に近付き、狙いをつけた船が射程に入るや否《いな》や一気に回頭して片舷の大砲すべてを一点に集中させる、一撃必中の丁字戦法が真の狙いだ。そのために操船方も帆前方も最大の努力を惜しまぬ」

「片舷を敵方に向けるとなると大黒丸の危険も増す」

忠太郎が又三郎に言った。

「主船頭、確かに横っ腹を相手に向けつづけていると砲弾を食らいましょう」

又三郎は大黒丸と書かれた貝殻を薩摩の船団に対して直進させ、ある距離で鉤《かぎ》の手に曲げ、

「一斉砲撃、それも短時間に発射します」

と説明した。

「助船頭、一隻を破壊したとして、その後、直《す》ぐに二隻目に狙いを定めるか」

加十が訊《き》いた。

「ここで帆前方の出番でな、なんとしても全帆に風を拾う工夫をなし、急ぎ戦いの場から離脱を図る。五門が一斉に砲撃した後だ、われらには装弾の時が要る。われらは敵船団の射程から一旦《いったん》外れて態勢を立て直し、もう一方の五門の砲撃ができるように回転して、再び砲撃位置に戻る。無論、その間に砲撃を終えた五門の装弾を完了させる。左舷攻撃がよいか、右舷攻撃がよいか、その時の状況次第だ」

又三郎の手で貝殻の大黒丸が反転して護衛船団へと接近していった。又三郎の考案した戦法は身を捨てて相手の骨を絶つ賭《か》けだった。だが、多勢を相手の海戦、致し方なき戦法ともいえた。

「助船頭、こういうことか。大黒丸は船団に対して直進し、砲撃の間合いで丁の字に大黒丸を急回頭させ、砲撃をする。その後、一気に加速して戦場から逃げだす」

忠太郎が又三郎の意見を要約し、又三郎が頷《うなず》いた。

「その手を何度か繰り返して薩摩船団の力を段々と弱めます」

「舵《かじ》取り、帆作業と息が合わねばならぬな」

「主船頭、そのとおりにございます」

又三郎が編みだした作戦は現代風に表現するならば撃ち逃げ《ヒットアンドアウェー》作戦ということになる。

「火力を一隻に定めることで確かに命中精度は上がるな」

「主船頭、この作戦を敢行するためには大海原での海戦が必須となります」

恵次が言い、

「確かに狭い海域では大黒丸の力が発揮できぬ」

と又三郎が答えた。

「恵次、加十、どうだ」

「大変難しい策とは思います。ですが、やりこなせば効果は大きい」

と恵次が答え、加十が、

「片舷の五門は固定重砲と長距離重砲の射程がだいぶ違います。この作戦を成功させるためには主船頭、固定重砲の有効射程距離、八町（約八七〇メートル）内に接近せねばなりますまい」

「となるとわれらの危険はさらに増すか」

「はい」

と答えた加十が、

「主船頭、肉を切らせて骨を絶つこの策、併走しながらの砲撃戦より効果はございますぞ」

と言った。

忠太郎の視線が操船方の新造にいった。

「直進して急激に鉤の手に曲がる、われらは大黒丸の性能の限界に挑むことになりますな」

さらに主船頭は帆前方の正吉を見た。

「海と船をよく承知の琉球衆が乗りこんでくれなすった、大きな助けにございますよ」

忠太郎は幸地を見た。

「われらは皆様の命に従います」

幸地が答えた。

「又三郎、この策、図上演習しかできぬ、明日は決戦ゆえな。そなたら、今晩一晩時間《とき》をやろう、何度も演習を繰り返し、成功する自信が得られたなれば、総兵衛様にお許しを願う」

「畏《かしこ》まりました」

又三郎らは艫櫓を降りていった。

総兵衛と池城安則が大黒丸に戻ってきたとき、撃ち逃げ作戦の図上演習は熱を帯びて続いていた。早速、池城が加わり、総兵衛は船室に入った。すると忠太郎が姿を見せて、又三郎の創案した、

「撃ち逃げ作戦」

を説明した。

「正直申して薩摩の力の判断が付かぬ。幕府に隠れて大船を動かし、船団を組織するとなればそれなりの力はあるとみねばなるまい。となればわれらが肉を斬《き》らして相手の骨を絶つ一か八かの覚悟をせねばなるまい。海戦には時の運も風の恵みも味方につけねば勝ちは得られぬ。又三郎の考えを選ぶか捨てるか、

主船頭のそなたの判断に委《ゆだ》ねる」

と総兵衛は忠太郎に采配《さいはい》を任せた。

「忠太郎、徳之島の網元からの情報だ。薩摩の十文字船団はすでに大黒丸が那《な》覇《は》津《つ》を出たことを承知しておるそうな。おそらく明日の航海には随伴船があろうということだ」

「手間が省けましたな」

と忠太郎が平然と受けた。

「われらが海外交易に活路を見出《みいだ》そうとすれば避けては通れぬ戦よ」

「いかにも」

鳶沢《とびさわ》一族の六代目の総兵衛と分家の嫡男《ちゃくなん》は互いに意思を確かめ合った。

この夜、総兵衛は一歩も船室を出ることがなかった。

翌未明、大黒丸は砲撃戦の支度を終えて、碇《いかり》を上げた。

忠太郎らは池城と幸地の二人を交えて航路を検討した。

その結果、徳之島を出た大黒丸は加計呂麻《かけろま》島と請島《うけしま》の間の請島水道を抜けて、奄美《あまみ》大島の東の海に出ることにした。

徳之島の網元の情報どおり沖合いに出た大黒丸を六、七百石積みの船が一海里（約一・八キロ）ほどの間をおいて尾行してきた。

大黒丸が請島水道に舳先《へさき》を向けたとき、随伴の薩摩船からまだ明け切らぬ空に向かって花火が何発か打ち上げられた。

大隅丸を旗艦とする薩摩の十文字船団に大黒丸の発見を告げる合図の花火であった。

大黒丸は池城と幸地の水先案内で狭い請島水道を抜けて、東シナ海から太平洋に出た。

大黒丸の帆は主帆だけでゆったりとした船足だ。

「日の出じゃぞお！」

主帆柱の檣楼《しょうろう》上から善三郎が叫び、正月五日の太陽が海から顔を覗《のぞ》かせ、夜が明けた。

大黒丸の周囲に船影一つない。

先ほどまで随伴していた薩摩船の姿も消えていた。

忠太郎は前檣と後檣の帆柱上に見張りを立てさせた。

砲術方は左舷右舷ともにいつでも砲門が開けるように準備を終えていた。

帆前方の正吉も艫櫓からの命に答えようと配下の者たちを前後檣の帆柱下に待機させていた。

司令塔たる艫櫓では助船頭の又三郎が指揮を取り、大黒丸じゅうが神経を鋭敏に研ぎ澄ませて、事が起きるのを一瞬でも早く察知しようとしていた。

炊方《かしきかた》の竜次郎と琉球人の若い衆二人が各所に握り飯と漬物を配り歩いた。

舳先には船大工の箕之吉が見張りに立っていた。

戦《いくさ》ともなればそこは一族の総帥《そうすい》総兵衛が仁王立ちになる本陣だ。その際、常に総兵衛の手足になるのが箕之吉だった。

だが、未《いま》だ主《あるじ》の姿はなかった。

箕之吉は奄美大島の島影を手作りの遠眼鏡で望遠した。濃い樹林が覆《おお》う島が覗けたが、船影は一つとてなかった。

大黒丸は奄美の東の沖合い十海里の海上を斜め後方からの風を受けながら東北東に進んでいた。

時だけが進んでいく。

「喜界島《きかい》が見えたぞ！」

主櫓の櫓楼上から善三郎が叫んだ。又三郎は操船方の新造に、

「喜界島の西を抜けよ」

と命じた。

新造はその命に従い、舵取りの武次郎に方向を指示した。

「操船方、丑寅《うしとら》（北東）に進路を調整いたします」

と武次郎が応《こた》え、大黒丸はわずかに舳先を転進させた。

その舵取りの補佐方に池城安則が付き従って、艫櫓の動きをなに一つ見落すまいと神経を尖《とが》らせていた。

見る見るうちに高度を上げた陽が大黒丸を斜めに照らしだした。

青い海に双鳶《ふたつとび》の家紋を主帆に浮かびあがらせた大黒丸は、緊迫のうちにただ、

「戦の時」

を待ち受けていた。

江戸は大川左岸の小梅村に珍しい人が姿を見せた。

大黒屋の大番頭笠蔵だ。

「美雪様、ご壮健のご様子、笠蔵、安心してございます」

「船商い、ご苦労にございましたな」

笠蔵らは大黒屋の持ち船、明神丸など三隻《せき》の船に分乗して陸奥《むつ》から蝦夷《えぞ》、出羽《でわ》と永の船商いに出ていたのだ。

大老格柳沢吉保の意を受けた町奉行所の手で、大黒屋の拠点たる富沢町の商いが廃業同然に追い込まれたことが起因していた。そこで奇策として大黒屋の店を江川屋の崇子に預け、笠蔵ら奉公人は一旦江戸を離れたのだ。

その苦難の歳月は一年近くに及んでいた。

「おうおう、春太郎様は一年も見ぬうちにこのように大きくなられましたか。目鼻立ちは美雪様似じゃが、大きな体付きといい、堂々とした風采《ふうさい》といい、総兵衛様そっくりですよ。美雪様、なにがあろうと春太郎様は立派な七代目におなりになります」

と笠蔵が涙ぐんだ。

美雪が小女を呼んで春太郎を預けた。

女主と大番頭だけになった。

「大番頭さん、国次《くにじ》、磯松、作次郎さん方、一族の人々にお変わりはありますまいな」

とまず美雪が念を押した。

「ございません」

涙を手拭《てぬぐい》で拭った笠蔵がきっぱりと答えた。

「こたび、私どもがうち揃《そろ》って江戸の地に舞い戻りましたは、五代様のご病気軽からずとの風聞を耳にしたからにございます」

美雪が頷いた。

「早速道三河岸《どうさんがし》などに手の者たちを放ちました。その結果、病なくとも綱吉様の三十年の治世はどうやら終わりを迎えている、それは間違いないところのようです」

「時折、おてつ、秀三《ひでぞう》親子が寮に参り、風聞を知らせてくれます。すでに城中では綱吉様がお亡《な》くなりになった後のことを考え、動きだしておると聞いております」

「そこです」

と笠蔵が身を乗り出した。

「われら鳶沢一族にとって、恐れながら五代様の生死はなんの意味合いもございません。長年の宿敵大老格柳沢吉保様の去就こそが大事、われらの命運を分かつものにございます」

美雪が大きく頷いた。

「綱吉様の治世の善《よ》し悪《あ》しはこれからの世間が定めましょう。今言えることは生類憐《しょうるいあわれ》みの令に見られるとおり強引な政《まつりごと》事をされたことは確かです。それだけに綱吉様の治世が終わることを歓迎なされる向きも御城の内外に多いと聞いております。その綱吉様の寵愛《ちょうあい》を一身に受けた柳沢様がこのまま力を持ちつづけることはありますまい。権勢を失った者の末路は隆盛であればあったほど哀れにも寂しいのが常」

「お内儀様、それがいつ来るかということでございます」

と応じた笠蔵は、

「お内儀様のお許しがあるなれば、笠蔵、大目付本庄勝寛《ほんじょうかつひろ》様に面会を願おうと思いますが、いかがにございますか」

「何度か本庄様のお屋敷に伺おうかと迷いましたが、総兵衛様やご一統の不明のことを考え、思い止《とど》まっておりました。大番頭さん、よい機会です。本庄様のご意見を聞いてきてくだされ」

「承知しました」

と答えた笠蔵が、

「琉球の出店からなんぞ言って参りましたか」

「信之助さんもおきぬさんも江戸のことを気になされて、便りを寄せてくれます。二人は二人でこのまま琉球の店を続けてよいものかどうか思い悩んでおるようにございます」

「琉球の出店は総兵衛様がおられればこその発案、不在の今、信之助の悩みも大きゅうございましょう」

「笠蔵さん、明るい知らせもございますよ。二人の間にお子がお生まれになり、琉太郎と名付けられたそうな」

「おおっ」

と喜びの声を上げた笠蔵が、

「鳶沢一族の本家と分家に嫡子ができたのです、本来なれば大いにお祝いをするところですが、総兵衛様方のことを思うとそれもならず、不憫《ふびん》なことです」

と再び瞼《まぶた》を濡《ぬ》らした。

「笠蔵さん、近頃、総兵衛様方が元気で江戸に帰り着かれた夢ばかりを見ます。きっと近々お元気でお帰りになります」

「正夢なればよろしいのですが」

どこか信じ切れない笠蔵が肩を落とした。

二

大黒丸の主檣の檣楼の見張りには綾縄《あやなわ》小僧の駒吉が就いていた。

一年数か月前、思いがけなくも若狭《わかさ》の小浜で大黒丸乗船が決まった駒吉は、檣楼上に上がるどころか、船の揺れに気分を悪くして吐き、甲板を汚した。そ

れを今は亡き水夫頭《かこがしら》の伍助に見つかり、
「駒吉、おのれは反吐《へど》を吐きくさって、大黒丸を汚す気か。先ほどの大言壮語大黒丸の船魂様《ふなだま》に帆柱の上から謝ってこい！ 船魂様がよ
いというまで帆柱から下ろさぬぞ！」
と激しい語調で叱《しか》られ、海面からおよそ百四十余尺（約四二メートル）の主
帆柱の一段目の帆桁《ほげた》に泣く泣くしがみついていたものだ。
「なにくそっ！」
綾縄小僧と異名を持つ駒吉だ。高いところなどお茶の子さいさいと思ったが、
大きくうねる波間の上に屹立《きつりつ》する帆柱上で船酔いが激しくなり、身動き一つで
きなかったものだ。
だが、伍助の親心が利《き》いてたちまち揺れに慣れると綾縄小僧はその力を発揮
し始めた。今では甲板から檣楼まで猿《ましら》のように早く駆けあがる駒吉に敵《かな》うもの
はいなかった。
狭い檣楼の綱に片足を絡《から》め、両手を離して四周を眺めた。
昼間まで穏やかだった群青色《ぐんじょういろ》の海は昼過ぎから風が出て、大きくうねって檣

楼は前後左右に揺れ動いた。

駒吉にはこの揺れがなんとも心地よかった。

ただ一つ気がかりなのは薩摩の十文字船団の動きだった。未だ姿を見せぬのだ。

(怖気《おじけ》づきやがったかな)

駒吉は首からかけた南蛮製の遠眼鏡を右目に当てて、屋久《やく》島を望遠した。すると標高およそ六千四百尺(一九三五メートル)の宮之浦岳が視界に飛びこんできた。

薩摩から与那国《よなぐに》島へと連なる海の道の島々の中はもとより、九州で最も高い峰だ。

(おれたちが江戸に戻ったら、大番頭の笠蔵様は腰を抜かして驚かれるだろうな)

と不埒《ふらち》なことを考えながら、目に当てたままの遠眼鏡を海上へと戻した。

遠眼鏡の狭い視界が陸から空、空から海へと流れた。

一瞬、遠眼鏡に白く光るものが映り、消えた。

「うーむ」

駒吉は遠眼鏡を戻した。だが、それは見つからなかった。

「なんだ、あれは」

遠眼鏡を外して肉眼で自然の造形物とは異なるものを確かめた。

水平線に白く光るものがあった。

再び遠眼鏡を当てて、確かめた。

帆だ。

胡麻《ごま》粒《つぶ》のように小さな帆が二つ三つと見えた。

大海に船団を組んで航行することはそうあるものではない。

駒吉は念を入れて、確かめた。

大きく広げた帆に丸に十の字が読み取れたと思った。

「主船頭、ほぼ真北、子《ね》の方角に薩摩の船団を見つけたぞ！」

駒吉の報告は朝からひっそり閑として仮眠を続けていた大黒丸の目を一気に覚ました。

艫櫓《ともやぐら》からさらに精度のいい遠眼鏡が子の方角に向けられた。覗《のぞ》くのは助船頭の又三郎だ。

無言のままに遠眼鏡を見続けていた又三郎がゆっくりと外し、

「主船頭、薩摩の十文字船団、旗艦の大隅丸を中心に姿を見せてございます」

と正式に、

「敵船発見」

を報告した。

「よし」

と頷《うなず》いた忠太郎が、

「風神の又三郎、そなたが編みだした戦法だ。こたびの指揮はそなたが取ってみよ。おれはそなたを助ける役に回ろう」

と命じた。

「よろしいので」

「念には及ばぬ。総兵衛様にはすでに許しを得てある」

「承りました。薩摩の船団をきりきり舞いさせてご覧に入れます」

と忠太郎に約束した又三郎が、

「正吉、大黒丸全檣《しょう》帆を揚げえ！」

と拡帆作業を命じた。

「全檣帆を揚げえ！」

甲板で艫櫓からの命を待ち受けていた帆前方の正吉が又三郎の命を復唱するとたちまち配下の水夫たちが横桁《げた》を止めていた綱を解き、帆をたくし込んだ横桁がするすると帆柱に上がり、畳まれていた帆がばたばたと一気に広がって風を孕《はら》んだ。

前主後三檣の五枚の帆と三角帆が広がった。

風向きは大黒丸の真横からだ。

一気に船足が速まり、舳先《へさき》が波を大きく切り分けた。

同時に薩摩の船団も大黒丸を発見していた。

遠眼鏡でしか視認できなかった薩摩の十文字船団が肉眼でも見えるようになった。

又三郎は操船方の新造に大黒丸を丑寅《うしとら》（北東）の方角へ向けさせた。薩摩領域の島から離れて外洋での海戦を意図したからだ。

薩摩の船団も船足を速めて、大黒丸の行く手を塞《ふさ》ぐように回りこもうとしていた。

又三郎は大黒丸の船足が最大になったところで、

「面舵《おもかじ》」

を命じて大きく円を描かせ、転進させた。

その行動は一見大黒丸が薩摩の船団を恐れて尻《しり》を向け、逃走に移ったかに見えた。だが、又三郎は大力の舵取り武次郎と幸地朝保の二人に力の限り、そのままの舵取りを命じた。

舵が海面下で悲鳴を上げた。

大黒丸は群青色の海に大きな半円を描きながら、完全に薩摩船団に船尾を向けた。

大黒丸の操舵《そうだ》性と船足を信じての大胆な行動に出ようとしていた。

又三郎はさらに面舵を取りつづけさせた。

海面に白い航跡がほぼ丸い円を描き終わろうとしていた。だが、円が完結する前に舵を戻させ、大黒丸の舳先をほぼ北西に向けさせた。

その瞬間、大黒丸は順風を五枚の主帆に確かに孕んで、さらに力強く船足を増していた。

薩摩の十文字船団は大黒丸が逃走に移ったと勘違いし、全速で追跡に入ってきた。そのせいで大隅丸を旗艦とした五隻《せき》の船がばらばらに散らばることになった。

大黒丸と薩摩の散開する十文字船団の間合いが四海里余（約七キロ）と見た又三郎は、大黒丸の針路を、船団の最後尾で舳先を揃《そろ》えて大隅丸を追尾する七百石船二隻に向けさせた。

見る見る大黒丸と二隻の薩摩船との間合いが縮まった。

「助船頭よ、間合い二海里だぞ！」

檣楼上の駒吉が叫び、さらに、

「大隅丸も反転し始めたぞ！」

と続けて報告した。

大黒丸は二隻の薩摩船の行く手に入りこもうとしていた。

又三郎は武次郎に、

「このままの進路を保て」

と命じると、

「右舷《うげん》方砲撃準備！」

を命じた。

加十がたちまち配下の者たちに命じ、三門の長距離重砲と二門の固定重砲が砲撃の準備を終えた。五門の各砲には左舷方の恵次ら砲術方が応援に回り、一門にほぼ四人の人員が配置に就いていた。

「助船頭、砲撃準備完了！」

「薩摩二船との間合い、一海里！」

加十と駒吉の声がほぼ同時に艫櫓に届いた。

だが、又三郎は確認の返答をしただけで動きを見せなかった。

「間合い十二町（約一・三キロ）！」

又三郎の命は未だ発せられなかった。

このまま進めば大黒丸が二隻の鼻っ面《つら》を横切ることになる。

池城はその時、舳先に総兵衛が立ったのを見た。

ざっくりとした小袖《こそで》の上に大漁の折に船頭が羽織る万祝着《まいわいぎ》を着流した総兵衛は三池典太光世を片手に突き風と波飛沫《しぶき》を全身に浴びていた。

その瞬間、大黒丸全体にぴーんとした緊張が走ったのを感じた。

「又三郎様よ、間合い九町（約一キロ）だぞ！」

この直後、

「取り舵いっぱい！」

の命が艫櫓に響き、舵棒が力の限り押されて船体が大きく傾き、帆がばたばたと鳴った。

舵が海面で水塊に激しく抵抗した。

檣楼の駒吉は両手で帆柱にしがみつき、大きく左へ旋回する激しい動きに振り落とされないよう身を守った。

切れよく大黒丸が鉤《かぎ》の手に方角を変え、右舷の砲門がほぼ正面に薩摩の二船を視野に入れた。これで数瞬、大黒丸と二隻の薩摩船は並行を保ち、すれ違うことになる。

「加十さんよ、間合い八町（約八七〇メートル）じゃぞ！」

「おうっ」

と答えた加十が、

「全門砲撃開始！」

の命を下した。

三門の長距離重砲、二門の固定重砲が射程内の二隻に向かって砲門を開いた。

砲口から白い煙と光が走り、
ずどーん！

と外洋を揺るがす砲声が重なり合って響き、五つの砲弾はそれぞれの放物線を綺麗《きれい》に描いた。先を越されたことを知って慌《あわ》てふためき逃走しようとした薩摩船二隻の頭上に砲弾が飛来した。

まず三番砲の榴散弾《りゅうさんだん》が手前の薩摩船の船腹に当たり、大きな穴をぽっかりと開けた。さらに傾く船の後方を併走していたもう一隻の船の帆柱の横桁を砲弾が撃ち抜き、帆柱を真っ二つにへし折った。さらに二発の榴散弾と砲弾が大きく傾く船と帆柱を失った船の息の根を止めた。

「全速前進！」

と砲撃の海域から離れることを命じた又三郎に駒吉が、

「大隅丸が左舷方向から接近中！」

と告げた。

又三郎は大隅丸の距離と船足を確かめ、訊《き》いた。

「武次郎、大隅丸を出し抜いて、風上に回り切れるか」

「任せてくだされ、助船頭」

武次郎は大隅丸に左舷船腹を見せたまま直進を続けた。

「大隅丸、砲撃！」

駒吉は二つの白煙を確かめ、叫んだ。

ずどーん！

海上に再び砲撃音が響き、砲弾が大黒丸目掛けて飛んできた。だが、武次郎は全速を保つために舵をいっさい切ろうとはしなかった。

まっすぐに大黒丸目掛けて飛んできた二発の砲弾は途中で勢いを失い、大黒丸の半町手前に相次いで落下した。

水飛沫が上がり、大黒丸から歓声が起こった。

又三郎は大隅丸との間合いを十分に開けたのを確認して、取り舵に変えた。

大黒丸は今度は大隅丸の左舷を見るように方向を変えた。

「左舷方、砲撃準備！」

右舷方の応援に回っていた恵次たちが持ち場に戻り、すでに支度を終えていた。右舷方では撃ち出した砲身掃除と装弾が機敏に行われていた。その作業を終えた者から左舷方に応援に駆けつけた。

大黒丸と大隅丸は舳先を斜めから合わせるように急接近していた。

大隅丸の大砲が再び火を噴いた。

大隅丸の左舷側に大きく回りこもうと転進中の大黒丸は砲門を開けなかった。

又三郎も砲撃を許さなかった。

大きく船体を傾けて回転する大黒丸に大隅丸から撃ち出された砲弾が飛来してきた。

「一弾目、艫櫓《ともやぐら》に接近中！」

駒吉が警告の叫びを上げた。だが、主船頭の忠太郎以下、動じる者は一人としていなかった。

砲弾が艫櫓を掠《かす》めるように波間に落下して水飛沫を立てた。

飛沫が大黒丸甲板に降り注いだ。

「二弾目、大黒丸の主檣に飛来！」

駒吉は自分目掛けて飛んでくる薩摩の砲弾に両眼を見開いて距離を測っていた。

(距離一町)

(……四十間)

(……二十五間)

飛来する砲弾が緩く回転する様子まで確かめられた。

恐怖が駒吉の全身を襲った。だが、駒吉は目を瞑《つむ》ることにも叫ぶことにも歯を食い縛って耐え、砲弾をわが身で受ける覚悟をした。

ひゅーん
風を切って駒吉の右の肩上を砲弾が通過していった。

「二弾目、大黒丸を超えて海上に落下！」

駒吉の報告の直後に大黒丸の三十間も先で水柱が立った。

大黒丸と大隅丸は五、六町（六〇〇メートル前後）の距離ですれ違った。そして、見る見る両船の間は開いていった。

駒吉は全身にびっしょりと冷や汗を掻《か》いていた。それでも二海里先に薩摩の随伴船二隻がいるのを見ていた。

「助船頭、前方海域に獲物《えもの》がいますぞ！」

「駒吉、小便を洩《も》らさなかったか！」

それが風神の又三郎の返事だった。

三番番頭の又三郎は鳶沢村で行われた駒吉の元服式で烏帽子《えぼし》親を務めたこともあり、手代の駒吉とは取り分け仲がよく、隠れ御用を一緒に果たしてきて、互いの気心を承知していた。

「小便は洩らしませぬが、冷や汗が滝のように背中を流れておりますぞ。今や櫓楼は私の汗で水浸しだ！」

その問答の間にも大黒丸は次なる標的に向かって二海里の間合いを詰めていた。

「右舷装弾は終えたな」

又三郎が加十に念を押した。

「砲撃準備は終えておりますぞ！」

再び砲撃の機会が回ってきたかと加十が歓喜の声を上げた。

又三郎は四海里先の海上で必死の反転を試みる大隅丸の動きを見つつ、

「左舷右舷共に砲撃位置に着け！」

と命じた。

加十を頭分とした右舷方が一番砲から五番砲の配置についた。

取り舵か面舵か。

はたまた右舷攻撃か左舷攻撃か。

大黒丸に緊張と期待が交錯した。

「距離二十五町（約二・七キロ）！」

檣楼《しょうろう》から駒吉の声が響き、又三郎が今一度大隅丸の転回ぶりを見ながら、

「面舵いっぱーい！」

と新たな命令を下した。

左舷側から歓声が湧《わ》いた。

大黒丸の船体が再び傾き、斜め後方から風を受けた大黒丸は大きく転進した。

それを見た薩摩船の二隻が互いの間合いをとった。

又三郎が先行する随伴船に狙《ねら》いを定めると帆前方、砲術方に宣告した。

「次なる獲物はあれじゃ！」

「おうっ！」

という叫び声が上がり、大黒丸は午《うま》（南）の方向に随伴船と併走する形になった。

「距離八町！」

駒吉の報告を又三郎が砲術方の恵次に伝え、恵次は視認で照準を微調整させた。

「六番砲から十番砲一斉砲撃！」

待ちに待っていた左舷方が一斉に砲門を開いた。

大黒丸に対して随伴船も二門の固定砲で迎え撃つ構えを見せていた。

互いの大砲から白い煙が上がり、七発の砲弾が掛け違うように飛び交った。

だが、大砲の精度、飛距離、砲術方の技術に格段の差があった。

大黒丸から撃ち出された五発の砲弾が全弾命中したのに対して、随伴船の二発は大黒丸のはるか手前の水面に空《むな》しく落下した。

さらにエジンバラ号から買い取った長距離重砲の破壊力は随伴船の旧式な砲弾とは比較にならないものだった。

五発の砲弾を受けた随伴船は木っ端微塵《こっぱみじん》に破壊され、いきなり横倒しになると、船上から乗り組みの薩摩藩士がばらばらと海面に投げだされた。

もう一隻の僚船が慌てて救助に向かった。

大黒丸はその光景を確かめながら、波間に横倒しになった随伴船の横手を走り抜けた。

駒吉は大隅丸の位置を確かめた。

ほぼ二海里の間合いで大黒丸の船尾に迫っていた。

海面から風が無くなっていた。

「取り舵」

風を拾うために又三郎が新しい命を発した。

大黒丸が再び船体を傾けた。だが、今度は実に緩慢な動きだった。

斜め後方からの風を受けた大隅丸が一気に迫ってきた。

三

池城安則若王子は舳先《へさき》から総兵衛の姿が消えているのに気づいた。

（さておかしやな）

大隅丸が迫ってきた。

もはや急旋回して立て直す時間の余裕はなかった。

大隅丸は斜め後方から帆船の死角である大黒丸の船尾へと迫ってきた。

砲術方の恵次が気づき、艫櫓下の船倉へと走った。そこには軽砲二門が内装されていた。

恵次が飛びこんだとき、二つの砲にはすでに装弾がなされていた。

「慌てるでない、恵次」

「総兵衛様」

総兵衛は左砲門の蓋《ふた》を少し開いて外を見た。もう一つの右砲門には船大工の箕之吉が着いて、耳栓をしていた。

「箕之吉さんも煩《わずら》わしたか」

恵次がそう言うと右砲門の蓋を開いた。

大隅丸は自砲の射程内の五町（約五四五メートル）と迫っていた。風を受け、船足が違うことを最大限に利用して、間合いを詰めるだけ詰め、大黒丸を一息に破壊しようとしていた。

「さて参れ」

総兵衛が大隅丸を手招きするように呟《つぶや》いた。

大黒丸の軽砲の有効射程距離はせいぜい二町から三町（二〇〇〜三〇〇メートル）だ。

大隅丸が斜めに舵《かじ》を切った。すると左舷《さげん》の砲が大黒丸の船尾に狙いを定めているのが見えた。

一門の砲口から白い光が走って砲弾が飛びだした。

「面舵！」

艫櫓では砲弾が発射されるのを見て、又三郎が旋回を命じた。だが、大黒丸の船足は上がらず、旋回は緩やかだった。

だれもが息を飲み、砲弾が大きく迫ってきた。

その直後、大黒丸が最後の力を振り絞るように転回した。

砲弾が船尾を掠めて海面に落ちた。

その時、大隅丸は二町半と間合いを詰めていた。

「さあ、もう一息じゃぞ、来い」

大隅丸は間合いを詰めつつ、今度は右舷の砲門の狙いを定められる乾《いぬい》（北西）の方角に進行方向を変えた。

「恵次、見ておれ」

総兵衛が軽砲の発射索を引いた。

狭い船倉に砲声が響き、弾丸が一気に大きく迫った大隅丸の舳先へと発射された。

思いがけなくも船尾からの反撃を受けた大隅丸は慌《あわ》てて転進を図った。だが、その転進が済まぬうちに軽砲の砲弾が弥帆《やほ》を打ち砕いて破壊した。

大隅丸が揺れて船足が止まった。

恵次が二弾目を撃ちかけた。

その弾丸は舳先上部を破壊した。

だが、軽砲の砲弾だ。

大隅丸に軽傷を負わせ、船足を止めた程度の被害に終わった。

大黒丸は帆に風を摑《つか》む時間を得た。

船足が上がった。

「助船頭、珊瑚礁《さんごしょう》に入りますぞ」

駒吉が新たな障害を告げた。

海底が浅くなり、座礁の危険があった。

又三郎は帆前方に命じて前後檣の帆を下ろさせ、船足を落とした。さらに主檣の上帆を縮帆させた。これで急速に大黒丸の船速が落ちた。

「駒吉、誘導せえ！」

又三郎が檣楼に叫ぶと同時に舳先に二人の見張りを走らせた。

「舵取り、丑寅《うしとら》の方角に珊瑚礁の割れ目があるぞ！」

「外洋に出られそうか」

「いいや、浅瀬の海はかなり広うございますぞ！」

又三郎は敵の旗艦の位置を確認した。

大隅丸もまた船足を落としていた。舳先を破壊されたことと珊瑚礁の海に追跡を諦《あきら》めた様子だ。

夕暮れが迫り、海戦は中断を余儀なくされようとしていた。

又三郎は主船頭の忠太郎に指示を仰ぎ、駒吉に叫んだ。

「駒吉、どこぞに仮泊地はないか」

「お待ちくだされ」

と駒吉が遠眼鏡で周囲を探った。

「珊瑚礁の外側、四海里ほど先に小さな島が見えますぞ。そこなれば海の色から判断して水深もあり、仮泊する入り江もあれば、外洋にも出られるようにございまする！」

「誘導せえ！」

大黒丸は珊瑚礁の海を走る切れ目に沿ってゆっくりと進んだ。

「左舷に岩礁あり！」

「二町先に浅瀬あり、寅（東北東）の方角に転進！」

などと絶えず檣楼と舳先から見張りの警告の声がして、大黒丸はそのたびに細かく進路を変更しながらようやく駒吉が見つけた島に辿《たど》りついた。

すでに夕闇《ゆうやみ》が迫っていた。

入り江は駒吉の見込みどおり大黒丸が停泊するに十分な海底の深さを持っていた。

「主船頭、仮泊します」

「ようやった」

と主船頭の忠太郎が助船頭の戦闘と操船指揮を誉めた。

「投錨《とうびょう》せよ」

碇《いかり》が海へと投げこまれ、大黒丸は停船した。

「主船頭、総兵衛様に危機を助けられたようでございます」

と又三郎は再び舳先に姿を見せた総兵衛を見た。

「助けられた」

忠太郎も素直に応じた。

二人とも軽砲を撃ちかけた人物が総兵衛であることを直感していた。

「総員、持ち場を点検し、新たなる戦《いくさ》に備えよ」

と又三郎が命じた。

再び大黒丸の甲板が慌《あわただ》しくなった。

砲術方はそれぞれの砲身を清掃し、砲口に付着した火薬などを綺麗《きれい》に拭《ぬぐ》い取った。帆前方はいつ何時の拡帆命令にも従えるように五枚の帆を横桁《よこげた》に丁寧に折り込んで結びつけた。炊方《かしきかた》は夕餉《ゆうげ》の支度にかかった。

総兵衛は大隅丸の明かりを見ていた。

大隅丸も二海里半ばかり離れた珊瑚礁に広がる深い海に停泊していた。

決戦は明日に持ち越されたことになる。

「総兵衛様」

という声がして、池城若王子が一荷の甕《かめ》と酒盃《しゅはい》を下げて、舳先に上がってきた。

「勝ち戦、おめでとうございます」

「まだ勝敗は決してはおらぬ」

頷《うなず》いた池城が、

「琉球の古酒泡盛にございます」

と酒器を差しだした。

「喉《のど》が渇いた、貰《もら》おう」

池城は甕の栓を抜き、総兵衛の手の酒器に注いだ。辺りに強い酒精の香りが漂い、飲む前から陶然とさせた。

「そなたは飲まぬか」

「皆様と一緒にいただきます」

頷いた総兵衛が口に含んだ。

芳醇《ほうじゅん》な香りが口内に広がり、海戦の高揚と入り混じって一気に総兵衛を酔いの世界へと誘った。

「うまいぞ、安則」

「われら、これほど楽しい宵もございませぬ」

薩摩船団との戦いに参加した琉球の若い王子が興奮の体《てい》で言うと舳先から下りていった。

総兵衛は舳先に胡坐《あぐら》をかいて、ゆっくりとした時の流れに身を委《ゆだ》ねた。

薩摩の十文字船団の旗艦大隅丸の明かりが強くなっていた。それだけ宵闇が濃くなったということか。

「総兵衛様、琉球の古酒を馳走《ちそう》になりとうて参りました」

忠太郎だ。

「泡盛と申す酒、琉球人の心を映したような酒だ。密《ひそ》やかでいて強く、味わいがあるわ」

総兵衛は自ら飲み干した酒器を忠太郎に渡し、泡盛を注いだ。

「いただきます」

忠太郎が一息で飲み干し、

ふうっ

と息を吐《つ》いた。

「又三郎め、なかなかやりおるわ」

「もはや、私も引退の潮時かと思います」

「鳶沢村に隠棲《いんせい》するというか」

「それも考えまする」

忠太郎が総兵衛に酒器を返し、甕の古酒を注いだ。

「とは申せ、われらには鳶沢一族の武と大黒屋の商を次なる者たちへ繋《つな》ぐ使命があるわ」

総兵衛が泡盛を口に含んだ。

「総兵衛様、われら一族はどこへ向かおうとしているのでございますか」

「おれにも分からぬ。ただ天命に従うだけよ」

総兵衛は胸の中を打ち明けようとはしなかった。

「従うのがつらいか」

「総兵衛様、先ほど使命と申されましたぞ」

総兵衛は酒器に残った酒を飲み干し、忠太郎に差しだした。

「おれと美雪の子は誕生して一年を迎えたころか。七代目に就くまでは互いに泣き言もいえまい」

「大いにそうでした」

甲板から夕餉の匂《にお》いが漂い流れてきた。

「総兵衛様、主船頭、夕餉は甲板に用意していいかねえ」

炊方の彦次が二人に許しを乞《こ》うた。

「琉球の衆が祝い酒を差し入れてくれたぞ、どうしたものかな」

「明日に差し支えないほどに出してやれ」

総兵衛の言葉に甲板のあちこちから歓声が沸いた。

二人も舳先《へさき》から降りて甲板に設《しつら》えられた夕餉の席に着いた。飯こそ昨夜来の握り飯だが魚や野菜をふんだんに入れた汁が戦いを終えた男たちの胃を刺激していた。

泡盛が配られ、忠太郎が、

「総兵衛様、まずは緒戦の勝ち戦、おめでとうございます」

と賀詞を述べ、全員が和した。

酒が入り、三線《さんしん》がかき鳴らされ、踊りが加わった。

琉球の若い衆が加わったことで鳶沢一族の武張《ぶば》った雰囲気が変わろうとしていた。

「総兵衛様、大隅丸は明朝までじいっと我慢していましょうか」

と隣に座った又三郎が訊《き》いた。

「船戦に負け、夜襲をかけてくると申すか」

「はい」

又三郎は見張りを残すことを忘れていなかった。

「襲い来るとしたら夜半過ぎよ。又三郎、酒を飲んでしばし体と頭を休めよ」

と総兵衛が命じた。

「はい」

又三郎の酒器に泡盛を満たした。

「いただきます」

ぐいっと飲み干した又三郎が立ちあがり、軽快な律動の中にもどこか哀調を秘めた島歌の調べに乗って踊りだした。すると池城若王子たちが拍手喝采《かっさい》で輪に加わった。


夜半、かすかな櫓《ろ》の音が大黒丸に迫ってきた。

雲が厚く月明かりを遮っていた。

薩摩の大隅丸から送りこまれた斬込隊《きりこみたい》には絶好の曇空といえた。

「参りましたな」

艫櫓《ともやぐら》の暗がりに待機していた又三郎が忠太郎に言った。

「われらが待ち受けているとも知らず、送りこんできおったぞ」

忠太郎の声はどこか期待に震えていた。

「又三郎、引きつけるだけ引きつけるのだ」

夕餉は一刻《とき》(二時間)ほど続き、見張りを残して眠りに就いた。短い仮眠だが熟睡したせいで鳶沢一族も琉球の衆も元気を回復していた。

見張りが交替で仮眠に就き、大黒丸の三分の二ほどが各部署に控えていた。

櫓の音は左舷《さげん》からも右舷からも接近してくる気配でだんだんと近づいてきた。

すでに二十数間と間合いを詰めた数隻《せき》の伝馬《てんま》はふいに停止した。明かりが入り、用意されていた火矢の先端に火が点《つ》けられた。

弓が構えられ、火矢が番《つが》えられたとき、大黒丸にも煌々《こうこう》とした明かりが点《とも》り、両舷側から鉄砲の銃口が突きだされた。

仮眠していた者たちも飛び起きて甲板に姿を見せた。

「総員、予《か》ねて命じられた持ち場に着け!」

斬込隊から悲鳴が上がった。それでも何筋かの火矢が放たれ、大黒丸へと飛来した。

それに呼応したように銃声が響き、伝馬船で悲鳴が上がり、波間に落下する薩摩藩士の姿が見えた。

「火を消しとめよ！」

艫櫓から又三郎の命が発せられた。

死んだ水夫頭《かこがしら》の伍助に代わり、その役に就いた錠吉《じょうきち》が数人の配下を伴い、燃え上がろうとする火矢を抜き、海に投げ捨てた。

飛び道具の交戦の合間に無灯火の小舟が大黒丸の舳先と船尾に接近して、鉤《かぎ》の手のついた縄を投げ上げて、するするとよじ登ってきた。

舳先では二人が同時に飛びこんできた。すでに口に抜き身を咥《くわ》えていた。

「待っておった」

ひっそりと佇《たたず》む巨軀《きょく》に薩摩方の斬込隊の面々が驚いて立ち竦《すく》んだ。

「おはんはだいな」

「大黒屋総兵衛じゃ」

「総大将ち言いなはるか。あいがて、そん首《しるし》、もろい申した」

一人が上段に振りあげた剣を、不動の総兵衛に頭から据えもの斬りとばかりに叩《たた》きつけてきた。

総兵衛の体が路地を吹きぬける風のごとくに動いて、上段からの斬り込みを紙一重に避けた。と同時に腰の三池典太光世《みいけでんたみつよ》が引き抜かれ、相手の胴をしたたかに斬り割っていた。

げえぇっ
朋輩《まうずい》の叫びをものともせずもう一人の侵入者が斬りこんできた。

総兵衛はさらに舞でも舞うように狭い舳先上で円を描きながら移動して、刃先を躱《かわ》し、虚空《こくう》で返した葵《あおい》典太で肩口を斬りさげていた。

二人目が倒れたとき、続いて数人の斬込隊が姿を見せた。

「助勢仕《つかまつ》ります」

六尺棒を小脇《こわき》に抱えた池城若王子が舳先上に飛びこんできて、斬込隊に小脇の棒を旋回させると二人を同時に海に振り落とした。

艫櫓にも薩摩の面々が侵入したと見えて、斬り合いが起こっていた。だが、不意打ちを見透かされた薩摩側は大黒丸に乗りこむ前にかなりの人数を欠いていた。

さほど間を置かず、待ち受けていた鳶沢一族と琉球の衆に押され、斬り返されて、

「退却！」

の伝馬からの命に次々に海へと姿を消していった。

主船頭の忠太郎が、

「引きさがる相手に攻撃をするでない！」

と無益な攻撃を止めた。

「怪我人《けがにん》はおらぬか」

又三郎が大声を張りあげた。

「砲術方、ございませんぞ！」

「帆前方、かすり傷が二人、明日の船戦になんら支障はございませぬ！」

「艫櫓異常なし」

「舳先も変わりなし」

と怪我人がないことが伝えられた。

「ならば船や装備に異常がないかどうか調べよ」

又三郎の新たな命が下り、積荷から大砲、帆、舵《かじ》などが調べられたが航行に差し支えるものは発見できなかった。

「皆の者、よく聞け。今日が薩摩との決戦となる。気を引き締めて立ち向かえ」

「おう！」

忠太郎の鼓舞の言葉に全員が鯨波《とき》の声で応《こた》え、それが船上に響きわたった。

「腹が減っては戦もできまい。彦次、朝餉の用意はよいか」

「主船頭、抜かりはございませんよ」

と老練の炊方が応じて、早い朝餉を全員が摂《と》った。

## 四

薩摩の十文字船団との戦いは二日目を迎えた。

朝が白んだが、海面には朝靄《あさもや》が漂って視界を閉ざしていた。

駒吉は主檣《しゅしょう》の檣楼に上がり、昨夜、大隅丸が明かりを点して停泊していた珊《さん》瑚礁《ごしょう》の一角を遠眼鏡で検《あらた》めた。だが、大隅丸の船影は見えず、ただ靄が海面を覆《おお》い尽くして隠していた。

足元を見た。

艫櫓も甲板も舳先も靄の下に沈み、白い海の上に三本の帆柱と斜め檣が突きでているだけだ。だが、波の音は確かに響いていた。

「主船頭、助船頭、薩摩の船は珊瑚礁から掻《か》き消えていますよ！」

しばし艫櫓から応答はなかった。

忠太郎も又三郎も迷っていた。

薩摩が逃げたとは思えなかった。となるとなんぞ新たな策があってのことか。

「駒吉よ、靄が消えるまで抜錨《ばつびょう》待機ぞ！」

靄の中から又三郎の声が聞こえてきた。

「了解しましたよ」

視界の利《き》かない珊瑚の海を外洋まで帆走するのは危険すぎる。

艫櫓は靄が消えて晴れるのを待つ決断をなしたのだ。

帆柱を上ってくる者がいた。なかなか機敏な動きである。

「おう、安則さんか」

池城の若王子がするすると帆柱を伝い、檣楼によじ登って、

「駒吉さん、前々から一度檣楼に上がりたかったのです。主船頭の許しを得て、ようやく上ることができました」

と笑いながら、駒吉の差しだす手を摑《つか》み、狭い檣楼に身を滑りこませてきた。

「やはり高《たこ》うございますな」

と言った池城若王子は、白一色に変わった海面を眺めた。

二人の足元に幻想の白い海が広がっていた。

「屋久島は雨量の多いところです。それがこの靄を生みだす因《もと》かもしれません」

と言うと屋久島の方向を望遠した。

「駒吉さん、江戸はどんなところですか」

「安則さんは江戸を知らぬか」

「われらは薩摩の支配下にございますゆえ、大和との関わりはすべて薩摩の許しを得ねばなりません」

「安則さん、物事にはすべて裏と表がございますよ。われら鳶沢一族もまた表と裏の狭間《はざま》で生きる人間です。武と商に生きて徳川様に忠誠を誓いつつ、鎖国令に反してこのように南海の果てまで交易に出ておりますからね」

「それは初代の鳶沢総兵衛様の時代からですか」

「いえ、ただ今の六代目総兵衛様になってからです」

「尚一族も六代目総兵衛様のような方が出現することを待ち望んできたのですが……」

池城の言葉は曖昧《あいまい》に口の中に消えた。

「琉球の望みは薩摩から解き放たれることですか」

「それ以外になにがありましょう」

「琉球は何百年も前から唐《から》の国に貢物《みつぎもの》をなされておるそうですな」

駒吉の言う唐とは明国《みん》であり、清国《しん》のことだ。

「はい。二年に一度、進貢使が清国に渡り、挨拶《あいさつ》をなします。ですが、清国は琉球を独立国として遇され、支配しようとはなされませぬ。交易の相手として考えておられます」

「だが、薩摩は違う」

「薩摩は首里に琉球在番奉行を送りこみ、鹿児島には琉球仮屋があって、時には尚家の一族が国質《くにじち》にとられます」

「薩摩から独立するにはわれらのように二つの貌《かお》を持つことが大事かもしれません」

「それに総兵衛様のような強い指導者の存在にございます」

「安則さん、六代目を生みだした力があるとすれば、綱吉様の寵愛《ちょうあい》を一身に受けて大老格まで昇りつめられた柳沢吉保様の存在です」

「柳沢吉保様とご一族はなにか関わりがございますので」

「われら鳶沢一族は武と商に生きることを家康様から許された人間たちです」

「総兵衛様と信之助様から伺いました」

年の近い二人の若者は檣楼上で肌を接しながら、互いの民族と一族に共通するものを感じ取っていた。それが二人を真剣に語り合わせていた。

「ならば早い。江戸の富沢町と申す界隈《かいわい》には何百軒もの古着商が軒を並べております。そこは一日何百両、節季ともなれば何千両の金子《きんす》が動く町です。だが、富沢町の強みはそれだけではない。古着の売買にはいろいろな情報が、御城の中の動きから人殺しの風聞までついてまわります、その町の金子と情報を握るのが富沢町惣代《そうだい》です。この惣代の地位と権利を奪おうと柳沢吉保様が仕掛けてきたのが、われら一族と柳沢様との暗闘の始まりでした……」

「なんとそのようなことが」

「幾多の戦いの果てに一族も柳沢様方も多くの人命を失い、血が流れました。ただ今も柳沢様は総兵衛様とわれらが異郷に行方を絶ったこの隙《すき》に圧力を加え、富沢町の店から総兵衛様のお内儀美雪様を始め、大番頭の笠蔵さん方を追い払ったとか、琉球に戻りついて聞きました。大黒屋の一統は江戸を離れて、船商いに出ておるとのことです」

「皆様と大黒丸が江戸に戻られた暁には、大老格の柳沢様と戦われることになりますか」

「間違いなく」

と駒吉は明確に言い切った。

「綱吉様は三十年の長き治政を司《つかさ》どり、近頃では老いがとみに進行したとか、先々、柳沢様の立場は落ちつかぬものになりましょう。おそらくわれらが江戸に戻ったとき、柳沢様と最後の一戦が戦われることになります」

「駒吉さん、だれがなんといわれようと私どももその戦《いくさ》に加わり、微力を尽くします」

「それは心強い」

と答えた駒吉は屋久島の方角を見た。

靄が切れて、海面の一部が見えだしていた。そして、屋久島の島陰から二隻《せき》の大型帆船が姿を見せた。

「安則さん、江戸での戦いを制するためにはまず薩摩のあの二隻との戦いに勝ちを得なければなりません」

池城若王子が駒吉の視線の先を見て、

「いかにも」

と答え、櫓楼から降りていった。

「主船頭、助船頭に申しあげます。大隅丸ともう一隻の大型帆船が西から姿を見せましたぞ！」

「了解！」

と答えた又三郎が大黒丸出陣の命を下した。

大黒丸が急に蘇《よみがえ》り、碇《いかり》が上げられ、横桁《よこげた》が上がり、帆が拡帆された。

ゆっくりとした動きで大黒丸は一夜の宿りの入り江を離れ、外洋へと出ていった。

「駒吉、新たな船の大きさと装備を知らせよ！」

又三郎の命が檣楼に届いた。

駒吉はすでに遠眼鏡で新たに加わってきた薩摩船を確かめていた。

「艫櫓《ともやぐら》へ申しあげます。新手の薩摩の船は新造されたという大薩摩丸かと思われます。石数にして二千石ほどにございます。帆柱は前後檣の二本、前檣と後檣の帆装は三十反帆の一枚帆、後檣後ろに斜め帆が上げられております！」

艫櫓で忠太郎と又三郎が、

「噂《うわさ》に聞いた大薩摩丸に違いあるまい。その昔の茶屋船や角倉《すみのくら》船のようで、御朱印船に似ておるな」

「いかにもそのような船かと」

と会話を交わし、

「駒吉、船足はどうか」

と檣楼に訊《き》いた。

「ただ今、順風を帆一杯に孕《はら》んでおりますゆえ、かなりの船速と思えます。ですが、主船頭、甲板は大黒丸と違い、揚げ蓋《ぶた》式、舵は大和船と同じ、外艫《そとども》にございます」

「砲の装備はどうか」

「われらに向かい、直進して参りますのでそこまでは確かめられませぬ」

「よし、見張りを続けよ！」

と答えた。

そのとき、大黒丸は三本の帆柱と補助帆《ラテンセール》にすべての帆を張り終えていた。

「薩摩船、四海里（七キロ余）に接近中！」

駒吉の声が降ってきた。

大黒丸は逆風を受けて斜め右前方へと進んでいた。

駒吉の遠眼鏡に大薩摩丸の左舷《さげん》が見えてきた。

「砲門左舷十門を数えますぞ！」

大黒丸の二倍の火力を擁する大船だった。

その報告に砲術方から、

「おおっ！」

というどよめきが起こった。

「船戦は砲門の数ではないぞ、船の切れと砲術の正確さじゃぞ！」

恵次が甲板じゅうに響き渡る声で怒鳴った。

駒吉は遠眼鏡で大薩摩丸を仔細《しさい》に眺めていた。

船上には大黒丸に乗り組む一族と琉球の衆の三倍の人員が乗船し、すでに斬《き》り込む態勢を整えていた。また後櫓《ともやぐら》と艫櫓の間に小屋が見えた。

駒吉はさらに遠眼鏡で確かめつづけた。

大黒丸は薩摩の二隻の船の左舷側を大きく回りこもうとしていた。

間合いは海上一里十町（約五キロ）に狭まっていた。

大黒丸が風上へと回りこもうと企てていると考えたか、薩摩船も転進を始めた。

面舵をとって大黒丸が回りこむのとは反対方角へと円を描こうとしていた。海面に船の航跡が巨大な眼鏡のかたちを描こうとしていた。

そのために両船は、縮めた間合いを、また開いていた。

駒吉は薩摩の新造船の舵の切れが大黒丸よりも格段に落ちることを見てとった。そのことはすでに艫櫓からも確かめられていた。

「薩摩は砲撃戦ではわれらを仕留められぬとみたか、舷側を合わせての斬り込みを企てているようだな」

忠太郎が又三郎に言った。

「そのためには大黒丸の火線の中に入りこまねばなりますまい」

「新造船まで出してきたとなると薩摩はなんとしてもわれらを仕留める気ですぞ」

「さて薩摩の策に乗ったものか」

大黒丸と薩摩の二隻、大薩摩丸と大隅丸は反対方向へと大きな円を描きつつ、相手の風上に回りこむ競争をしていた。

だが、大黒丸の効率のよい五枚の帆と補助帆が風を上手に拾い、舵の利《き》きもあって薩摩船より早く風上の好位置を得た。

向かい合った薩摩の二隻と大黒丸は再び接近を始めていた。

「間合い四海里！」

駒吉が報告してきた。

船足は断然大黒丸が速かった。

薩摩方の二隻が大きく散開した。どうやら大黒丸を挟みこむ作戦のようだ。

大黒丸に向かって右手に大薩摩丸、左手に大隅丸が位置した。

「大薩摩丸の左舷に回りこむか、大隅丸の右舷横を通るか」

忠太郎が又三郎に問うた。

「主船頭、いま一つ、二船の間を直進する策もございましょう」

「いかにも大胆じゃがな」

と主船頭が言い、

「好きにせよ」

と全権を預けたことを改めて追認した。

「ようございますので」

「念を押すまでもない」

「はい」

と返事した又三郎が操船方の新造に頷《うなず》いて見せた。

新造が舵《かじ》取りの武次郎に、

「子《ね》（北）の方角、二隻の間を直進せよ」

と命じた。

「へえっ」

と答えた武次郎がにたりと笑った。

艫櫓に戻っていた池城若王子は、

（鳶沢一族の面々の大胆不敵なことはどうだ）

と感嘆の面持《おもも》ちでその場のやり取りを聞いていた。

大薩摩丸と大隅丸の間は一海里（約一・八五キロ）に広がっていた。二船の間へ自ら割って入ろうとする大黒丸の気配に薩摩船から歓声が湧いた。

着流しの総兵衛が舳先《へさき》に立ったのはそのときだ。かたわらには船大工の箕之吉が従っていた。

総兵衛の面《おもて》を波飛沫《しぶき》が叩《たた》き、足元では双鳶《ふたつとび》の船首像が風を切り裂いていた。駒吉はそのとき、大薩摩丸の船上の小屋が弾薬庫であることを見て取っていた。

大黒丸は弾薬庫を各砲門近くに分散していた。だが、大薩摩丸は船上の一か所に弾薬庫を設《す》けていたのだ。

そのことは直ぐに艫櫓に報告された。そして舳先に立つ総兵衛と箕之吉の耳にも届いた。

「箕之、ときにはわれらも働こうかのう」

総兵衛が話しかけ、箕之吉が忽《たちま》ち意図を察したように船大工が陣取る作事部屋へと姿を消した。そして再び総兵衛の前に姿を見せたとき、箕之吉は弓と火矢と種火を持参していた。

「薩摩船、接近、間合い二海里！」

櫓楼からの駒吉の声は各砲門に陣取る一族の者すべてに聞こえた。

「よいか、すれ違いざまの砲撃となる。照準を確かめ、落ちついて撃て。砲撃は一回のみだ」

と左舷側で砲術方の恵次が配下の者たちに命じた。

右舷側でもすでに五門の砲門はいつでも火蓋を切れるように準備を終えていた。

「間合い、二十町（二キロ余）！」

薩摩の両船は大黒丸の左舷と右舷前方から斜めに突っこんできていた。

見る見る間合いが縮まった。

操船方の新造が巧妙な舵取りを行い、帆前方の正吉は五枚の帆と補助帆を巧みに広げて風を拾っていた。

それだけに大黒丸の船速は前方から接近する薩摩の二隻の二倍の速さを保っていた。

「右舷側、大薩摩丸との距離一町半、左舷側、大隅丸との間合い三町！」

檣楼からの駒吉の報告に砲術方の恵次と加十は各砲門の仰角をぎりぎりまで下げさせた。

薩摩の船は舳先に屹立する総兵衛に銃口を向け、射程距離に入るのを待った。

箕之吉が強弓と火矢を総兵衛に渡し、火矢に点火した。

「最接近予測海域まで一町半、一町（約一〇九メートル）……」

駒吉の声が思わず上ずっていた。

すでに両船の間ではお互いの顔の険しい表情まで見分けられた。

大薩摩丸が先に砲門を開き、大隅丸が続いた。

ずずーん！

駒吉は両手で耳を覆《おお》った。

その目に足元から一斉に伸びあがってくる多数の砲弾が映じた。あまりの至近距離に薩摩方の大砲は大黒丸の主檣《しゅしょう》の真上を掠《かす》めるようにして、大きな円を虚空《こくう》に描き、飛び越えていった。いくつかの砲弾は大黒丸の後ろの海面に突き刺さり、水煙を上げた。

駒吉は思わず狭い檣楼にへたり込んでいた。

「駒吉、しっかりせぬか！」

と忠太郎の声が叱咤《しった》し、駒吉はわれに返った。

「接近接近、間合い右舷三十間（約五四メートル）、左舷二町！」

大薩摩丸から銃声が響いた。

総兵衛の周辺には弾丸がぱらぱらと飛んできた。だが、動じる風もなく、矢を番《つが》えた強弓を満月のごとく引き絞った総兵衛は、大薩摩丸の船上に設けられた弾薬庫に狙《ねら》いを定めて、放った。

互いに帆桁をぶつけ合わせんばかりに接近する間を飛んだ火矢は狙い違《たが》わず、弾薬庫の開けられた戸口の中に消えた。

ぱたぱたと風に翻《ひるがえ》る着流しの小袖の裾《すそ》を銃弾が撃ち抜いていった。袖《そで》を、肩を掠めて銃弾が飛び去った。

大黒丸と大薩摩丸は一瞬のうちに離れていこうとしていた。

そのとき大黒丸の左舷側の砲門が轟《とどろ》いた。

恵次の指揮で放った固定重砲の一弾が大隅丸の帆柱を撃ち砕き、船足が見る見る落ちていくのが分かった。

左舷方からどよめきが起こった。

右舷側では、

「まだか」

と加十らが貝のように押し黙って耐えていた。

駒吉は櫓楼の上から大薩摩丸の弾薬庫の屋根が膨れあがるのを見ていた。音もなく屋根が吹き飛び、光が走った。

その直後、大轟音《ごうおん》とともに弾薬庫が爆発して、帆柱を倒し、帆を引き千切り、揚げ蓋式の船上に大穴を開けて、一気に巨船を傾かせた。

海上に悲鳴とも絶叫ともつかぬ声が上がった。

僚船大隅丸の乗り組みの薩摩藩士が上げた悲鳴だった。

薩摩藩が巨額の費用と二年の歳月をかけた大薩摩丸は初めての航海と海戦に沈没しようとしていた。

横倒しになった船から薩摩藩士たちが海に投げだされ、大隅丸が必死でその海面へと救助に向かおうとしていた。

一瞬の間に海戦は終わりを告げた。

大黒丸は針路を大きく変え屋久島の船隠しに待機する琉球船と合流するため

に転進していった。そして、その作業の後には、懐《なつ》かしい江戸が待ち受けていた。

# 第四章　深　浦

一

江戸の正月は、烏帽子《えぼし》大紋《だいもん》の装束に身を包んだ御家門《ごかもん》、譜代大名衆の初登城が一つの見もの、どこの大名家の御礼行列も華やかな雰囲気に包まれた。

一方、大晦日《おおみそか》の深夜まで店を開け、掛取りに回っていた商家の元旦《がんたん》は表戸が閉じられたままで静かなものだ。

また深川から芝高輪《しばたかなわ》など海辺や愛宕権現《あたごごんげん》など高いところには夜明け前から日の出を拝もうとする江戸っ子が群れて賑《にぎ》やかに初日の出を迎える。

だが、宝永六年（一七〇九）の新春、江戸はどこか重苦しい空気に包まれていた。

五代将軍綱吉が病の床にあって、回復が懸念《けねん》されていたからだ。

普通の年なれば、御礼登城者は格式により、御座の間、白書院、大広間にて綱吉に拝謁《はいえつ》し、祝詞を言上し、そのあとには祝いの酒に慣わしの兎《うさぎ》の吸い物が出て、将軍家から反物の下賜《かし》などの饗応《きょうおう》の儀式があった。

だが、この年は将軍家の姿なく、

「……去年より御不予によりて。朝会にのぞみ給《たま》はず。大納言《だいなごん》殿のみ臨御あり」（『徳川実紀』）

という寂しい状態であった。

いつもは華やかなる御礼下城の行列も冴《さ》えなく、

「なんだい、弔いの行列が御城から出てくるようだぜ」

「公方《くぼう》様は麻疹《はしか》だそうだな、あれだけ生類に憐《あわ》れみをかけなすった将軍様だ、なんの祟《たた》りだえ」

「決まってらあな、生き物に憐れみはかけなすったが、肝心の人間様がないがしろだ。おれたちの恨みが麻疹になったのよ」

と次々に下城してくる行列を見た江戸っ子が囁《ささや》き合った。

「近々御城からも伊勢神宮に病気平癒《へいゆ》の御使がいくそうだぜ」

「人の命ばかりはいくら権勢を誇ろうと金があろうと尽きるときには尽きるものだぜ」

「そのせいでよ、おちおち寝てもいられないくらい大変なのが道三河岸《どうさんがし》だな」

「おおっ、上様寵愛《ちょうあい》の柳沢吉保様か。後ろ楯《うしろだて》がなくなれば凋落《ちょうらく》一途は決まりだ。こちらも御病平癒にあちこちの神社仏閣に使いを出して、祈禱《きとう》を上げさせているという話だが、今度ばかりは道三河岸の運も尽きたろう」

「おごる平家は久しからずってな、今年の道三河岸には年賀の客はあるまいな」

などと言い合った。

松の内も終わろうとする正月六日の夕暮れ、御城近くの道三河岸の柳沢邸の通用口から飯炊《めした》き女が出てきて、すたすたと町屋の方へ向かった。

鳶沢《とびさわ》一族の探索方を務めるおてつだ。

おてつは、何度かこれまでも飯炊きとして柳沢邸に潜り込み、台所方に信頼を得ていた。

おてつは、年末年始に例年臨時に雇われる下女の一人として勤めていた。無論知り合いの桂庵《けいあん》を通してのことだ。

おてつが呉服橋を渡り切り、呉服町新道に入ったところで、
すいっ
と肩を並べてきた者がいた。

おてつの倅《せがれ》の秀三だ。

「おっ母さん、正月だ。めでたい話はないかえ」

「屋敷はぴりぴりしているがさ、未《ま》だ屋敷の主《あるじ》は公方様の全快を祈っておいでさね」

「平癒の見込みがあるのかえ」

「城中のことは分からないがね、どうも今度ばかりは危ないようだよ」

「一族にとって悪い話ではないな」

「うーむ」

と老練な探索方が呻《うめ》いた。

「おっ母さん、なんぞ心配事か」

「館林《たてばやし》藩の小身者から綱吉様の出世に合わせて、大老格まで上り詰めたんだ。なんぞ最後っ屁《ぺ》を考えておいでだよ」

「どういうことだ」

「年末から屋敷の動きが慌《あわただ》しいのさ、甲府から何人もの侍が江戸に出てきて、一晩二晩でどこぞへ消えていくのさ」

「甲府城下に戻るのではないかえ」

「いや、どうも違うようだ」

「待てよ」

と秀三が言った。

「ここんところ富沢町に変な侍が入りこんできているのさ、ひょっとしたら道三河岸の回し者かねえ」

「秀三、そいつは詳しく調べる必要があるよ」

合点だと答えた秀三が、

「なにを柳沢は考えていやがるか」

と呟《つぶや》いた。

「もっぱらの噂《うわさ》は上様死去の後は、家督を吉里《よしさと》様に譲り、駒込《こまごめ》の六義園《りくぎえん》に隠棲《いんせい》する手筈《てはず》というがねえ。そうそううまく城中の連中が許してくれるかどうか。なにしろ全盛の道三河岸に苛《いじ》められた大名、旗本は多いからね」

「その先を越そうと柳沢吉保が手を打っているというのかえ」

「どうも甲府から呼び寄せられた連中がどこぞへ集められているようでねえ」

「よし、おれが中屋敷から下屋敷の様子を探ろう」

「そうしてくれるかい」

と母親が倅に言い、ふと遠くを見詰めるような眼差《まなざ》しで元大工町新道と東海道が交わる辻《つじ》に狭く広がる空を見た。

「総兵衛様方が行方を絶たれてはや一年が過ぎた」

「おっ母さん、一年どころじゃねえや。うかうかしてると、手代の駒吉を供に飄然《ひょうぜん》と伊香保《いかほ》へ旅立たれてからもうすぐ一年半が巡ってくるぜ」

「そんなになるかえ」

「戻ってこられるかねえ」

「なにしろ異郷の海のことだ。江戸ではなんとも手の打ちようがないよ」

「大番頭さん方も船商いから戻ってはこられたが、富沢町に戻ってよいやらどうやら迷っておいでだ」

「なにっ、まだ明神丸でお暮らしか」

「そういうことだ」

「悔しいねえ」

と答えたおてつが、

「買い物に出て長くも屋敷を空けていられないのさ、青物屋に寄って戻るよ」

「おっ母さん、気をつけてな」

鳶沢一族の老練な探索方の親子が江戸の辻で左右に別れた。

倅の秀三は母親の背を見送りながら、底知れぬ寂寥《せきりょう》を胸の中に感じていた。

宿敵の柳沢吉保は迫る凋落の運命に抵抗しようと国許《くにもと》の甲府から藩士たちを江戸に呼び寄せているという。

これほどの反撃の好機もない。

だが、鳶沢一族の総帥《そうすい》、鳶沢総兵衛勝頼以下、主《おも》だった郎党は遠い南海で異国の海賊船に襲撃され、行方を絶っていた。

「糞《くそ》っ、なんぞ打つ手はないものか」

秀三は富沢町へと独り戻っていった。

正月十日の卯《う》の刻（午前六時頃）、俄《にわか》に病床の綱吉の容態が急変し、死去した。

その知らせは忽《たちま》ち御城の内外に慌しさを齎《もたら》した。

道三河岸からも柳沢吉保の行列が御城中へと向かい、幕閣の者たちが召集され、御三家を始め、譜代の大名方が登城した。さらには参勤下番で国許にある大名諸侯を江戸に呼び寄せる各大名家からの急使が江戸を後にした。

江戸じゅうを、

「綱吉死す」

の悲報が駆け巡った。だが、将軍家の死を悲嘆の気持ちで迎えた者ばかりではなかった。

「ようよう死にやがったか、あの世で犬に囲まれて暮らしやがれ」

「犬の代わりにどんなに多くの人間が泣き暮らしたものか」

と江戸のあちこちでは犬を蹴《け》り飛ばしたり、石を投げつけて、それまでの鬱《うっ》憤《ぷん》を晴らす八つぁん、熊《くま》さんの姿が見かけられた。

かくて綱吉の亡骸《なきがら》は十二日に納棺《のうかん》され、その後、二十二日に東叡山《とうえいざん》寛永寺に埋葬されることになる。

綱吉が納棺された昼下がりのことだ。

小梅村の大黒屋の寮では美雪に付いた小女のおすみが干された洗濯物の中から春太郎の肌着が一枚消えているのに首を傾《かし》げていた。

それは鳶沢一族の嫡男《ちゃくなん》だけが身に着けることを許される双鳶《ふたつとび》の家紋が透かし織りにされている肌着だった。

おすみは風に飛ばされたかと思い、美雪に報告するつもりで座敷に向かった。するると大番頭の笠蔵と二番番頭の国次《くにじ》、四番番頭の磯松《いそまつ》が姿を見せていて、おてつと秀三から寄せられた情報と柳沢吉保の動向を美雪に報告していた。

おすみは台所に引き返し、ついそのことを忘れた。

風もなく穏やかな日和《ひより》で、開け放たれた座敷から塀越しに大川の流れと船着場が見えた。対面する座敷は敷地の高台にあって、川の流れが見渡せた。

「西の丸様が六代様をお継ぎになることには変わりございませんな」

綱吉は実子が世襲することに拘《こだわ》ったが嫡男《ちゃくなん》徳松の死で、五年前、甲府にいた兄の子綱豊《つなとよ》（家宣《いえのぶ》）を養嗣子《ようしし》として認め、西の丸に入れていた。

その後を継いで甲府藩主に就いたのが柳沢吉保だ。

将軍位を相続した家宣はこのとき四十七歳、早々に「生類憐れみの令」の撤廃を宣告していた。

美雪の問いに笠蔵が頷《うなず》いた。

「柳沢との関わりはいかがですか」

「家宣様が柳沢を重用なさることはありますまい」

「六義園に隠棲なさるという噂がもっぱらです」

笠蔵と国次が答えた。

「大番頭さん、おてつさんと秀三さん親子の知らせは、柳沢が素直に隠居を決めるという風聞に反したものですね」

「そこです」

と笠蔵が言い、国次に視線を向けた。

「お内儀様、明神丸の周りにもうろんな者たちが姿を見せております。おてつと秀三が知らせてきた甲府から送りこまれた連中かもしれません」

「柳沢はなにを企《たくら》んでおるのでありましょうな」

美雪が三人に問うた。

「権勢を誇った人ほど後ろ楯を失った後の末路は哀れなものです、柳沢はまさかの場合になんぞ考えておることは確か、そのためにわれらの周りに人を配しておる。おそらくはこの小梅村にも前々から手が伸びておりましょう」

「大番頭さん、鳶沢一族とは宿敵でありました。隠棲に際して、われら一族を潰《つぶ》す所存ではございませんか」

「総兵衛様方が行方を絶たれた今こそ、柳沢がわれら一族を破滅に追いこむ最後の好機にございます。この機を外すともはや手勢も少なくなりますからな」

「お内儀様、大番頭さん、柳沢様は小判には滅法弱いお方にございました。隠居をなされればもはやだれも賄賂《わいろ》など送りますまい。大老格の地位にあるうちにわれら一族を潰すと同時に富沢町に所蔵された金子を狙《ねら》っているとは考えられませんか」

磯松が言いだした。

「磯松、そなたも薄々承知していようが、大黒丸の建造と出船に一族の蓄えた金子はほぼ使い果たしております。富沢町の蔵には柳沢が考えておるほどの金子は残っておりません」

笠蔵が答えた。

「ですが、大番頭さん、柳沢様はそのことをご存じございません」

一座に沈黙が漂った。

「ともあれ、窮鼠《きゅうそ》猫を嚙《か》むの喩《たとえ》、追い詰められた柳沢がなにをわれらに仕掛けてくるか、考えられる用心をせねばなりますまい」

笠蔵が言い、美雪が頷いた。そして、しばし沈思していた美雪が、

「柳沢との最後の戦いを避けて通れぬというのであれば、大番頭さん、富沢町に戻りましょう。一族が富沢町に寄り集い、戦いましょうぞ」

と決然と言い切った。

国次と磯松がわが意を得たという風に頷いた。

「お内儀、富沢町はわれらが武と商の砦《とりで》にございます。申されるとおり、勝つも負けるも城を頼みに戦いましょうぞ」

美雪の決断に笠蔵が答えたとき、風に乗って櫓《ろ》の音が響いてきた。

四人の目が一斉に大川を見た。

二丁櫓の早舟が大川から大黒屋の船着場に姿を見せた。

舟には黒い影が座していた。

四人は無言のままに眺めていた。

ふいに黒い影が立ちあがった。

「ま、まさか……」

「立ちあがられたのは総兵衛様、それに櫓を漕《こ》ぐのは駒吉と又三郎ではないでしょうか」

「夢か」

三人の男たちが呆然《ぼうぜん》と呟き、

「大番頭さん、四人が一緒に白昼夢を見るものですか」

と美雪がすがるような語調で答えていた。

「総兵衛様ですと」

「いかにも総兵衛様がお戻りなされましたぞ」

と笠蔵の問いに美雪が今度ははっきりと答えていた。

早舟がさらに近づき、舟足が落とされた。

「確かに総兵衛様じゃぞ！」

笠蔵ら男たち三人は座敷から庭に飛び降り、足袋裸足《たびはだし》のまま門へと走り、船着場へと駆けた。

「総兵衛様！」

「又三郎か！」

「駒吉、そなたらほんものか！」

と問いかける三人に、

「幽霊に足があるものですか」

と駒吉が叫び返していた。

早舟の舳先《へさき》が、

とーん
と船着場に当たり、

「ただ今戻りました、大番頭さん」

と又三郎がすでに両眼に涙を浮かべた笠蔵に言いかけた。

総兵衛は三人の番頭に頷き返すと、寮の門前に視線をやった。

美雪が総兵衛の子、春太郎を抱いて立っていた。

総兵衛が舟から軽々と船着場に飛び、悠然と歩み寄った。

「美雪、ただ今戻った」

美雪も総兵衛に歩み寄りながら、

「お帰りなされませ」

と夫婦の挨拶《あいさつ》を交わした。

どちらの声音も高ぶったところもなく、平静に聞こえた。

「わが子、春太郎か」

「はい。お抱きなされませ」

美雪が総兵衛に差しだした。

むんずと両腕に抱き止めた総兵衛が、すやすやと眠る幼な子の顔を夕暮れの明かりに差し向け、しげしげと見入った。

「おおっ、おれの子よ、面魂《つらだましい》が似ておるわ」

と叫んだ総兵衛が、

「美雪、よう育ててくれたな。礼を申すぞ」

「母親がわが子を慈《いつく》しみ、育てるのは当然にございます」

「苦労をかけた」

と総兵衛が言いかけたとき、

「そなたら、どうしておった！」

と叫ぶ笠蔵の声が船着場に響きわたった。

総兵衛が振り向くと笠蔵が又三郎と駒吉の腕を摑《つか》んで叫んでいた。

「よう帰った、総兵衛様のお供を果たしたな」

笠蔵の声は号泣と変わった。

又三郎と駒吉の目には大番頭の体が一段と小さく萎《しぼ》んだように見えた。

「大番頭さん、ご心労をかけましたな。もはや大丈夫にございます」

又三郎が肩を抱いて、総兵衛と美雪のかたわらに連れていった。

「笠蔵、苦労をかけた、よう留守を守ったな」

総兵衛の言葉に笠蔵の号泣は一段と激しくなった。すると眠っていた春太郎が目を覚まして泣き始めた。

「ささ、座敷に戻りましょうな、総兵衛様方がほんとうに総兵衛様方かどうか、大番頭さん、あちらでじっくり確かめましょうぞ」

と美雪が一同を座敷に誘い入れた。

それまでいた座敷で対面した後も笠蔵の号泣は続き、その後、虚脱したように黙りこんだ。

「総兵衛様、又三郎どの、駒吉どの、ご無事のご帰還祝着《しゅうちゃく》至極にございます」

美雪が姿勢を正し、突然姿を見せた三人に改めて祝いの言葉を述べた。

「美雪、笠蔵、国次、磯松、よう留守を守ってくれたな。われらも思わぬ危難の数々に遭遇いたし、遠く南海の孤島に漂着、大破した大黒丸を修理するために半年余も滞在したのを始まりにあれこれと時を重ねてしもうたのだ」

「なんと、そのようなことが」

「おおっ、あった。異国の海賊船との海戦に喜一が亡《な》くなり、さらにその島にて伍助が死んだ。船大工の與助と三人がこたびの航海で命を落とした」

「なんということにございますか」

「孤島を出たわれらは琉球に戻ることなく、南を目指した。その方が交易の相手が見つかると思うたからだ」

「見つかりましたか」

「美雪、世の中は広いな。交趾《こうち》のツロンと申す湊《みなと》には何十年も前からわれらの同胞が住んでおられた。その助けもあって思いのほか交易も順調にやり遂げられた。さらには今後の交易の拠点を築くこともできた」

「本当にご苦労様にございましたな」

美雪が歓喜の声を発した。

「大黒丸をそなたらに見せたいものよ、英国船の手を借りて再び改造に踏み切り、装備も大きく変わった。そのせいで一層凄《すご》みを増したぞ」

「見とうございます」

「国次、ただ今は浦郷の船隠しに停泊しておる。直《す》ぐに見られよう」

「はい」

「帰路には琉球《りゅうきゅう》の首里に立ち寄り、信之助とおきぬに会った」

「お元気にございましたか」

「嫡男《ちゃくなん》の琉太郎ともども健《すこ》やかであったわ。さらには又兵衛、栄次も元気であった」

「ようございました」

「美雪、大黒丸には十人の琉球の若い衆が乗り組んでおる。琉球国王尚貞様とわれら約定を交わし、互いに協力して交易に励むことになった」

「なんと途方もない旅にございましたな」

「詳しき話はおいおい致す。江戸は変わりないか」

「二日前の未明に綱吉様が死去なされ、柳沢がなにやら最後の企てを始める動きにどう対応したものか、こうして笠蔵どの方と相談しておったところにございます」

「上様の薨去《こうきょ》は浦郷で知った。どうやら時代が変わる節目にわれらは戻ってきたようだな」

と応じた総兵衛が、

「大黒丸には異国の荷が満載されておる。笠蔵、国次、磯松、綱吉様の喪が明けた後に荷を売り捌《さば》き、鳶沢一族は再起を果たすぞ」

「畏《かしこ》まりました」

国次と磯松が即座に応じたが大番頭の笠蔵は未《いま》だ総兵衛たちの帰還が信じられぬ様子で呆然としていた。

「大番頭さん、しっかりなさいませ」

駒吉が言いかけ、

「よいよい、大番頭さんはそれほど両の肩に重い荷を負うておられたのじゃ、今度はわれらが代わりに担《にな》う番じゃぞ」

総兵衛が応じると笠蔵が、

「やっぱりほんものの総兵衛様にございますな」

と、わあっとまた泣きだした。

「まず、われらは亡くなった三人の法要を致す。これには大番頭どのが元気にならんとな」

「総兵衛様、笠蔵はこのとおり元気ですぞ。もはやなんともございません。さっそく鳶沢村の次郎兵衛様にお知らせせねば」

と言いながら、笠蔵は嬉《うれ》し涙を流しつづけた。

二

御城の東に位置する四軒町に拝領屋敷を持つ大目付本庄豊後守勝寛《ほんじょうぶんごのかみかつひろ》は、書院にて日誌を書き記していた。

下城した後、書院に入り、気持ちを静めるように筆を走らせていた。

庭にはすでに新春の夕暮れが訪れ、泉水の水音だけが響いていた。

〈……城中ただただ慌《あわただ》しく甚《はなは》だ不快なり。上様ご薨去から早や七日の時過ぎぬ。さりながら幕閣役職の者ひたすら右往左往し、なんら益もなし。幕府開闢《かいびゃく》より百余年の歳月が過ぎ、危難に際し泰然自若たる人士一人として居《お》らずや……〉

そのとき、玄関番の若党が来客を告げにきた。

「かような刻限にだれか」

「富沢町主《あるじ》と申しております」

若党は半年前に見習いに上がった新参だった。

「なにっ、富沢町主とな」

勝寛は筆を置くと立ちあがり、玄関に急いだ。

若党が慌《あわ》てて従った。

(富沢町主とはだれか)

本来なれば古着商の惣代《そうだい》格大黒屋総兵衛であった。だが、一年有余前、手代の駒吉を連れて江戸を発《た》って以来、姿を消していた。

大黒屋の内儀美雪や大番頭の笠蔵の報告によれば、若狭小浜《わかさおばま》にて大黒丸に乗船し、交易に出た後、南蛮の海賊船の襲撃を受け、大黒丸もろとも行方を絶ったとか。さらにはこの海賊船カディス号は大老格柳沢吉保様の意を含んだものであったという。

(まさか大黒屋総兵衛が……)

奥から玄関先に急ぎながら勝寛の心は千々に乱れた。

あるいは道三河岸が反撃に出られたか。

柳沢吉保は綱吉の死を受けて動揺の極《きわみ》にあった。その吉保がなんらか生き残りの策を弄《ろう》したとしたら……。大目付本庄勝寛は行方を絶った大黒屋総兵衛と親しいことで知られていた。とすると……。勝寛の足はゆっくりになり、ついには廊下で立ちどまり、呼吸を整え直した。

その様子に従っていた若党は奥方に異変を告げにいこうと踵《きびす》を返した。

勝寛は暗い廊下で沈思した。

大老格が巻き返しの一環として、富沢町惣代格に近い大目付を罷免《ひめん》すると考えているとしたら、覚悟を致さねばと足を止めた勝寛は考えた。

だが、直ぐに、

(そのときはそのときのことよ)

取り乱した態度だけは取るまいと自らに言い聞かせ、静かに歩きだした。

勝寛は式台から閉じられた門を見た。するとそこに頭巾《ずきん》を被《かぶ》った、着流しの巨《おお》きな影が独り立っていた。

勝寛の胸に熱いものが疾《はし》った。

「総兵衛か」

勝寛はそう呼びかけながら、総兵衛がついに、

「今生の別れ」

を告げにきたかと思い直した。

ゆらりと影が動き、深々とその場で腰を屈《かが》めた影が顔を上げると悠然と歩いてきた。

「そなたは総兵衛じゃな」

勝寛は念を押しながら、式台を降りた。

二人は二間の間合いで見合った。

大きな影が頭巾を脱ぎ、腰を屈めて頭を下げた。

「勝寛様、ご心配をお掛けしました」

「戻ったか、総兵衛」

総兵衛が顔を上げた。

二つの視線が交じわり、ぐいっと互いの手を取り合い、無言の裡《うち》に再会の感慨に浸った。

「殿様」

若党に異変を知らされた奥方の菊《きく》が式台に姿を見せて、主が無言で手を取り合う光景とその相手に息を飲み、叫んだ。

「大黒屋総兵衛どのが戻られましたか！」

菊の声に平静を取り戻した勝寛が、

「武士たるものが裸足《はだし》で玄関先に飛び降りるとは……」

と恥ずかしそうに言いながらも、

「ささっ、総兵衛、奥へ上がるがよい。そなたがどこに行っていたか、この勝寛と菊に話してくれ」

と式台に招じ上げた。

門が開く音がして、長持ちを担《かつ》いだ男たちが姿を見せた。

「あれは」

「勝寛様、お菊様、長き不在のお詫《わ》びに珍しき土産を持参いたしました」

勝寛が総兵衛の顔を振り向き、

「そなたの行き先の見当がついたぞ」

と言うと莞爾《かんじ》と笑いかけた。

本庄家の奥座敷に大黒丸がツロン湊《みなと》で買い入れた南蛮の布地、化粧品、小物、ぎやまんの器、刀剣、絵画、南蛮酒、煙草《たばこ》、黒檀《こくたん》の小机などがうずたかく積まれ、菊と宇伊《うい》が、

「宇伊、この布地の艶《つや》やかなことよ」

とか、

「母上、この手鏡の細工をご覧ください、なんと細やかな彫金にございましょう」

と嘆息し合っていた。

一方、勝寛は総兵衛と書院で南蛮酒を酌《く》み交わしながら、再会を喜び合い、総兵衛から一年有余の冒険譚《たん》を聞いていた。

「なんと途方もなき旅をしてきたことよ」

とか、

「やはり柳沢様の手が琉球近海まで及んでおったか」

などとただ驚きの相槌《あいづち》を繰り返していた。

話が一段落した後、総兵衛が手にしていたぎやまんの杯の酒を飲み干し、訊《き》いた。

「上様が薨去なされた由《よし》、城中は騒がしきことにございましょうな」

「上様がかくも早くお亡くなりになるとは想像もせなんだ」

「急なことにございますか」

総兵衛は長い患いの後に綱吉が亡くなったかと考えていた。

「師走《しわす》二十五日、例年のごとく歳暮の祝いとて、成満、護持、覚王、進休、観理、金地、住心などのお気に入りの僧侶《そうりょ》を呼ばれ、宴を催されてな」

総兵衛は相変わらず綱吉は周りに茶坊主《ぼうず》のごとき、僧侶どもを侍《はべ》らせていたのかと思った。

「輿に乗られた上様は御自ら仕舞十三番をつとめられたほどお元気であったそうな……」

その翌日、綱吉は風邪《ふうじゃ》を訴え、御典医曲直瀬《まなせ》養安院正珍、河野松庵通房《こうのしょうあんみちふさ》の診察を受け、薬を飲み、安静に入った。

綱吉は不快の折は老臣も側に侍らさず過ごす習わしであった。年末から年始の行事はすべて取止《とりや》めになり、典医方は綱吉の疲労回復に朝鮮人参《にんじん》を勧めた。

だが、綱吉は生来人参の臭《にお》いが嫌いで、その勧めを避けた。

正月十日の夜明け、綱吉は急に腹痛を訴え、下痢腹とて厠《かわや》に向かった。

「このとき、松平右京大夫《だゆう》様と黒田豊前守《ぶぜんのかみ》直邦様が厠の側に侍っておられた。綱吉様は不意に黒田直邦様に寄りかかるように倒れられたそうな」

この急変は寵臣《ちょうしん》柳沢美濃守《みののかみ》吉保にも知らされ、吉保は慌てて城中に上がると上様に面会した。

「その折、綱吉様は柳沢様の顔を認められ、一言二言なにごとか言葉をかけるほどに元気であったという」

（やれ安心）

と吉保が安堵《あんど》した直後のことだ。

綱吉を御床に戻し、改めて典医方が御脈を診立《みた》てている最中に綱吉の顔から生気が抜けて、意識を失った。

「……その直後、上様は身罷《みまか》られた」

総兵衛は綱吉の最期《さいご》の模様を聞き、ただ静かに頷《うなず》いた。

「総兵衛、その折の柳沢吉保様の動揺と錯乱は今も城中で語り草でな、まるで女子供のごとき仕草と茶坊主どもが噂《うわさ》しておるわ」

と勝寛が吐き捨てた。

「城を下がられた吉保様の動向は一日二日なにも城中には伝えられなかったそうな。ところがその間に吉保様は大老格の職権をもって、西の丸様に面会を申しこまれたという噂が洩《も》れ伝わってきてな、われら、その報に驚かされた」

綱吉の後を受けて六代将軍家宣となる綱豊の父は甲府藩主の徳川綱重《つなしげ》、母は側室のお保良《ほら》の方《かた》であった。

「綱豊様は面会を許されましたか」

勝寛は首を横に振った。

「綱豊様も柳沢様が自己保身のために自分に擦り寄ってきたことは先刻ご承知、お断りなされたそうな」

「綱豊様のお考えはいかがにございますか、勝寛様」

「綱吉様ご存命の折はひっそりとその意に従っておられたが、決して綱吉様の御政事《おんまつりごと》を認められていたわけではあるまい。それが証拠には早々に『生類憐れみの令』の撤廃を命じられたからな」

「綱豊様が柳沢吉保様を引きつづき、重用なさることはございませぬか」

「綱吉様の喪が明けるまで、大老格に変更はあるまい。だが、綱豊様側近の間《ま》部《な》詮《べ》房《あきふさ》様や新井白石方は綱吉様ご晩年の為政について検討に入り、その結果を踏まえて、次なる体制造りへと動いておられるとのことじゃ」

と答えた本庄勝寛は、

「むろんわしもこのまま大目付の職務を続けられるかどうかは分からぬ」

と淡々と語った。

「総兵衛、柳沢様は一筋縄ではいかぬ御仁ぞ。そなたらが江戸に戻ったと知れば、ただちになんぞ企てよう」

「すでに富沢町の周りには道三河岸の手が伸びております」

「なんと素早いことじゃのう」

と答えた勝寛が、

「そなたのことだ、万々抜かりはあるまいが大黒丸は大丈夫か」

「勝寛様だけにはお知らせいたしておきまする。大黒丸は江戸近くの船隠しに停泊してございます。その船腹には異国の品々が満載されております。綱吉様の喪が明け次第、われらはそれらを江戸にて売り出す所存にございます」

「総兵衛、わしは幕府の一員、未《いま》だ大目付の職にあるぞ」

「ゆえにお断りいたしました」

「そなたら、この先も南蛮や唐との交易に従事するつもりか」

「勝寛様、総兵衛、この目で異郷を見て、世界の日進月歩に驚かされました。鎖国令をとる徳川幕府は井の中の蛙《かわず》にございます。どこぞの国がその気になれば、数隻《せき》の軍船にて江戸は落城し、市中は灰燼《かいじん》に帰しまする」

「江戸には三百諸侯の屋敷に多数の陪臣がおり、さらには旗本八万騎の軍勢が控えておるぞ。そう易々《やすやす》と落ちようか」

「勝寛様、われら、琉球からの帰路、薩摩《さつま》藩が抜け荷交易に従事させる十文字船団と遭遇いたしました」

「なにっ、薩摩が軍船を所持しておるというか」

大目付は大名の監察糾弾が使命だ。

勝寛が、幕府に逆らい大船を所持する薩摩の動向に、耳を欹《そばだ》てるのは当然な反応だった。

「恐れながら江戸幕府が威光をもって大名諸侯を通じて支配なさる地は知れております。西国の大名方は密《ひそ》かに軍船、商船をお持ちで、異国船相手の交易やら抜け荷に精を出しておられます。薩摩の十文字船団は、新造の巨船の大薩摩丸、大隅丸を中心に六隻からなっておりました」

「その船団と大黒丸が遭遇して何事もなかったか」

「琉球国と周辺の海域の占有を争う戦いが二日にわたり、繰り返されました」

「一隻の大黒丸が薩摩の船団を葬《ほうむ》ったと申すのではあるまいな」

「大黒丸が江戸に戻りついたのがなにより勝敗の帰趨《きすう》を示しておりましょう」

「なんとのう」

「勝寛様、この総兵衛が訴えたかったのは海戦の勝敗ではございませぬ。薩摩は数を揃《そろ》えた船団を組織しておりましたが、その装備は時代に遅れたもの、かつ帆船の操舵《そうだ》術も古めかしきものにございました。それに反して大黒丸には英国船エジンバラ号から譲り受けた最新の長距離重砲など十四門が装備され、乗り組んだ者たちはその扱いに習熟しておりました。勝寛様、薩摩をこの徳川幕府と、一隻の大黒丸を異国とお考えなされ。総兵衛が申すこと、お分かりいただけますな。もはや古き得物や戦術で異国の軍船とは戦えませぬ。そのことをこたびの航海で総兵衛、つくづくと思い知らされました」

「そなたの考え、一介の幕臣では想像もつかぬ。なんと自在で闊達《かったつ》なことか」

勝寛は羨《うらや》ましそうに言った。

「勝寛様、江戸で見る空と異郷で見る空は一見同じのようで違いまする」

「井の中の蛙とはそのようなものか」

勝寛が嘆息した。


頭巾で面体を隠した総兵衛が本庄邸を出たのはすでに四つ（午後十時頃）の刻限過ぎだ。本庄勝寛に菊や宇伊が加わり、異郷の話や金沢に嫁に行った長女絵津《えつ》のことなどあれこれと談笑して楽しい時を過ごした。

徒歩で通用門を出た総兵衛を二人の影が待ち受けていた。

鳶沢一族の荷運び頭の作次郎《さくじろう》と駒吉だ。

「ご苦労であったな」

微醺《びくん》を帯びた総兵衛が労《ねぎら》い、四軒町から東の佐柄木《さえき》町へと下り、神田川の右岸、筋違《すじかい》御門へと出た。

総兵衛はゆるゆると久しぶりの江戸の夜道を歩きたいと思ったからだ。

「総兵衛様、本庄の殿様はさぞ驚かれましたでしょうな」

と駒吉が訊《き》く。

「永の不在は前もって考えられたものではなかった。だが、そのことが本庄様を始め、あちらこちらに心労をかけておる。駒吉、このことを忘れてはならぬ」

総兵衛が駒吉の問いに答えたものだ。

「作次郎、苦労をかけたのはそなたもそうだ」

「いえ、陸奥《むつ》やら蝦夷《えぞ》、出羽《でわ》の地でわれらが取り扱った古着がどう着られているか、直《じか》にこの目で確かめられました。このことを知ったのはわれらにとって大きな財産にございました」

総兵衛が頷いた。

「作次郎、よう言うた。われら一族が今後どの地に交易に出ようと、それを使ってくれる人の暮らしを忘れてはならぬ。われらがこれから仕入れ、卸すものは一品何百両の工芸品から一つ何文のものまで諸々《もろもろ》複雑になろうぞ。またそうでなくては商いとは申せぬ」

「はい」

と作次郎が答えたとき、三人は黒い影に囲まれていた。

「大黒屋総兵衛よのう」

影の背後の人物が訊いてきた。

羽織袴《はかま》に頭巾《ずきん》を被《かぶ》っていた。

「互いに頭巾では正体が知れませぬな」

総兵衛が頭巾を脱いだ。

「いかにも富沢町の古着商い、大黒屋主《あるじ》の総兵衛にございます」

「そなたが江戸に戻るのをわれらは待ち受けていた」

黒い影が動いて、三人を囲んだ。

忍び衣装に全員が火縄銃を構えていた。

その数、二十余人か。

「道三河岸の関わりのお方にございますか」

「柿沢伊賀之助《かきざわいがのすけ》」

と相手が名乗った。

「して、この黒装束は」

「われら、この数年、甲斐の地にて鳶沢一族との決着を付けるために臥薪嘗胆《がしんしょうたん》して参った。武川衆《むかわしゅう》暗殺組が狙《ねら》った相手は外さぬ」

「柿沢どの、ただ今、綱吉様が薨去《こうきょ》なされ、吉保様の去就が注目されている折、ご府内で不穏な行動はお慎みあれ。火縄など持ちだすはもってのほかにございますぞ」

総兵衛が叱咤《しった》するように言い放った。

「偽商人《にせ》め、そなたの正体を暴《あば》きだしてくれん」

黒装束が火縄を構え、銃口を三人に向けた。

火縄の燃える臭《にお》いが漂った。

「無腰のわれらを殺害なさるか」

「いかにも、無腰で歩くとはちと不覚であったな、総兵衛」

「大黒屋総兵衛が得物も携えず夜道を歩くと思いなさるか」

「うーむ」

と柿沢伊賀之助が訝《いぶか》しげに総兵衛を見た。

闇《やみ》で指笛がかすかに響いたように思えた。

神田川の土手を風が吹き上げるような物音がして、何者らかが柳原土手に姿を見せた。

海老茶《えびちゃ》の戦衣《いくさごろも》に身を包んだ鳶沢一族が手に鉄砲を構えて、武川衆暗殺組を取り囲むと狙いをつけ、ゆっくりとその輪を縮めてきた。

「柿沢伊賀之助どの、同じ飛び道具でも連射が利《き》く最新の燧石《ひうちいし》式鉄砲にござる。命中精度もそなたらの火縄よりははるかに高い。お試しなさるか」

武川衆暗殺組は大黒屋総兵衛を捕らえたつもりで、自らが包囲されていた。

「おのれ!」

「総兵衛の命一つで武川衆暗殺組は二十いくつの骸《かばね》をさらす」

「うーむ」

「だが、ただ今は綱吉様の喪中、江戸府内を血で穢《けが》すは不忠であろう。行かれよ」

鳶沢一族の輪が一か所開かれた。

「伊賀之助、もはやわれらが暗闘を繰り返すのは愚、近々大黒屋総兵衛が柳沢吉保様の下にご挨拶《あいさつ》に伺うと申し伝えよ。よいな」

柳原土手から武川衆暗殺組が無言のうちに姿を消し、鳶沢一族も頭領の総兵衛を囲むように神田川に待機した早舟へと移動して、水上を大川へと去っていった。

三

大黒丸を造った船大工の統五郎《とうごろう》は、大黒屋の大番頭笠蔵からの使いを貰《もら》い、迎えの舟に乗った。

猪牙舟《ちょきぶね》は大川を河口へと向かい、佃島《つくだじま》沖に停泊する大黒屋の持ち船明神丸に横付けされた。

笠蔵が明神丸の船上から手を振り、

「棟梁《とうりょう》、すまないね、こんなところまで呼びだして」

と謝った。統五郎は久しぶりに会う大番頭の声が明るいように思え、

（おや）

と訝しんだ。

総兵衛ら大黒屋の主、奉公人を乗せた大黒丸が相州浦郷村深浦の船隠しを出帆してとうに一年が過ぎた。

その船には統五郎の愛弟子《まなでし》の與助が乗り組んでいた。だが、出航から間もなくして大黒丸の建造から処女航海、二度目の航海と付き合ってきた箕之吉が故郷伊香保に父親の怪我《けが》の見舞いに戻ると理由をつけて姿を晦《くら》まし、それを追って総兵衛と手代の駒吉が江戸を離れた。

統五郎は笠蔵から、三人の行動は與助が大黒屋と敵対する勢力に籠絡《ろうらく》されて秘密を漏らしていたことと関係していると知らされていた。さらに若狭小浜にて三人が大黒丸に乗船し、與助が自滅するように死に、その與助に代わって三《み》度《たび》箕之吉が乗船して南海を目指したことが平戸藩内の寄港地からの手紙で笠蔵に知らされ、それも統五郎に報告されていた。

統五郎は弟子の裏切りに驚愕《きょうがく》し、笠蔵に信頼を裏切った弟子の罪は師の統五郎が負うとその処分を申しでた。

笠蔵は総兵衛らの帰還の後に諸々の処置を委《ゆだ》ねると宣告した。

大黒丸の危難はそれだけでは終わらなかった。琉球沖で南蛮の海賊船に襲われ、行方を絶ってしまったのだ。

與助の裏切りも箕之吉の勝手な行動も曖昧模糊《あいまいもこ》とした闇の中に葬り去られて一年有余の歳月が流れようとしていた。

その間、大黒屋の本丸というべき富沢町の店は、同じ古着屋仲間の江川屋の女主人崇子に預けられ、細々とした商いを続けてきた。

そして、大黒屋の留守を守るべき大番頭の笠蔵らは、船商いのために江戸を離れて、陸奥から蝦夷、出羽の湊《みなと》々を渡り歩いていた。

あれだけ威勢を誇った富沢町惣代《そうだい》大黒屋を暗雲が覆《おお》っていた。

そんな最中の呼び出しだ。

「大番頭さん、船商いに出ていたそうだが、お元気そうですな」

縄梯子《なわばしご》を身軽に伝わって船上に飛びこんだ統五郎が訊いた。

「はいはい、もう元気を取り戻しましたとも」

と答えた笠蔵が合図をすると明神丸が動きだす気配を見せた。

「棟梁、ちょいと付き合《お》うてくだされ」

「どんな趣向にございますね」

統五郎は自らが造った明神丸を見まわした。年季が入った船も乗り組みの大黒屋の奉公人たちもどこかきびきびと働いていた。

（どうやら総兵衛様方の遭難の悲しみを乗り越えられたらしいな）

と統五郎は考えた。

明神丸の帆が上がった。

「棟梁、話がございます。こちらへお願いしますよ」

笠蔵に案内された統五郎は明神丸の船室へと入っていった。

動きだした明神丸は直《す》ぐに一枚帆に風を孕《はら》んで、船足が上がっていた。

和船仕立ての千石船も風次第ではなかなかの速度が出た。江戸と摂津の間を二、三日で走り切る弁才船《べざいせん》もあるほどだ。

船体を揺らして走る明神丸の船室は艫櫓《ともやぐら》下にあった。

船室に入った統五郎は外の光から室内の暗さに慣れる間、しばらく戸口で立ちどまった。部屋の中がおぼろに浮かびあがってきた。

二人の人物が笠蔵と統五郎を黙って出迎えた。

統五郎の頭は混乱した。

(なんてこった！　あの世からわざわざ別れを言いにきなさったぜ)

「棟梁、元気そうでなによりです」

統五郎の体に悪寒《おかん》が走った。

(いかぬ、耳もおかしくなった)

「親方、親父《おやじ》が怪我などと嘘《うそ》を申しあげ、伊香保に戻りまして申し訳ございません」

今度は箕之吉の声がした。

「大番頭さん、おれの頭がおかしくなったぞ！」

と振り向いて叫んだ統五郎に、

「棟梁、頭がおかしくなったのではございませんよ」

「なんだって！」

統五郎は再び視線を元に戻し、

「総兵衛様か、箕之吉か」

と上擦った声で問うた。

二人が大きく頷《うなず》いた。

「お戻りなされたのか」

「はい。地獄の淵《ふち》から舞い戻ってきましたよ」

「なんてこった、夢じゃねえな」

「親方、夢なんてことはございません」

箕之吉が棟梁に歩み寄った。

がばっ
と箕之吉の体を抱き寄せた統五郎が、

「おおっ、こいつは確かに箕之吉だ」

というと今度は総兵衛の前に走り寄り、

「総兵衛様よ、ようお戻りなされたな」

とがくんと腰を落とすとその場に膝《ひざ》をついた。

今度は総兵衛が統五郎の肩を抱いて、

「棟梁、心配をかけさせましたな、このとおりです」

と頭を下げた。

統五郎の瞼《まぶた》がふいに熱くなり、涙が盛り上がって流れだした。

「なんてこった。大番頭さんに呼ばれたからさ、いよいよ弔いの話かと思いましたぜ」

虚脱したように腰を落として一頻《ひとしき》り涙にくれた統五郎が深々と総兵衛に頭を下げた。

「うちの與助の裏切りがこんな羽目に陥らせたようだ。総兵衛様、申し訳ねえ。どんなご処置も御受けいたします」

統五郎は床に額を擦りつけるように詫《わ》びた。

「棟梁、詫びるのはお互いだ。こうして私も箕之吉も無事に帰ってきたのです。諸々の経緯《いきさつ》は水に流しましょうぞ」

と言いかけた。

「へえっ、それでよろしいので」

四人は積もる話に夢中になり、時を忘れた。

統五郎がおよその経緯をようやく飲みこんで、

「総兵衛様よ、それにつけても伊香保から若狭小浜、平戸から琉球、さらには異郷へと永の航海にございましたな」

としみじみと述懐した。

「棟梁、世界はそれほど大きいということですよ。広い異郷に私どもを連れていってくれたのはおまえさんが手塩にかけた大黒丸ですぞ」

「あの船が一年有余の航海に耐えましたか」

「大嵐《おおあらし》にも海戦にも沈むことなく、私どもを守ってくれました」

「よかった、ようございました」

統五郎の返答は、深く静かに総兵衛らの耳に響いた。

「親方、三度にわたり大修理を致しました」

「舵《かじ》が壊れ、船体が破れたのでは致し方ありますまい」

「親方が造られた大黒丸は異国の旅で生まれ変わったともいえます」

「そいつは楽しみな」

明神丸の船足が落ちて、船が大きく揺れつづけた。そして、しばらくすると静かな海域に戻ったか、安定した。

「箕之吉、親方を大黒丸に案内なされ」

総兵衛の命に箕之吉が、

「親方、こちらへ」

と船室の外へと連れだした。

統五郎の目にいきなり船隠しの入り江に堂々と停泊する巨大な三檣《さんしょう》帆船の勇姿が飛びこんできた。

（なんという見事な巨船か）

自らが造った大黒丸は大きく姿を変えていた。

精悍《せいかん》さと堅牢《けんろう》性を増し、船足が速そうで舵の利《き》きもまた敏感だと推量された。

それは長年の船大工の勘であり、確信だった。

（こいつはもはやおれが造った大黒丸じゃねえ。異郷の洗礼を受けてきた別の帆船だ）

「箕之吉、おまえが手を入れたか」

「親方、島では全員が木を伐《き》り出し、舵棒を造り、帆柱を建て、帆布を修繕して働きました。ですが、二度目の修繕は、英国船の船大工がいろいろな技と知識を私どもに与えてくれました」

「そいつを直《じか》に学んできたか」

「はい」

「箕之吉、いい腕になったようだな。なにより総兵衛様に得がたき経験を積ませてもらったな」

統五郎が弟子を褒めた。

「親方、大嵐に耐えたのも砲撃戦に生き残ったのも親方が造った大黒丸の骨組みと工夫があったればこそ。英国の船大工も船長《カピタン》も褒めてくれましたよ」

「そうか、おれの腕を異国の船大工が認めてくれたか」

「親方」

と師匠と弟子の会話に総兵衛が割って入り、

「驚かれるのはまだ早い。これから大黒丸に乗り移ります、感想はそれからにしてくだされ」

と総兵衛が明神丸に漕《こ》ぎ寄せられた大黒丸の伝馬《てんま》へと先頭で降りていった。

大黒丸の船内を箕之吉の案内で見せられた統五郎は直ぐには言葉も出ぬほどだった。改装された船体のあちこちを驚きと感嘆の目で見分し、箕之吉にその仕組みを訊《き》いた。

統五郎と箕之吉は最後に作事部屋に入り、三度にわたる大改装の折に引かれた膨大な設計図を見て、

「箕之吉、おまえはこの一年で百年分の奉公をさせて貰ったようだぜ。いいな、大黒屋さんの、総兵衛様の好意を無にするんじゃねえぜ」

と言い聞かせた。

「へえっ、親方、肝に銘じてこれからも働かせてもらいます」

頷き返した統五郎が、

「だがよ、箕之吉、総兵衛様は大黒丸をまるで異国の船のように改装なされたが、これからどのような商いをなされようというのか」

と弟子に訊いた。

「親方、それは総兵衛様の胸三寸にございましょう。主船頭の忠太郎様以下、黙って従うだけだと覚悟をしておられます。私も親方の許しがあれば、この大黒丸に乗り組み、どのような命にも従う決心にございます」

「よう言うた」

と答えた統五郎が、

「おれも十、いや、二十も若ければ、この船に乗り組んで異国とやらを見てみたいものだぜ」

と嘆息したものだ。

総兵衛は船室にいて、浦郷村周辺に放った一族の者から報告を受けていた。

「一年も前から浦郷村にうろんな者たちが次々に入りこんで、入り江を見張る様子がございますぞ」

水夫頭《かこがしら》の錠吉が言った。

「江戸者か」

「どうやらそのようですよ」

「大黒丸の帰還は知られたと思うたほうがよいか」

「これだけの大きな船です。船隠しが見張られていては仕方ございませんよ」

となると相手は道三河岸、大老格の柳沢吉保の手先と見てよい。

これまでも大黒丸の江戸湾の出入りを見張られ、この付近に船隠しがあることを察せられていたのだ。

「総兵衛様、道三河岸の手先と思える者たちが浦郷村の観音寺の離れを塒《ねぐら》にしております。一年以上も前からのことだそうですよ」

と駒吉が報告した。

「何人寝泊まりしておるか」

「眼鏡売りの夫婦、歌文次《かぶんじ》とおたつの二人ですが、常に仲間が二、三人、寝泊まりしておるようです」

駒吉は様子を見てきたようだ。

眼鏡は元和《げんな》（一六一五〜二四）年間に浜田弥兵衛《やひょうえ》が爪哇《ジャワ》から製法を学んで帰国したときから始まったとされる。

「なにを道三河岸が考えておるか、今一つ、判然とせぬ。駒吉、観音寺を常時見張る手配りをしろ」

「総兵衛様、勇次《ゆうじ》どんと和吉《わきち》どんがすでに見張りについております」

「抜かりなしか」

と笑ったところへ統五郎が箕之吉と一緒に姿を見せた。

「棟梁、どうでしたな、久しぶりに見る大黒丸は」

「総兵衛様、これはもう大黒丸であって大黒丸ではございませんな。驚き入った次第です」

と呻《うめ》くように感想を洩《も》らした統五郎は、

「和船には和船のよさがあると固く信じて参りましたが、玄翁《げんのう》で脳天を殴られたような驚きにございます」

「それほど異国は日進月歩の歩みをしておる。翻《ひるがえ》って鎖国令を遵守《じゅんしゅ》する徳川様の天下は井の中の蛙《かわず》、大海を知らずして、能天気に過ごしておられる」

「全くもって恥ずかしきことでございました」

と答えた統五郎が、

「総兵衛様、大黒丸が次なる商いに出る折、箕之吉のほかに一人二人、乗せてはいただけませぬか」

「船大工が増えるのは心強いな」

と答えた総兵衛が、

「親方、異国はすでに大黒丸に倍する巨船の造船技術を持っておる。その技を学んで、大黒丸に倍する帆船を造ってくれませんか」

「おおっ、この統五郎に任せていただけますので」

「交易には一隻《せき》では不安が付きまとう。船団を組んでお互いに助け合うことこそ、肝要と考えます。その準備に入ってくだされ」

「となりますともはや大川の造船場では事が足りませぬな」

「どうです、親方。この船隠しに新しき造船場を造りませんか」

統五郎の両眼が輝いて、

「この入り江なれば大黒丸の三倍から五倍の帆船ができますぞ」

「そのためには準備することが諸々《もろもろ》ある」

「おっしゃるとおりにございます」

統五郎が首肯すると入り江を頭に描いたか、考えに落ちた。

勇次と和吉は観音寺の離れを見張っていた。ちょうど寺の裏門から商人風の二人の男が境内へと入っていった。そして、二つの影が離れに近づき、部屋へと消えた。

「和吉、離れに寄ってみねえか」

「見張れとは命じられたが近づけとは命じられてないぞ」

「だから、近くから見張るのさ」

和吉がしばし考えた後、頷いた。

「勇次、馬百頭を放牧する原を探せと使いの男らは眼鏡売りの夫婦に命じたのだな」

大黒丸に戻ってきた勇次が観音寺の離れで耳にした話を総兵衛に報告した。

「はい。前後の言葉ははっきり聞こえませんでしたが、ながのぶ様の命だと申しました。それも明日中にとのことです」

吉保は嫡男《ちゃくなん》吉里《よしさと》を筆頭に七男十女の子宝に恵まれていた。長暢《ながのぶ》は次男のはずだと総兵衛はかすかな記憶を引っ張りだした。そして、本庄邸の帰りに総兵衛らを待ち受けていたのも武川衆暗殺組と名乗ったことを思い出していた。

「甲府藩ではその昔、武田信玄様の名残りの騎馬軍団武川衆を擁しておられたが、道三河岸は、再び大黒丸を攻撃するために百騎の武者をこの浦郷に差し向ける気か」

「大黒丸を焼き払う気にございましょうか」

忠太郎が総兵衛に尋ねた。

「いや、道三河岸は大黒丸の船倉が宝の山と承知しておろう。となればみすみす宝を燃やすとは思えぬ」

と答えた総兵衛が、

「綱吉様の喪が明けるまでが勝負、忠太郎、大黒丸の警戒をより厳しくせえ」

「畏《かしこ》まりました」

その夜から大黒丸の警備がこれまでの何倍も厳しさを増した。

四

浦郷村深浦の船隠しの一角に造船場が設けられ、箕之吉が鳶沢一族や琉球衆に手伝って貰《もら》いながら、奇妙な乗り物を造り始めた。

停泊する大船大黒丸を守る軽快な舟だ。

箕之吉はツロンで見た小舟に思いを馳《は》せ、櫓《ろ》で漕《こ》ぐよりも船足が速い細身の船体の設計を終えていた。それは少々変わったかたちで駒吉などには、

「箕之吉さん、これで水の上に浮かぶのかい、かちかち山の泥舟にならぬか」

と疑問を呈したほどだ。

骨組みはなんと竹で作られ、その骨組みの周りに大黒丸がツロンで買い求めてきた海豹《あざらし》の皮がぴーんと張られた。

なにしろ竹と皮でできた舟だ。半日もせぬうちに一隻《せき》目が完成し、船隠しの入り江で試走が行われた。

その奇妙な舟には三人ほどが座って乗れ、六尺ほどの櫂《かい》で左右に漕ぎ分けて

進む形式で、その両端には掌《てのひら》のような水掻《か》きが見えた。

「駒吉さん、まずは試しなされ」

箕之吉に誘われ、綾縄《あやなわ》小僧の駒吉が真ん中の座席に恐る恐る座り、櫂を手にした。すると箕之吉が竹と皮で造られた舟を沖に向かって押しだした。

「浮くのは浮いておるが」

と言いながらも駒吉が櫂を漕いでみせた。すると小舟は、
すいっ
と水上をいとも軽やかに滑るように進んだ。

「驚いたぞ！　これはどうしたことか」

あまりの船体の軽さと舟足に駒吉が驚嘆の声を上げ、さらに左右に漕ぎ分けた。

舟は水を切り分けるようにすいすいと進んでいく。

総兵衛と忠太郎も大黒丸の艫櫓《ともやぐら》からこの光景を見ていた。

「総兵衛様、あの舟足をご覧なされましたか。いやはや猪牙《ちょき》舟《ぶね》の何倍もの速さですぞ」

「一人で持ち運びできるぞ、不要なときは陸路を軽々と運んで舟を隠すこともできよう」

「それに竹と皮なれば分解して、大黒丸の船室の隅に載せられます。これまでの伝馬のように場所をとることもありません。長い航海にはうってつけの小舟ですぞ」

「箕之吉め、やりおったな」

棟梁《とうりょう》の統五郎と再会し、気分が晴れた箕之吉が考えた小舟は設計した当人が計算していた以上の舟足を持っていた。

浜から離れた駒吉が、

「箕之吉さんよ、早く進むのはよいが、どうすれば行き先を変えられるのですか」

と沖合いから叫んだ。

「転じたい方向の船縁《ふなべり》に櫂を立ててみてくれませんか。櫂の先端の水掻きが抵抗になるように水中に突っこむのです」

「ほうほう、こうか」

駒吉が水中に櫂を突っこむと前進していた小舟はその速さとあいまって、くるりと舳先《へさき》を回した。

その勢いで駒吉は危うく舟から振り落とされそうになったが、さすがに俊敏な綾縄小僧だ。

「これはこれはなかなか難しいぞ」

と言いながらも体勢を立て直した。そして、

「箕之吉さん、こつを摑《つか》むのにはちと稽古《けいこ》がいるな！」

と叫び返しながらも、駒吉は竹と皮で造られた舟の回転を何度か試みた。

素早く前進し、櫂を立てると右舷《うげん》左舷の水中に素早く突っ込み、体を捩《ねじ》って回転を助けた。

駒吉は櫂の使い方と方向を転じるこつを飲みこんで、浜辺に戻ってきた。

「駒吉、今度は三人で乗ってみようか」

興味を示した風神の又三郎と琉球衆の幸地朝保が乗り組んで舳先を沖合いへと巡らし、櫂を揃《そろ》えて漕ぎだした。

最初はばらばらだった櫂が動きを揃えるとぐいぐいと進みだした。

三人の中では幸地の櫂捌《かいさば》きが上手だった。

「かようなかたちをした舟は琉球にもございます。漁師は黒潮に乗って何百海里も漁をして歩くのですよ」

と駒吉と又三郎に櫂捌きを教えた。

そのせいで舟足はさらに上がり、三人での回転の新たなこつを摑んだ。船尾側の幸地だけが櫂を水中に立て、残りの二人は方向を転じた後に直《す》ぐに漕ぎだした。そのせいでさらに方向転換と前進の連携が滑らかになったのだ。

「忠太郎、あの舟を何隻か造ると海の騎馬軍団ができるぞ」

「三人乗りだけではなく、伝令用に扱い易《やす》い一人乗りもあるとさらに強固な小舟騎馬隊が編成できますぞ」

「箕之吉のことだ、考えておろう」

艫櫓の二人の頭には最新式の鉄砲や弓を背負い、隠密《おんみつ》のうちに水上を動きまわる軽舟隊が思い描かれていた。

造船場に戻って舟の点検が行われ、水漏れや骨組みの強度が調べられ、池城《いけぐすく》若王子ら琉球衆の意見も取り入れたさらなる工夫がなされた。

その日一日、竹と皮で造る舟の試作が行われ、夕暮れ前には大小三隻の軽快舟が組み上がっていた。一人乗りから三人乗り組みの軽舟が水澄ましのように走り、転じ、止まる様はなかなかの見物だった。

「あれは使えますぞ」

忠太郎が大黒丸の警備に早速組み入れることを宣言した。

翌日にはさらに三隻の軽舟が完成し、三人乗り四隻、一人乗り二隻の大黒丸警備軽舟隊が完成した。

主船頭の忠太郎は助船頭の又三郎と話し合い、六隻を二組に分けて、早速その夜から大黒丸の警備に軽舟隊を組み入れた。そして、警備に就く三隻七人の背にはそれぞれ燧石《ひうちいし》式の鉄砲と弓矢が背負われていた。

この夜、江戸から鳶沢一族の探索方秀三が浦郷村深浦湾の船隠しに姿を見せた。

総兵衛らとは久しぶりの再会である。面会した秀三の両眼は潤《うる》み、

「総兵衛様、ようお戻りなされました」

と言う声が震えていた。

「秀三、苦労をかけたな。おてつは堅固か」

「この一年余、総兵衛様方がどうしておられるかとおてつさんと言い暮らしてきましたよ」

秀三は母親をおてつと呼ぶ習慣があった。

「すまぬことであった。おてつには直《じか》に詫《わ》びようが、そなたからもこのとおり元気じゃと伝えてくれ」

「畏まりました」

と拳《こぶし》で涙を拭《ぬぐ》った秀三が、

「申しあげます」

と語調を変えた。

「道三河岸の飯炊《めした》きに入りこんでおりますおてつさんからの伝言にございます。このところお屋敷から姿を消しておられた吉保様次男長暢様が屋敷にお戻りになり、甲府にて新しく編制された騎馬軍団武川衆と暗殺組を指揮なさるという噂《うわさ》が屋敷内に飛んでおるとのことにございます」

勇次の探索を裏付ける江戸からの情報であった。

「さらに百余人の武川衆が騎馬に乗って甲府城下を進発したとか」

「武川騎馬衆は江戸入りする気か」

「綱吉様薨去《こうきょ》の直後にございます、武装した騎馬軍団を御城近くに入りこませるのは幕閣内に不穏の動きありとの誤解を招くと申す者や綱吉様が亡《な》くなられた今ゆえ、三田久保町の下屋敷に待機するのだという声など錯綜《さくそう》しているということです」

「相分かった」

と答えた総兵衛は異国から買い求めてきた葉巻煙草《たばこ》を手にした。

秀三が初めて目にする煙草であった。

総兵衛は、火付けで葉巻の先に火を回し、悠然と吐いた。すると船室に異国の香りが甘く漂った。

秀三らが船室から下がり、笠蔵ら幹部だけがその場に残った。

柳沢吉保は宝永元年（一七〇四）、武蔵川越城から歴代徳川一門が城主を務める甲府へと転封した。

その折、移動する家臣団を護衛したのが旧甲斐武田の武川衆であった。

その後、鳶沢一族と武川衆は壮絶な戦いを繰り広げた。

もし武川衆が再興されたとしたら三年ぶりの戦《いくさ》ということになる。

総兵衛は葉巻をくゆらせながら両眼を軽く瞑《つむ》り、さらに道三河岸の主《あるじ》柳沢吉保の心中を慮《おもんぱか》った。

一大名家の家臣、それも大身とはいえぬ家柄の出の吉保が大老格という異例の出世を遂げ、

「幕府は城中にあらず、道三河岸にあり」

と評され、連日のように大名や大身旗本、さらには御用を承りたい商人たちの猟官嘆願の行列が長々とできる異様な光景がここ何年も展開されてきたのだ。

無論将軍位に就いて二十九年の綱吉の存在と寵愛《ちょうあい》なくしては考えられなかった。その綱吉が亡くなったのだ。

その権力があまりにも巨大であっただけに後ろ楯を失った吉保の心中は当然、激しい不安と恐怖に見舞われていると思えた。

その反動の嵐を切り抜けるには例えば六義園《りくぎえん》などに、

「隠居」するしかない。だが、隠居しただけで世間がこれまでの吉保の独断と専横を許すものかどうか、権力の座にあった者だけに心中に懐疑心が渦巻いているはずだ。

しかも、隠棲《いんせい》する六義園そのものが綱吉の吉保への偏愛の象徴であったのだ。

となると、

「甲府に隠居の地」

を求めるか。

だが、甲府の地に武蔵川越から所替えになったのはわずか四年一か月前、宝永元年十二月、武川衆に守られてのことだ。

吉保は条目二十七か条を定め、家中や領民に布告して必死に懐柔しようとしたが、なにしろたかだか四年の治世だ。

そこへ隠棲したからといって安泰と言い切れようか。

(吉保はこの危難にどう活路を見出《みいだ》すか)

大老格の地位にあった吉保は、日本を取り巻く異郷のことも承知していた。

もした。

それだからこそ、異国の海賊船を雇い、大黒丸を琉球沖に沈没させようと画策
だが、その企ては失敗に終わっていた。

そして今、鳶沢一族の希望の巨大帆船大黒丸が相州浦郷村深浦の船隠しに帰還したと承知していた。

おれが柳沢吉保なれば、大黒丸を乗っ取り、異国へと逃亡し、楽土を新たに建設するという、

「夢」

を企てると結論づけた。

それだけの力は未《ま》だ道三河岸は残していた。

だが、時の余裕はない。

綱吉の喪が明ければ、その力も地位もがらがらと音を立てて崩壊し、消え去るのだ。

吉保は次男の長暢に命じて、新たに編制した騎馬軍団武川衆を深浦の船隠しに遠征させようとしていた。

となれば考えられることは一つだ。

大黒丸乗っ取りだ。

この巨大帆船を得て、まさかの場合は武川衆を引き連れ活路を異郷に求める、そう道三河岸は考えるはずだ、と総兵衛は確信した。となれば、

（大黒丸を外海に逃し、吉保の失墜を待つか）

だが、大黒丸に積みこまれた異国の荷は綱吉の喪が明けると同時に江戸で売り出される手筈《てはず》になっていた。

また鳶沢一族の武士としての面目からも、商人としての体面からもここは逃げるわけにはいかなかった。

総兵衛は葉巻をくゆらし、薄く閉じていた両眼を見開いた。

その場には主船頭の忠太郎と助船頭の又三郎、さらには大番頭の笠蔵と二番番頭の国次ら幹部が押し黙って残っているばかりだ。

総兵衛は思案した考えを述べ、

「深浦の船隠しで武川衆を迎え撃つ」

と決意を述べた。

「畏《かしこ》まって候《そうろう》」

と忠太郎が一族の総帥《そうすい》の決断に答えた。

「武川衆との決着を付けた後、われらは富沢町に戻る」

「大黒屋を再開なさるのですな」

大番頭の笠蔵が歓喜の声を上げた。

「長らく江川屋崇子様にお預けした店だが、大黒屋の本丸に大黒屋再開の旗を高々と掲げずばなるまいて」

「さようさよう」

と笠蔵が膝《ひざ》を叩《たた》いた。

「そのためには柳沢吉保との最後の戦いにきっちりと決着を付けるのじゃ」

「ははあっ」

とその場にある鳶沢一族の幹部たちが平伏して受けた。

直ちに作戦会議に入った。

総兵衛らが夕餉《ゆうげ》の席に姿を見せたとき、大黒丸の食事部屋では鳶沢一族と琉球衆のだれ一人として箸《はし》をつけていなかった。

すでに刻限は五つ半（午後九時頃）を回っていた。

「彦次、皆に夕餉を許さなかったか」

炊方《かしきかた》に総兵衛が訊《き》いた。

「総兵衛様、そうではございませぬよ。久しぶりに江戸のご一族の方々も加わられたのです、琉球衆も交じえ、総兵衛様方をお待ちして、一緒に夕餉を摂《と》りたいという皆の願いにございますよ」

頷《うなず》いた総兵衛が、

「彦次、酒を用意させよ」

「へえっ」

その声に駒吉ら若手が動き、すぐさま酒が用意された。

「その場にて聞け」

総兵衛が命じた。

「われら、鳶沢一族は宿敵大老格柳沢吉保どのの騎馬軍団武川衆をこの深浦の船隠しに迎え、撃ち滅ぼす。武川衆は数日内に姿を見せよう。われらはそのための戦支度に入る、よいか」

「おうっ！」

という喊声《かんせい》が大黒丸の食事部屋に響きわたった。

琉球衆を率いる池城若王子は、改めて鳶沢一族の豪胆と結束の強さを目《ま》の当たりに見せられ、驚いた。

それはそうだ、江戸に近い船隠しで、幕府を牛耳《ぎゅうじ》ってきた大老格を敵に回して戦うと宣告しているのだ。

大老格の力は琉球が実質支配される薩摩藩など足元にも及ばなかった。

大老格の軍勢を敵に回す鳶沢一族は百人にも満たない人数だった。

援軍を仰ごうにも鳶沢村には老兵と年少の者しか残っていなかった。だが、総兵衛以下、だれ一人として恐れる者はいなかった。

（総兵衛様の下、戦に参戦できる）

ことを考えた池城と仲間たちは喜びに打ち震えた。

「今宵《こよい》は帰還の祝い、好きなだけ飲め」

と総兵衛の言葉に今度は、

「うおっ！」

という歓喜の響きが繰り返された。

卓には京からの下り酒が、琉球酒が、南蛮の酒が林立し、

「秀三さん、お久しぶりだ。まず駒吉の酒を受けてくだされよ」

「綾縄《あやなわ》小僧、そなた、どうやら異国の旅にて尻《しり》の青あざが取れたようだな」

「そんなものはとうの昔に消えていましたよ」

とあちらこちらで酒の応酬が始まった。

琉球衆の十人もすっかり一族に溶けこみ、

「大番頭様、私は池城安則《あんそく》にございます、総兵衛様のお許しにて大黒丸に乗り組みましてございます。交易のことなどどうか教えてくだされ」

「池城様、首里にてはうちの信之助らがお世話になっております。大黒屋と琉球が交易を目的に手を結ぶのは前世からの宿命《さだめ》にございますよ」

「いかにも宿命にございますな、われらは交易にて力を付け、薩摩の手を離れとうございます。それがわれらの夢にございます」

「池城様、小なるものが大なるものを倒すには戦略戦術が要りまする。なあに

あなた方はわれら一族よりも人材が多いのです、薩摩を負かすことができぬわけはない」

「われら、明日からの戦にそのことを学びとります」

「そうなされそうなされ」

宴はいつまでも果てることなく続き、ついには三線《さんしん》の音が響き、琉球の舞踊が踊られ始めた。


その宴の光景を道三河岸が放った密偵の夫婦、眼鏡売りの歌文次とおたつの二人が遠眼鏡で眺め、大黒丸の船体の大きさや帆柱の高さなどを目算して絵図面に描きこんでいた。

「歌文次様よ、なんと大きな船かねえ、これまで見たこともねえぞ」

「こいつは江戸で建造されたというが、異国で手が加わっておるわ。もはや南蛮の帆船と申してよかろう」

「長暢様はこの大きな船をどうやって乗っ取ろうと考えておられるかな」

「長暢様は知恵者と評判のお方だ。武川衆を率いて見事に乗っ取られようぞ。

そのために大黒丸の細部を知らぬとな」

夫婦はまた遠眼鏡を目に当てた。すると異国の調べとも思える琉球の楽の音が耳に響いてきて、遠眼鏡の中に男たちが乱舞する光景が映じた。

# 第五章　富　沢

## 一

正月二十二日、綱吉の霊柩《れいきゅう》を幽宮に発引《はついん》して、東叡山《とうえいざん》の本坊に移し奉《たてまつ》り……など葬儀の諸々《もろもろ》は未《いま》だ続いていた。

その最中にも幕を閉じた綱吉政治の見直しが、六代家宣の側用人として新しい政権を担《にな》うことになる間部詮房《まなべあきふさ》らによって密《ひそ》かに行われていた。

江戸の緊張した日々をよそに大黒丸が停泊する浦郷村深浦の船隠しを取り囲む切りこんだ岩場には潮の香りに混じって梅の香が漂っていた。

海の水も段々と温《ぬる》んでいた。

船大工箕之吉が改良を加えた竹と皮の軽舟は総兵衛の発案で、

「海馬《かいば》」

と名付けられ、組織された戦隊は、

「海馬軽舟隊《けいしゅうたい》」

と称されるようになった。

一族の者たちが競って海馬に乗りこみ、櫂《かい》を操り、速さや転回を競ったから、たちまちその技量が上がった。特に琉球《りゅうきゅう》衆の腕前は敏速にして軽快、まるで飛魚のように進み、烏賊《いか》のように転瞬裡《てんしゅんり》に方向を変ずることができた。

その様子を今日も眼鏡売りの歌文次とおたつの密偵夫婦が観察して、

「大黒丸め、奇妙な舟を造りあげやがったぜ」

「柳沢長暢様には軍師の影山陣斎《かげやまじんさい》様がついておられますよ。これまで幾多の大黒屋との戦いをすべて検証されたとか。私たちが密かに造った獣道が武川衆の騎馬隊の通り道になる日も近いですよ」

「おおっ、そのことを考えるとわくわくするぜ」

歌文次は再び目を遠眼鏡に当てて、水澄ましのような小舟の動きを見詰め、さらに遠眼鏡を大黒丸へと移した。すると舳先《へさき》に着流しの男が屹立《きつりつ》しているのが映じた。

大黒屋総兵衛その人だ。

遠眼鏡の中の総兵衛は風に巨体をなぶられて、ただ立っていた。

大黒丸の周辺では主船頭以下、乗り組みの者が働いていた。

総兵衛一人が無為にただ佇《たたず》んでいた。

だが、明らかに大黒丸の、いや、鳶沢《とびさわ》一族の中心が巨船の舳先に立つ男に掌握されていることを示して、配下の者たちの気は確実に総兵衛に送られていた。

「おまえ様、そろそろ武川衆の先遣隊が観音寺に見えられる頃だよ、戻ろうかえ」

「うん」

と頷《うなず》いた夫婦は遠眼鏡を首から下げた箱に仕舞い、船隠しの岩場から密かに姿を消した。

夫婦が姿を消してしばらくした刻限、探索方の秀三と綾縄《あやなわ》小僧の駒吉が地から這《は》いだした様子で姿を見せ、

「眼鏡売りめ、今度はこっちが見張る番だよ」

「秀三さん、合点承知だ」

と言い交わすと鬱蒼《うっそう》とした密林に密かに伸びる、眼鏡売り夫婦が造った探索道を辿《たど》り始めた。

歌文次とおたつの夫婦が観音寺の離れに戻ったとき、だれもおらぬ筈《はず》の離れに人の気配がした。

夕暮れ前の刻限、明かりも点《とも》していなかったが、確かに人の気配があった。

歌文次とおたつは懐《ふところ》の短刀と小刀に手をかけて、閉めたてられた障子の向こうを窺《うかが》った。

「おれだ」

と甲府藩の密偵を束ね、騎馬軍団武川衆の軍師も兼任する影山陣斎の声がした。

「親方自らお出張《でば》りか」

障子を開くと白髪頭に白髭《ひげ》の陣斎がひっそりと控えていた。老人じみた風采《ふうさい》だが陣斎は三十六歳とまだ若かった。

「親方一人が先遣ですか」

「いや」

と陣斎が首を振った。

「すでに武川衆騎馬軍団は相州入りしておる」

「馬休めの原をこの近くに用意しておりますがのう」

「あれはちと海から離れておる」

陣斎はすでに調べた様子で言うと、

「鳶沢一族の動きやいかに」

と訊《き》いた。

「大黒丸は綱吉様の喪が明けるのを待って荷下ろしをする模様にて、近頃は竹と皮で造った小舟で戦隊を組み、訓練に励んでおります」

「さすがは総兵衛、われらの襲撃を承知しておったか」

「親方、武川衆の騎馬隊だけではあの船隠しの大黒丸を攻撃するにはちと不向きと思えますがのう」

「陸での用だけが馬の役目ではないわ」

「なんぞ策がございますので」

「歌文次、船隠し付近の絵地図を見せよ」

歌文次はすぐさまこの一年余にわたって克明に描きこんできた浦郷村深浦の船隠しとその周辺の地図を広げた。

その地図には季節と刻限によって変化する海流や潮の流れや満ち干《ひ》、風の吹きこむ方向などが綿密に描きこまれていた。

無論この情報はそのつど江戸藩邸を通じて甲府に送られていた。

船隠しは江戸湾へとぐいっとすぼまる浦賀水道を抜けた西側にあって、その辺りは複雑な地形の海岸線を見せていた。

黒岩崎を回りこむと、切れこんだ断崖《だんがい》の右手に深浦の入り江の入り口があった。そこへ入りこむには潮目を読める土地の漁師の案内がいるほどだ。

さらに深浦へと進むと切り立った岩場の一か所に刃先で切れ込みを入れたような隙間《すきま》があった。

船はそこを潜《くぐ》り抜けてようやく船隠しに入ることができたのだ。この切れ込みに巨船を入れるなど土地の漁師も尻込《しりご》みした。

「今の季節、風向きは北から東へと変わっておるか」

「その通りにございます」

「船隠しの海面は潮の満ち干でどれほど変わるか」

陣斎は知識を確認するように歌文次に問いつづけた。

「歌文次、この観音寺には坊主《ぼうず》が何人おる」

ふいに質問が変わった。

「和尚《おしょう》以下小坊主まで九人にございます」

「離れではちとせまい。本堂と宿坊を借り受けようか」

「和尚がどう答えますか」

「寺の裏手に畑を持っておるな」

「山と竹藪《たけやぶ》に囲まれた畑作地が四反ほどございます。それが観音寺の坊主どもの腹を支えておるのです」

「百頭の馬を暫時《ざんじ》飼うには手ごろの広さと思わぬか、歌文次」

「なんとまあ」

と呆《あき》れる歌文次に、

「一汗掻《か》くぞ」

と言いかけた陣斎が立ちあがり、本堂へと向かった。

秀三と駒吉は離れから本堂に向かう二人の男の姿を山門の屋根と銀杏《いちょう》の木の枝からそれぞれ眺めていた。

(なにをする気か)

駒吉は銀杏の枝で考えた。

庫裏《くり》から入りこんだ二人の男の影を山門の屋根から再び認めたのは秀三だ。

修行僧の宿坊と思える部屋の障子には早や有明行灯《あんどん》がぼおっと点っていた。

影がさあっと動き、障子に、

ぱあっ

と血飛沫《ちしぶき》が撒《ま》かれた。

声もなく修行僧数人が殺された。

(なんと非情なことを)

二人が行動を起こす間も与えず、眼鏡売りの歌文次ともう一人の男は手際《てぎわ》よく住職以下九人の命を絶ってしまった。

呆然《ぼうぜん》とする秀三のかたわらに駒吉が忍んできて、

「秀三さん」

と怒りを抑えた声で言った。

「やつらはこの観音寺を騎馬軍団武川衆の宿営に使うようじゃな」

「いかにも」

「おれがひとっ走り大黒丸に走ろう」

「お願いします」

駒吉だけが観音寺の山門上に残ることになった。

一刻《とき》後、観音寺境内に馬を引いた武川衆の先遣隊の二十人が到着した。馬の背にはそれぞれ菰《こも》包みの荷が乗せられていた。

先遣隊はすぐさま寺の本堂を本営にして敷地の内外を調べて回った。

その気配に駒吉は山門の屋根から外へと追い出され、畑作地から寺の裏を見おろす山の斜面へと見張り所を変えた。

竹藪から竹を切りだし、畑作地の一角に馬囲いが造られた。さすがに甲斐《かい》騎馬集団を率いてきた武川衆の先遣隊だ、馬囲いを造るなど手馴《てな》れたものだ。

あっという間に観音寺は甲斐甲府藩騎馬軍団武川衆の本陣に変わっていた。

大黒丸が停泊する深浦の船隠しとは直線を引いて、七、八町（八〇〇メートル前後）しか離れていなかった。だが、海と山の間に畑作地や漁村や岩場や鬱《うっ》蒼《そう》とした雑木林があって、敵対する陣営双方を隠していた。

さらに竹が切りだされ、枝が払われ、切り割られた。

（なにをする気だ）

と駒吉が首を傾《かし》げて見張っていると辺りに物音がした。

駒吉は懐に手を入れつつ、用意していた逃げ道を振り見た。だが、その逃げ道が塞《ふさ》がれていた。

（糞《くそ》っ）

狼狽《ろうばい》を抑えつつ、山の下へ走るかと考えたとき、

「綾縄小僧、油断じゃぞ」

と言いながら風神の又三郎が姿を見せた。そして、秀三と作次郎が後から続いた。

「冷や汗をかきましたぞ」

「武川衆が到着したようだな」

「はい。軽装ながら武器はそれぞれが鉄砲を携帯しております」

「騎馬をどう使うつもりか」

又三郎が疑問を呈した。

「全くで」

又三郎らが眼下で続けられる作業に視線をやった。竹が組み合わされ、横三間（約五・四メートル）、縦四間ほどの骨組みが出来上がろうとしていた。

「なんでございましょうな」

駒吉が又三郎に訊いた。

「おれは大凧《だこ》の骨組みと見たがな」

と大力の作次郎が言いだした。

「あのような大きな凧をなにに使う気です」

「駒吉、そなたがやっていることと一緒よ」

「大凧で大黒丸を見張ると頭は申されるのですか」

大黒屋の荷運び頭の作次郎は単に、

「頭」

と呼ばれていた。

「おれはそう見たがねえ、番頭さん」

と作次郎が又三郎を振り見た。

「もし頭の考えが当たっているならば、お手並み拝見だねえ」

作業は黙々と続き、黒布が用意され、骨組みに張られ、凧糸で縫い止められていった。大凧の均衡をとるために二本の布の尻尾《しっぽ》が付けられた。

作業が終わったのは夕刻のことだ。

その間に早駕籠《かご》が三挺《ちょう》ほど入り、その一挺から幼な子を抱いた女が降りて本堂に入った。

「あの女と幼な子は何者ですかねえ」

駒吉の自問にも似た問いに又三郎が、

「分からぬ」

と答え、

「秀三、これまでの見聞を総兵衛様に知らせよ」

と探索方を伝令に走らせた。

夕暮れから風が吹き始めた。

海から陸へと吹き上げる風だ。それが半刻もすると北西の風向きに変わった。烈風といってもいい強い風だ。すると急に大凧を上げる様子で武川衆が動き始めた。

畑作地の真ん中に篝火《かがりび》が焚《た》かれ、大凧を上げる綱を巻き取る滑車や轆轤《ろくろ》が用意され、大凧が畑作地の端に移動された。

武川衆が五頭の馬を引き、綱の途中を弛《ゆる》ませ、馬の鞍《くら》に括《くく》りつけた。綱の先端は畑作地に固定された滑車と轆轤に巻き取られていた。

大凧の下部には蔓《つる》で編んだ小さな籠《かご》が付けられ、かたわらに小柄な男が従っていた。

一頭の馬に乗った武川衆の男が馬腹を蹴《け》って走りだした。同時に五頭の馬に引かれた凧綱が、

ぴーん

と張って、大凧が地上を離れた。籠がからからと引きずられていたが、大凧の離陸とともに空に浮き、伴走していた男がひょいと籠の中へと飛び乗った。

大凧が夜空に浮き、風を孕《はら》んだ。

すると五頭引きの鞍の背に括りつけられていた綱が外され、滑車に巻かれた綱と直結した。

風を受けた大凧はさらに上空へと飛翔《ひしょう》していく。

綱の弛みがなくなり、ぴーんと張った。

滑車がくるくると回り、引き綱が繰りだされていった。すでに大凧は畑作地の真上、四十間（約七二メートル）の空にいて、ぶんぶんと風を切る音を立てていた。

「ただの見張りとは思えませぬ」

駒吉が自問するように呟《つぶや》いた。

「なにを考えておるか」

又三郎も無意識のうちに応じていた。

伝令に走った秀三に武川衆の大凧造りを知らされた総兵衛は、いつものように大黒丸の舳先《へさき》に立った。

観音寺の方角には岩場の上に黒々とした密林があって、空の下部を埋めていた。

「秀三、夕刻までに大凧造りは終わったのだな」

「はい、この風具合なれば、試しもやりましょうな」

総兵衛は甲板に梅太郎《うめたろう》の姿を認めて、

「梅太郎、檣楼《しょうろう》に上がり、遠眼鏡で観音寺の方角を見てみよ」

「畏《かしこ》まりました」

と答えた梅太郎が主檣に取りつき、するすると海面から百四十余尺（四二メートル余）の高さにある檣楼へと登っていった。そして、持参した遠眼鏡で大黒丸から北西にあたる観音寺の方角を覗《のぞ》いた。

梅太郎の遠眼鏡には篝火に浮かぶ畑作地が見えた。そして、ふいに横に繋《つな》がれた数頭の馬が走りだし、大きな黒凧が地上から虚空《こくう》へと浮いたのが見えた。

「総兵衛様、大凧が上がりましたぞ！」

その知らせを聞いた総兵衛が観音寺の方角と思《おぼ》しき空に視線をやった。

まずぶんぶんと唸《うな》る音が黒々とした林の向こうから響いてきた。そして、黒い大凧が、
びょーん
という勢いで鬱蒼と茂る森の上に浮上したのが総兵衛の目に飛びこんできた。

大凧の下には籠がぶら下げられ、一人の男が乗っていた。

(武川衆め、なにを考えてのことか)

総兵衛が思案する間にも大凧は高度をぐんぐんと上げていった。そして、風に乗って大黒丸の上空へと接近してきた。

唸りがさらに大きく大黒丸に響いてきた。

今や大黒丸に乗り組む全員が甲板や艫櫓《ともやぐら》から黒々とした大凧の不気味な唸りを聞きながら、夜空を見あげていた。

「鉄砲組、射撃準備！」

主船頭の忠太郎が鉄砲組に射撃の支度を命じた。

砲術方の恵次に指揮された鉄砲組が甲板上を走りまわり、射撃の支度を終えた。

檣楼上に立つ梅太郎に向かって、大凧が見る見る近づき、手を差し伸べれば届くほどの感じまで接近してきた。

そんな視線を浴びていることを知りつつ、大凧の下に吊《つ》るされた籠に乗る男は悠然と弓を構え、矢を番《つが》えた。

矢の先になにかが括りつけられてあるのを梅太郎は見て、そのことを舳先の総兵衛らに報告した。

鉄砲組も構えた。

「主船頭、撃ち方は待たせよ！」

総兵衛の命が響き、鉄砲組は待機に移った。

矢が放たれた。

見事な円弧を描いた矢が舳先に立つ総兵衛の足元の甲板に突き立って、矢が震えた。

二

総兵衛が矢を抜いた。

矢の先にはなにかが包まれた白い布が結ばれ、赤く滲《にじ》んだ跡が見えた。

総兵衛が布を解く間に大凧は大黒丸の頭上から遠ざかり、忠太郎が艫櫓から舳先へと駆けつけてきた。

布を解いていくとそれが肌着の切れ端であることが、そして、双鳶《ふたつとび》の家紋が透かし織りにされた格別の布地であることが認められた。

鳶沢一族の嫡男《ちゃくなん》だけに着ることが許された肌着だった。

「なんとしたことか……」

忠太郎は驚きの声を発した。

総兵衛が無言のままに広げた布には血塗《ちまみ》れの小さな指一本が包まれてあった。

観音寺に駕籠で乗りつけた女と幼な子、双鳶が透かし織りにされた肌着、切り取られた指、総兵衛の足元目掛けて射かけられた矢……警告の意味は明白と思えた。

「まさか春太郎様が道三河岸《どうさんがし》の手に落ちたと」

「忠太郎、江戸をおろそかにしたやも知れぬな」

総兵衛の片手には未《いま》だ射かけられた矢があったがそれが、
ばちん
と音を立てて二つにへし折られた。

「この指が春太郎のものかどうか、総兵衛が確かめようか」

「お供いたします」

忠太郎の返答に総兵衛が、

「今一つ疑念がなくもない。手薄になった大黒丸が襲われぬとも限らぬ。そなたは大黒丸を守れ」

「畏まりました」

と即答した忠太郎が観音寺を見張る助船頭の又三郎と大力の作次郎と綾縄小僧のことを考え、

「琉球衆を五人ほどお連れくだされ」

と言うと池城若王子ら五人に、

「池城若王子どの、仲間四人を選び、総兵衛様のお供をしてくだされ」

「承知いたしました」

池城若王子が即座に供の四人を選んだ。

琉球衆は刀や短槍《たんそう》を身に帯びた上に鉄砲と短筒を二挺ずつ携行することにした。

総兵衛は着流しの腰に三池典太光世の一剣を差しただけの姿だ。

「忠太郎、大黒丸を守ってくれよ」

「畏まりましてございます」

縄梯子《なわばしご》に手をかけた総兵衛が改めて忠太郎に命じる間に琉球衆五人は箕之吉の造った三人乗りの海馬二隻《せき》に分乗した。

池城若王子が座した海馬の真ん中が総兵衛の席だ。

海馬は大黒丸の舷側《げんそく》を離れ、夜の船隠しを一気に走って深浦の浜に舳先を乗り上げた。

琉球衆が手際《てぎわ》よく海馬を浜に上げられた漁師舟の間に隠した。

六人は無言のうちに観音寺へと走った。

又三郎、作次郎、駒吉の三人は大きな黒凧が風に逆らいつつも、馬の力と滑車と轆轤の力を利して急速に巻き戻されるのを見ていた。

迅速に畑作地に大凧が戻ってきた。

「あやつ、大黒丸を空から見物に行っただけか」

作次郎が呟いた。

三人のいる山の斜面からは大黒丸の頭上に近づいた武川衆の男がなにをなしたかまでは見分けることができなかったのだ。

「助船頭、作次郎さん、総兵衛様方のお出ましですぞ」

駒吉が観音寺へと伸びる山道を走り来る総兵衛らの姿を捉《とら》えた。

「なんぞ起こったような気配だな、参ろうか」

風神の又三郎の言葉に三人は一気に見張り場所から駆け下り、観音寺へと走った。

「総兵衛様」

二組は山門前で出会った。

「どうなされました」

又三郎の問いに総兵衛が懐《ふところ》から肌着の切れ端に包まれた幼な子の指を指し示し、

「双鳶の家紋が透かし織りにされた肌着に包まれたこれが矢で送り届けられてきた」

「ひえっ！」

駒吉が悲鳴のように驚きの声を上げた。

総兵衛がじろりと睨《にら》み、

「幼な子を連れた女は寺のどこにおる」

と又三郎に訊《き》いた。

「離れに入りましてございます」

と答えた又三郎は、あの幼な子は鳶沢一族の後継春太郎であったかと背に悪《お》寒《かん》が走るのを感じていた。

「武川衆の本隊は到着いたしたか」

「いえ、未だ本隊は見えませぬ。寺にいる手勢はせいぜい二十数人にございます」

総兵衛は三人の鳶沢一族と五人の琉球衆を見まわし、

「押し入る」

とだけ告げた。

「総兵衛様、なれば表門を開けまする」

と答えた駒吉の姿がたちまち闇《やみ》に没した。

待つ間もなく、

ぎいっ

という音とともに山門が開かれた。そして、駒吉が顔を覗《のぞ》かせた。

又三郎はその足元に眼鏡売りの歌文次が倒れているのを見た。門番を命じられていた歌文次を一瞬のうちに駒吉が始末していた。

「参るぞ！」

案内に立つ駒吉を先頭に総兵衛らは広い境内を風のように走った。

その様子を本堂から窺《うかが》っていた甲府藩の密偵頭にして武川衆の軍師の影山陣

斎が、

「さてさて大慌《おおあわ》てに鳶沢総兵衛自ら駆けつけたわ」

と呟くと数人の手下を従え、観音寺から姿を消した。

総兵衛らが離れ屋に接近したとき、突然幼な子の泣き声が響きわたり、離れ屋に明かりが点《とも》った。

総兵衛は八人を二組に分け、裏手と入り口に回らせた。そして、総兵衛自身は縁側から離れ屋に歩み寄った。

「お招きにより大黒屋総兵衛、参上いたした」

幼な子の泣き声を制するような総兵衛の声が観音寺の離れに響きわたった。

だが、幼な子の泣き声以外、なんの反応も起こらなかった。

総兵衛は離れ屋に十数人の人間が潜み、その時を待ち受けていることを承知していた。

「武川衆にもの申す、届けられた幼な子の指がだれのものか確かめに参った」

総兵衛が悠然と縁側の前に置かれた踏み石に片足をかけた。

「甲斐の騎馬軍団武川衆と武勇を轟《とどろ》かせた兵が頑是無《がんぜな》い幼な子の指を斬《き》り取る

所業、それがおれの子であれだれであれ、許せぬ！」

怒りを呑《の》んだ総兵衛の声が閉めたてられた障子を震わせ、響いた。

幼な子の泣き声のほか、沈黙のままに障子の向こうから殺気が押し寄せてきた。

三本の槍《やり》の穂先が同時に踏み石に足を乗せた総兵衛の巨軀《きょく》に向かって突きだされた。

ふわり
と狭い踏み石の上で総兵衛が舞った。

腰の三池典太が抜き放たれ、ほぼ同時に三つの鋼鉄のきらめきが総兵衛の身を襲った。だが、穂先は総兵衛の時の流れを超越したような優美な動きの狭間《はざま》に次々に斬り飛ばされていた。

うっ！

という声とともに千段巻下から斬り飛ばされた槍の柄が引かれ、同時に障子が左右に開け放たれた。

畳に片膝《かたひざ》を突いた武川衆が剣を構え、その背後に柄だけになった槍を手にした仲間が立っていた。
頭に鉄甲の南蛮兜《なんばんかぶと》を被《かぶ》り、鎖帷子《くさりかたびら》を身につけていた。
「幼な子はどこか、春太郎はどこか！」
怒号にも似た総兵衛の問いが離れ屋を揺るがした。
無言の裡《うち》に片膝をついていた武川衆が総兵衛に向かって突進してきた。
総兵衛の三池典太がひらめき、鎖帷子の防御の隙間《すきま》、首筋が、
ぱあっ
と斬り割られて血飛沫《ちしぶき》が飛んだ。
その直後、又三郎と池城若王子に指揮された二組が離れ屋に突入した。
屋内での乱戦が始まった。
武川衆は総兵衛らに倍する人数を揃《そろ》えていた。
だが、総兵衛らは、
「一族の後継者の春太郎に危害が加えられた」
という憤怒《ふんぬ》の情に燃え、その感情が乗り移った琉球衆が少数にもかかわらず
果敢に攻め込んだ。

一人二人と武川衆が倒され、圧倒されていった。

乱戦四半刻《しはんとき》、立っている人数は完全に逆転していた。

離れ屋にいた武川衆は影山陣斎ら援軍を待ち受けていた。だが、その様子もなく斬りまくられて、見る見る闘争心を失っていった。

女が幼な子を抱いて震える離れ屋の一室に、残った武川衆五人が引きさがり、女の腕から幼な子を奪い去った。

「富士太郎《ふじたろう》様をどうするだ！」

女が最後の勇気を振り絞って叫んだ。

「大黒屋、この幼な子を刺し殺すぞ！」

生き残った武川衆の頭分が刀の切っ先を幼な子の首に突きつけようとした。

池城若王子が持参してきた短筒を抜き出し、片手を伸ばして突き出すと迷う間もなく、引金を絞った。

轟然《ごうぜん》たる銃声が離れ屋に響き、幼な子を片手に抱いた武川衆の頭分の首筋が射《う》ち抜かれて、よろめいた。

駒吉が身をぶつけるように倒れこむ武川衆の腕の幼な子を抱き留めた。

池城若王子の放った銃声が観音寺の離れ屋の激戦の終わりを告げた。

生き残った武川衆四人は刀を捨てて、虚脱していた。

駒吉が泣き叫ぶ幼な子を茫然自失《ぼうぜんじしつ》した女に返し、

「おまえ様の子か」

と訊いた。

「いいえ、金沢村の庄屋様の子だ」

と返事した女が、

「いきなり屋敷に押し込んで富士太郎様とわれを捕まえただ！」

と叫んだ。

「富士太郎の指を斬り落としたはだれか」

総兵衛がじろりと生き残った四人の武川衆を睨むと、
と問うた。

四人が顔を見合わせ、総兵衛の形相に気づくと中の一人が、

「影山陣斎様にござる」

と小さな声で答えていた。

「陣斎は武川衆の頭目か」

「甲府藩密偵頭にして騎馬軍団の軍師にございます」

「どこにおる」

「本堂におられるはずにございますが」

返答する言葉の端々に見捨てられた無念が滲《にじ》んでいた。

「総兵衛様、どうやらわれらは陽動策に引っ掛けられたようにございますぞ」

「よし、大黒丸に戻ろうか」

一行は囚《とら》われの女と富士太郎を連れて、深浦の浜まで戻ることにした。


船隠しに停泊する大黒丸は明かりを落としてひっそり閑と静まり返っていた。まるで無人の船のようで巨体が一段と大きく見えた。

瓢簞《ひょうたん》のようなかたちをした船隠しを取り囲んだ断崖《だんがい》の上に鬱蒼《うっそう》と茂った森が広がっていたが、それが急に膨れあがったように見えた。

道なき道の森をなにかが移動していた。

ふいに断崖の上に女に手綱を引かれた一頭の騎馬武者が姿を見せた。

柳沢吉保の次男の長暢《ながのぶ》だ。

南蛮具足に鉄甲を被った長暢は鞍《くら》の上から大黒丸の巨体を見おろした。断崖から大黒丸まで一町（一〇〇メートル余）とは離れていなかった。

「おたつ、ようやった」

道案内をしてきた甲府藩の女密偵に声をかけた長暢が片手を上げた。すると陸続と騎馬武者が船隠しの入り江を取り囲む断崖の上に姿を見せた。

その数、およそ七、八十騎に及んだ。

「長暢様、ついに大黒丸を手中に収めましたな」

と騎馬軍団を甲府から引き連れてきた御番頭《おばんがしら》が言った。

「まだ油断はならぬ。父上が幾多となく苦い思いをなされてきた相手だ」

「それにしても大船にございますな」

「大きい。じゃが鈍重ではないぞ。なんとも切れがよさそうな帆船じゃな」

「三本の帆柱に満帆の風を孕《はら》んで走る光景を想像しますと胸がわくわく致します。これが武川衆の旗艦になりますか」

長暢は胸の中でにたりと笑い、

「おう」

とだけ答えた。

大黒丸は父の柳沢吉保が万が一の場合、命運を託して新天地に向かうための船だ。そのときには大老格も甲府藩も武川衆も関わりなく柳沢一族のための命の綱となるのだ。

「長暢様、総兵衛が船におらぬ間に事を運びましょうぞ」

「うーむ」

と長暢が答えたとき、新たな騎馬武者が姿を見せた。

武川衆の別動隊を率いていた影山陣斎ら五騎だ。

「総兵衛を観音寺に引き寄せたか」

長暢が訊いた。

「はっ」

「観音寺にどれほど釘付《くぎづ》けできるな」

「まず一刻（二時間）は大丈夫かと」

「よし」

「砲兵隊は支度を終えたな」

「はい、大黒丸を射程に入れてございます」

「大黒丸をなんとしても一刻の内に占拠いたす。万一手順が狂ったときには轟沈いたせ」

「はっ！」

長暢の言葉に騎馬武者たちが南蛮具足を脱ぎ捨て、身軽になると背中に火縄銃を斜めに背負った。さらに真っ赤な戦旗を背に立てて負った者もいた。またどの馬の鞍の左右にも瓢簞が何個となく結わえつけられていた。

甲府を出たとき、瓢簞には水や酒が入っていた。だが、それも馬上の強行軍に飲み尽くし、空になっていた。そして、しっかりと栓がされた空瓢簞は人馬に浮力を与えることになった。

「おたつ、馬落としまで案内せえ」

長暢がおたつに命じると、

「こちらにございます」

と女密偵が案内に立った。

武川衆の騎馬軍団は高さ三丈（約九メートル）の断崖の縁をおよそ一町進んだ。すると海に向かってなだらかに落ちる斜面が広がっていた。

騎馬軍団の去った断崖上に五門の軽砲が引きだされた。

密偵の歌文次とおたつの夫婦がこの一年のうちに森へ運びこみ、このために隠しておいた大砲だった。

迅速に砲撃の支度がなされた。

砲口は暗がりの中、大黒丸への砲撃準備を終えた。

「それがしが先陣を務めます」

影山陣斎が岩場から斜面に飛ぶと滑り落ちるように船隠しの入り江へと下り降りた。

「われに続け」

長暢も飛んだ。

陸続と武川衆の騎馬武者が斜面の馬落としを滑り下りると騎馬ごと海に入りこんだ。

海がない甲斐国の川や湖で水上進軍などあらゆる訓練に耐えてきた武川衆だ。

断崖から船隠しの海へ音もなく滑りこむのにそう時を要さなかった。八十余騎が静かな入り江に浮かび、瓢箪の浮力にも助けられながら大黒丸に向かって粛々と進み始めた。

総兵衛らは深浦の浜に金沢村の庄屋の倅《せがれ》の富士太郎と女を連れていった。知り合いの網元を起こし、富士太郎の傷を消毒して血止めをすると医師の下へ連れて行く手配をした。

「総兵衛様よ、なんぞよからぬことが大黒屋様に振りかかってござるかのう」

知り合いの網元が心配顔で訊《き》いた。

「気を煩《わずら》わせるな、夜明け前には事が終ろう。今朝は漁に出るのを控えてくれぬか」

と頼み込んだ総兵衛らは浜に走った。

すでに琉球衆が三人乗りの海馬二隻《せき》を引きだし、作次郎も一隻の伝馬《てんま》を用意していた。最後に総兵衛と又三郎、駒吉が伝馬に乗りこみ、三隻は深浦の浜を離れた。

「武川衆本隊が大黒丸を襲うとお考えになられますか」

又三郎が総兵衛に訊いた。

「わざわざ偽《にせ》の春太郎を拘引《かどわか》し、切り落とした指を大爪《だこ》から届ける真似《まね》などしおって、観音寺におれを誘《おび》き寄せたのだ。それはなんのためだ、大黒丸を手薄にするとしか考えられまい」

「いかにも」

と答えた又三郎が、

「われらがこの一年有余、苦労を重ねて改装してきた大事な船と荷をあっさりと武川衆の手に落とさせてたまるものか」

と吐き捨てた。

三

大黒丸は深い眠りに就いているように思われた。だが、艫櫓《ともやぐら》では暗がりの中、武川衆の騎馬軍団が船隠しの海に散開して、大黒丸の左舷側《さげんがわ》に詰め寄ろうとしているのを見ていた人間たちがいた。

武川衆の背に負われた戦旗がばたばたと鳴った。

「遠路甲斐から遠征してきおったか」

忠太郎が暗がりで呟《つぶや》いた。

艫櫓には二番番頭の国次ら鳶沢一族の幹部が控えていた。

「道三河岸との最後の戦いになりましょうな」

国次が答えて、白馬に跨《また》がり進みくる柳沢吉保の次男長暢とそのかたわらに従う軍師影山陣斎と従者を見た。

従者の背には柳沢家の家紋四つ花菱《はなびし》の染め抜かれた戦旗が靡《なび》くのが遠眼鏡で確かめられた。

わずかな星明かりの下、不気味に押し黙って襲来する人馬は確実に大黒丸に接近してきた。そして、今、先頭の人馬は大黒丸の船縁《ふなべり》から十五、六間（二七、八メートル）まで迫っていた。

「船隠しの海が柳沢一族と武川衆の墓所となる」

忠太郎の秘めやかな呟きの直後、夜空に轟音が響いた。

断崖上に設置された軽砲五門の砲撃が行われたのだ。

それは眠り込んでいる（と思われた）鳶沢一族を慌《あわ》てさせ、武川衆が戦いの支配権を一気に握ったことを示す証《あかし》となるはずだった。

砲門は停泊する大黒丸の帆柱の真上に向かって発射され、いつでも轟沈できることを誇示してみせたのだ。

断崖上に白い煙が棚引き、砲弾が夜空に弧を描くのが見えた。

「おうおう、ひょろひょろ砲弾《だま》が飛んでいきおるわ」

左舷側砲術方恵次が吐き捨てると、白煙を目印に固定重砲の標準をわずかに調整させた。

「迎撃用意！」

艫櫓の忠太郎から静かに命が発せられると迫り来る甲斐武川衆の騎馬軍団に向けて大黒丸のあちこちから強盗提灯《がんどうぢょうちん》が突然照射され、海面の人馬を浮かびあがらせた。

中には急に光に照らされて馬が暴れ、鞍の武川衆を振り落とす光景も見られた。だが、猛訓練に耐えた大半の武川衆は、悠然と片手で手綱を取り、もう一方の手で火縄銃を構えて、ぴたりと照準を付けていた。

「武川衆の奇襲破れたり！」

「船隠しがそなたらの墓所じゃぞ！」

大黒丸のあちこちからそんな叫び声が上がった。

「相手は総大将を欠いて手薄じゃぞ、大黒丸に取りつけ！」

武川衆の軍師影山陣斎の声が凛然《りんぜん》と響いた。

「それいけ！　甲斐武川衆の力を見せよ！」

「おおおっ！」

総大将の柳沢長暢が叫び、武川衆が呼応した。

「固定重砲、六番、十番砲発射！」

恵次の声が発せられた。

その直後、轟然たる砲声が船隠しに響くと二門から発射された爆裂りゅう弾は狙《ねら》い違《たが》わず断崖上の武川衆の軽砲に降り注ぎ、二門を破壊し、砲撃を不能にした。

悲鳴とどよめきが交差した。

「長距離重砲、七番、八番、九番砲、砲撃！」

恵次はさらに長距離重砲の攻撃を命じた。

断崖と大黒丸左舷は一町と離れていない、長距離重砲にはあまりにも目標が近すぎ、通常なら死角の距離だ。

だが、武川衆の軽砲隊は断崖上に設置されていた。

そのせいで長距離重砲の仰角が合わせられた。

武川衆の軽砲隊にはなんとも不運なことであった。

ずどーん！

腹に響き、海面と停泊する大黒丸を大きく揺らした三門の長距離重砲が咆哮《ほうこう》し、砲弾があっという間もなく断崖上に炸裂《さくれつ》した。

残った軽砲隊は一瞬にして断崖の岩場とともに粉砕され、船隠しの海へと崩落して消えた。

攻撃方の柳沢長暢と影山陣斎は想像を越えた鳶沢一族の力を見せつけられ、思わず心胆を冷やされた。それでも陣斎が、

「多勢に無勢ぞ、勇武を誇る武川衆の底力を見せるときぞ！」

と騎馬軍団を鼓舞すると、

「甲組鉄砲方、撃て！」

と叫んだ。

大黒丸を海上から取り囲む騎馬隊の半数、四十余挺《ちょう》の銃口が一斉に火を噴いた。だが、大黒丸では甲板上の舷側には箕之吉が造った銃弾避《よ》けの竹囲いを補強した板壁が張り巡らされて、左舷に配置された鳶沢一族はその背後に身を潜めていた。

ぱらぱら
と銃弾が板壁を叩《たた》いた。

さらに乙組鉄砲方が残りの鉄砲を撃ちかけた。

「乙組、撃て！」

その間に甲組が鉄砲を捨て、大黒丸の舷側に鉤縄《かぎなわ》を投げ、馬の鞍上に立ちあがると攀《よ》じ上り始めた。

乙組の銃弾が板壁を射抜き、帆柱や帆桁《ほげた》を叩いた。

その直後、板壁を飛び越えて、最初の武川衆が抜き身を構えて飛びこんできた。

「さあ、きやがれ！」

恵次が砲身を掃除する棒で飛びこんできた武川衆の鉄甲兜《かぶと》の鬢《びん》を殴りつけ、海上へと突き落とした。だが、一気に二番手、三番手が板壁を飛び越えて来て、乱戦になった。

「大黒丸に入れるでないぞ！」

「突き落とせ！」

艫櫓から命が発せられ、左舷側では肉弾戦が展開され始めた。

右舷にいた加十らが助勢に走った。

海面では射撃を終えた乙組鉄砲方に、

「右舷に回れ、舳先《へさき》から上れ！」

と陣斎が命を発していた。

人馬が頭を巡らしたとき、右舷の背後に隠れていた琉球衆らが分乗する海馬《かいば》軽舟隊《けいしゅうたい》が突っこみ、馬上対海馬上での斬《き》り合いになった。

今や大黒丸を取り囲むあちらこちらで斬り結ぶ光景が展開されていた。

数において攻撃側の武川衆が優位に立っていた。

海と船を知り尽くした鳶沢一族と琉球衆は無勢にもかかわらず必死に抵抗を続けた。が、攻撃側の数に押されて、段々と押され気味に落ちようとした。

「それいけ、もう一息ぞ！」

勢いを得た武川衆を見た柳沢長暢が叫び、大黒丸を囲む輪がさらに狭まっていった。

艫櫓の忠太郎も短槍《たんそう》を手に飛びこんでくる武川衆を突き崩していたが、腕に重い疲労を覚えて、相手の攻撃を避けきれず、額にがつんと打撃を受けた。

銃身で殴られた忠太郎はよろよろとよろめいた。

「おのれ、主船頭になにをするか！」

舵《かじ》取りの大力の武次郎が鉄砲を奪いとると、反対に銃床で顔面を殴りつけて海へと突き落とした。

船上での戦《いくさ》の形勢も武川衆に傾きかけていた。

明神丸の船上では笠蔵が、

「総兵衛様方はどこに行かれた」

と歯嚙《はが》みして苛立《いらだ》っていた。
総兵衛らが分乗する伝馬と海馬ら三隻は、船隠しの入り江に向かって漕ぎだして直《す》ぐ砲声を聞いた。
「急げ！」
伝馬の作次郎が叫ぶとさらに櫓《ろ》に力を入れた。その伝馬から、
ひらり
と併走する海馬に飛んだ者がいた。
総兵衛だ。
「安則、琉球衆の底力を見せよ」
「おおっ、総兵衛様！」
総兵衛が海馬に座し、櫂《かい》が揃《そろ》って波立つ海面を掻《か》くと、
ぐん
と舟足をあげた。
又三郎と駒吉ももう一隻の海馬の琉球衆二人と乗り換わり、総兵衛を追った。
切り立つ断崖の間の水路を抜けた海馬は、船隠しの入り江の端に到達した。

大黒丸には煌々《こうこう》とした明かりが点り、船上のあちこちで斬り合いが行われていた。海上では馬に乗った武川衆が海馬の琉球衆らを圧しつつ大黒丸の舳《とも》側に迫ろうとしていた。

「武川衆にもの申す、鳶沢一族の総帥《そうすい》、総兵衛勝頼、ただ今、推参！」

総兵衛の割れ鐘のような大音声が船隠しに響き、鳶沢一族から、

「わあっ！」

という歓声が湧いた。

「糞《くそ》っ、戻るのが、ちと早過ぎたわ」

大黒丸へ這《は》いあがろうとした陣斎が声のしたほうを振り向いた。

かたわらにいた柳沢長暢が大黒丸へ乗りこもうとしていた馬首を巡らし、突き進む海馬に立つ総兵衛へ向かった。

「長暢様、大黒丸を占拠することがまず肝心にございますぞ！」

軍師影山陣斎の忠告は無視され、長暢を乗せた白馬は海馬へと向かった。

「長暢様をお守りせえ！」

大黒丸に乗りこもうとした武川衆の数騎が総大将の白馬を追った。

陣斎も馬首を回した。

このことがあと一歩というところで大黒丸制圧を遅らせた。

長暢は懐《ふところ》から短筒を取りだすと右手一本で構えた。

狙《ねら》いの先に総兵衛の巨軀《きょく》があった。

総兵衛は竹と皮で造られた海馬軽舟の上に立ち、迫り来る白馬の柳沢長暢との間合いを計っていた。

手に短筒を構えていることは承知していた。

又三郎と駒吉が乗る海馬が総兵衛の海馬を追い越して、長暢の馬と総兵衛の海馬の間に割りこもうとした。

長暢の短筒に気づき、総兵衛の身を守ろうとしたのだ。

間合いが迫った。

十間を切り、八間に縮まり、短筒の有効射程距離に入ろうとしていた。

六間、五間（約九メートル）と接近した。

又三郎と駒吉の海馬がなんとか総兵衛の斜め前に入ろうとした、その瞬間、同時にいくつかのことが起こった。

長暢が短筒の引金を絞り、反動もつけずに総兵衛が虚空《こくう》へと飛翔《ひしょう》し、弾丸が総兵衛の小袖《こそで》の裾《すそ》を射抜いて後ろへと飛び去った。
虚空にある総兵衛の手に三池典太光世《みいけでんたみつよ》が閃《ひらめ》き、短筒を発射した柳沢長暢の脳天目掛けて落とされた。
長暢は虚空からの攻撃を避けようと短筒を横に振った。
委細構わず葵《あおい》典太が鉄甲を被《かぶ》った長暢の脳天に叩きつけられた。
ぐいっ
と典太の刃が鉄甲に食いこみ、
すいっ
と長暢の眉間《みけん》を斬りさげた。
げええっ
という叫びが船隠しの海に木霊《こだま》した。
総兵衛は白馬の尻《しり》に片足を着いた後、海へと落下した。
「おのれっ！」
総大将を討ち取られた軍師が海に落ちた総兵衛のもとへ馬を進めた。

その時、櫂を捨てていた綾縄《あやなわ》小僧の手から鉤縄《かぎなわ》が飛んで、浮上する総兵衛の頭に一撃を加えようと馬首を巡らし、大剣を振りあげた影山陣斎の手首に巻きついた。
総兵衛の頭が海に浮かんだ。その直後、
くいっ
と鉤縄が引かれ、縄がぴーんと張って陣斎の斬り下げを阻止した。
その瞬間、水中の総兵衛と馬上の陣斎はわずか半間の間合いで睨《にら》み合った。
にたり
と総兵衛が笑った。
水中から三池典太の切っ先が伸びてきて、鞍《くら》に跨《またが》る陣斎の脇腹《わきばら》から胸を刺し貫いた。
ううっ
と軍師の影山陣斎が呻《うめ》いた。
総兵衛が突き刺した刃を抜き取ると、
ぐらり

と揺れた陣斎の体が海に転がり落ちた。

海馬の駒吉と又三郎は陣斎の体を引き寄せると、水中から、
ぐいっ
と軍師の五体を持ちあげ、ぐらぐら揺れる海馬の上に高々と差し上げて見せた。そうしておいて、

「甲斐騎馬軍団と勇武を謳《うた》われた武川衆にわれらが総大将鳶沢総兵衛勝頼様に成り代わり、もの申す。ただ今、柳沢長暢様と軍師影山陣斎どのの御首《みしるし》、総兵衛様御自ら討ち取られたり！」

と叫んだ。

大黒丸の船上から、海馬から鳶沢一族と琉球衆の歓呼の叫びが上がり、

「勝敗はすでに決したぞ！」

「素直に退却いたさば無用な殺生《せっしょう》は致さぬ、鳶沢一族の憐憫《れんびん》ぞ！」

という声が続いた。

それでも戦いは四半刻《しはんとき》（三十分）も続き、武川衆はなんとか半数の者たちが馬に跨り、船隠しの岩場へと辿《たど》りついた。

夜明け前、戦いは終息した。

朝の光が二隻の大船を照らしたとき、船隠しの海には武川衆の亡骸《なきがら》と、泳ぎ疲れた馬が最後の力を振り絞って浮かんでいた。

鳶沢一族と琉球衆は、傷つき、疲れた人馬を助けて回った。

その作業が終わったとき、昼前の刻限に達していた。

総兵衛は大黒丸に戻ると戦いで受けた破壊の跡を船大工の箕之吉とともに見てまわった。

「総兵衛様、これなれば、数日の大工仕事で旧に復しましょう」

箕之吉の言葉を待つまでもなく、大した被害はなかった。

総兵衛は艫櫓《ともやぐら》に向かった。

「大黒丸に支障はないようだな」

「大事な船と荷にございます、守り終《おお》せました」

「頭を打たれたか」

「なんのこれしき、大したことはありません」

総兵衛と忠太郎が言い合うところに又三郎と駒吉が姿を見せた。

「柳沢長暢様と軍師の影山陣斎の亡骸、なんぞお考えがございますので」

と又三郎が訊《き》いた。

又三郎は戦いの終わった直後、総兵衛が二人の亡骸を丁重に回収せよと命じたと聞いたからだ。

「明神丸に乗せて江戸へ運ぶ」

とだけ総兵衛は言った。

「承知しました」

又三郎は応じた。

二人が艫櫓から去ろうとすると、総兵衛が、

「駒吉、そなたにいい役を奪われたわ」

と総兵衛がぼそりと言った。

「総兵衛様は水中から浮かびあがったばかりにて、荒い息を弾ませておいでになりました。あの機を逃してはさらに戦が続くと思いましたゆえ、ついあのような真似《まね》を致しました」

と言い訳した駒吉が、

「僭越《せんえつ》至極で申し訳ございません、お叱《しか》りはなんなりとお受けいたします」

と神妙な顔で控えたものだ。

「駒吉、いまさら叱ったところでなんになる。よき判断であったわ」

と褒めると、

「うーむ、それにしてもよき役を駒吉にさらわれたぞ」

と未練げにぼやいたものだ。

その様子を池城若王子が見て、今さらながら、

(鳶沢一族、天が我ら一族に授けられし主)

と感じ入っていた。

四

正月二十二日に発引した綱吉の霊柩《れいきゅう》は東叡山寛永寺の本坊に移されて、准三《じゅさん》宮《ぐう》公弁法親王導師らが主導して御法事が執り行われた。

この後も綱吉の弔いの儀は続いた。

だが、霊柩が江戸城から出たことによって、町屋では一応喪が明けたとみなされた。

二十四日、江戸城に近い富沢町では静かに異変が起ころうとしていた。

普請場《ふしんば》に向かう大工が富沢町の古着商を代々束ねてきた大黒屋の店の戸口を見て、

「おっ、今朝はやけに早いぜ」

と呟《つぶや》いた。

この一年余、江川屋の女主崇子が店を預かり、商いはしていたが客の出入りも少なく活気もなかった。そのせいか、朝もそれまでより遅かった。

それが勢いよく大戸が開かれ、二十五間（約四五メートル）四方の角地に立つ店の内外で奉公人たちが朝の掃除をしていた。

ぱっぱっ

と土間では箒《ほうき》が使われ、店の上がり框《かまち》と古着を広げる板の間に拭《ふ》き掃除が行われていた。

「おや、駒吉じゃねえか」

と大工は足を止めた。

小僧たちを指揮して表の掃除をしているのは手代の駒吉だった。その体付きはがっちりとして、顔は精悍《せいかん》にも陽に焼けていた。

「駒吉さんかねえ」

声をかけた大工に、

「これはご町内の棟梁《とうりょう》ではございませんか、お早うございます」

「お早うじゃねえぜ、一年以上も江川屋に店を預けてよ、一体全体どうしたんだえ」

「ちょいと陸奥《むつ》から蝦夷《えぞ》、出羽《でわ》へと船商いに出ておりましてね」

「船商いだって、冗談じゃねえぜ。出入りの商人はもとより、うちのかかあんぞも節季がくるたびに大黒屋さんの品揃えと値の安さが懐《なつ》かしいとぼやいているぜ」

「ご迷惑をかけましたな。本日より江戸店商いを再開しますので、どちら様もよろしくお願い申します」

と手代の駒吉が深々と腰を折った。

「大黒屋の再開」

の噂《うわさ》は富沢町じゅうに瞬《また》く間に広がり、店を開けるやいなや小売り商や担《かつ》ぎ商いなどがどっと仕入れに訪れ、

「おいおい、大黒屋さんよ、どうしてなすったのだ」

「仕入れに困ったといったらないよ」

と店に待ち構えた番頭や手代たちに文句をつけた。

「これはこれは北村屋《きたむらや》さん、長らく迷惑をかけましたな。本日から三日間はいつもの値の三割から半額で品を提供いたしますでな、お許しくだされよ」

と蔵からどっと古着が放出された。すると店頭ではたちまち春物から夏物を買い漁《あさ》る仕入れの商人たちでごった返した。

これらの品々は笠蔵が大黒屋の再開を夢見て、借上船を上方に送って仕入れていた古着類で、中には一度も袖《そで》を通さない新物や人気薄だった衣類反物が混じっていた。

「おいおい、その菰《こも》包みの縞《しま》はうちが全部買い取りますよ」

「冗談はなしだぜ、おめえさんだけ木綿縞を仕入れようなんて厚かましいよ」

とちょっと殺気だった声が飛び交い、二番番頭の国次らが、

「品はまだございます、押さないでゆっくり品定めしてくださいな」

と品の奪い合いを制止した。

商人たちの仕入れが一段落すると噂を聞きつけたかみさん連が大挙して押しかけ、

「わあっ、この袷《あわせ》はうちの娘に似合いですよ」

「その浴衣《ゆかた》、うちが貰《もら》った」

と一騒ぎした。

その騒ぎも昼前にはなんとか静まった。すると仕入れた品を菰に包み直した荷が船着場から船に積まれ、江戸の古着屋や通旅籠町《とおりはたごちょう》に軒を連ねる商人宿に届けられていった。

その界隈《かいわい》の宿には江戸近郊から古着の仕入れにきた商人が泊まっていたのだ。さらには伝馬《てんま》問屋に荷が送りこまれた。

昼を過ぎると古着問屋組合の旦那《だんな》衆が興奮を顔に隠しきれない風情《ふぜい》で土間に

立ち、

「笠蔵さん、総兵衛様もお元気でお戻りでしょうな」

といきなり訊いた。

元浜町の山崎屋《やまざきや》助左衛門《すけざえもん》だ。

その背後には同じく元浜町の武蔵屋《むさしや》庄兵衛《しょうべえ》が、橘町《たちばなちょう》の江口屋《えぐちや》太郎兵衛《たろべえ》、高砂町《たかさごちょう》の秋葉屋《あきばや》半兵衛《はんべえ》らが立っていた。

「おや、山崎屋様、永のご無礼を致しましたな。主《あるじ》の総兵衛も奥に戻ってますで、ささっ、こちらにお上がりくださいな」

と帳場格子《ごうし》から立ちあがった大番頭自ら問屋組合の旦那衆を店の奥へと案内していった。

大黒屋は二十五間四方に漆喰塗り総二階の店と蔵がロの字に城壁のように取り囲み、その裏手には凝りに凝って配した庭石、泉水、老木の庭が広がり、渡り廊下で敷地の中央にある主の居宅と結ばれていた。

外から不審な者が入りこんでも直《す》ぐには主の居宅に辿《たど》りつけない仕組みの庭の設計だった。

助左衛門らは、笠蔵の背を見ているとなんだか、一年余の大黒屋一統の不在が嘘《うそ》であったような錯覚に襲われた。

幼な子の泣き声が主の居宅から響き、

「総兵衛様とお内儀様にお子がお生まれになったと聞いていたが、大番頭さん、あの泣き声は男のようですな」

「秋葉屋さん、おっしゃるとおり大黒屋の跡継ぎ、七代目の春太郎様にございますよ」

「祝いの品も持参せずなんとも間が悪いことですよ」

「なんのなんの、欠礼の因《もと》を作ったのはうちの不在です、お気になさいますな。ささっ、こちらにこちらに」

と主一家が長閑《のどか》に憩《いこ》う座敷に通した。

「おおっ、これは富沢町のお歴々、よう見えられましたな」

「総兵衛様、いやさ、惣代《そうだい》、どうなされておられたのです。心配しましたぞ」

と言いかける旦那衆に、

「ちょいとね、事情がございまして遠商いに出ておりました。ですが、こたび、五代様が身罷《みまか》りなされたことを聞きつけ、江戸に戻って参りました」

その答えに山崎屋らは、やはり綱吉様寵愛《ちょうあい》の大老格柳沢吉保が大黒屋を江戸から追い払ったのか、と納得した。

「大黒屋さん、未《ま》だ大きな声では申せぬが、道三河岸にはもはや往年の力はございませんよ。大黒屋さんも心置きなく商いができますぞ」

「有難いことにございます。これまで以上のお力添えをお願い申します」

と総兵衛が頭を下げ、手際《てぎわ》よく酒肴《しゅこう》が運ばれてきて、

「店の再開と倅《せがれ》の誕生の内祝いにございます。一献、口をつけてくだされ」

と客たちに総兵衛、美雪、笠蔵が勧めた。

夕暮れの刻限、いい気持ちになった山崎屋らは手土産を貰って大黒屋を後にした。そして、自分の店に帰りつき、持たされた手土産の包みを解いて、驚きに目を見張った。

出てきた砂糖と硯《すずり》を見ながら、武蔵屋庄兵衛は、

「そうか、総兵衛様方は異国へ船商いに出ておられたのか」

と永の不在の原因に思い当たった。

この時代、砂糖は貴重なもので薬とも言われ、異国からの輸入品だった。また硯は唐物であったからだ。

店再開の一日目が終わり、夕餉《ゆうげ》の後、一族郎党、さらには大黒丸に乗船してきた琉球衆十人が大黒屋の六百二十五坪の敷地の下に掘り広げられた、

「鳶沢一族の地下城」

に集められた。

そこは大黒屋の主と奉公人が表の顔を捨て、裏の貌《かお》、隠れ旗本鳶沢一族に戻る場所だ。それだけに江戸に残っていた一族の者たちは初めて見る顔、琉球衆がその場にあることを訝《いぶか》しく思った。

広々とした板の間の一角に一段高い上段の間があって、双鳶《ふたつとび》の家紋が飾られた神棚には南無《なむ》八幡大菩薩《はちまんだいぼさつ》の掛け軸が提げられ、そのかたわらには初代鳶沢成元の座像があった。

笠蔵以下の面々と琉球衆が顔を揃《そろ》えた中、上段の間に一人の旅支度の男を連れた総兵衛が姿を見せて座した。

男は琉球の那覇津《なはつ》から借上船で京のじゅらく屋と金沢の御蔵屋に預かり荷の清算に向かった筆頭手代の稲平だった。

笠蔵以下の面々が平伏した。

「面を上げよ」

総兵衛が許しを与え、一同が顔を上げた。

「われら武と商に生きる鳶沢一族、再び江戸は富沢町に戻って参った。祝着《しゅうちゃく》至極である」

「おめでとうございます」

総兵衛の声に一同が祝いの言葉で応じた。

「めでたい」

と答えた総兵衛が、

「われらこの地を本拠に百年余の長きにわたり、御用を務めて参った。だが、この一年有余、父祖の地を離れざるをえない仕儀に立ちいたった。事情はその方らも重々承知のことだ。その間に一族のある者は陸奥、蝦夷、出羽の地に船商いに出た、またある者たちは南海の果ての異郷に難破して、交易をなし、異国の事物と力と知恵を知ることになった」

総兵衛はしばし言葉を休めた。

「異国を知った者が知る前と同じ商いを繰り返されようか」

一座がざわついた。

「静粛にせぬか」

又三郎が座を制した。

「とは申せ、鳶沢一族が東照大権現様《とうしょうだいごんげんさま》にお誓いした使命、忘れることができようか。われら一族の結束の証《あかし》は、徳川家を危機から守ることであったな。だが、徳川家のこれからの百年に降りかかる危難の様相はこれまでと大きく異なろう。そのために鳶沢一族は武と商の様態を変える。富沢町のこの店と地下城は保持しつつも、われらの一族の根拠地を久能山《くのうざん》裏の鳶沢村と琉球《りゅうきゅう》首里に移す」

「おおおっ」

というどよめきが起こった。

笠蔵が拳《こぶし》でごんごんと床板を叩《たた》いた。

沈黙と静寂が戻ってきた。

「そのために信之助とおきぬらを首里に送りこんだ。そして、今、琉球国尚《しよう》貞《てい》王と鳶沢一族は交易に生きることで手を結んだ。その証がこの場におられる琉球衆、池城《いけぐすく》安則《あんそく》若王子ら十人の仲間だ」

初めて顔を合わす一族の者たちがようよう納得し、池城若王子らが目礼した。

「われらは第二、第三の大黒丸を建造し、商船団を組織し、再び大黒丸を駆って海外交易に打って出る。異国は広い、海も広大なれば国土も無限よ。交易の規模も富沢町のそれよりも何十倍何百倍に膨れよう。そのためにわれらは明日からがむしゃらに働かねばなるまい。まず、大黒丸の荷が江戸界隈で売りに出される」

「おうっ」

と一同が返答した。

「本日、琉球から別行していた稲平が富沢町に戻って参った。京のじゅらく屋様も金沢の御蔵屋様もわれらが永の不在を咎《とが》め立てすることなく、快く交易の品々をお受け取りくだされたそうな」

と説明した総兵衛は、

「稲平、大黒丸が購《あがな》った品々がどのような売れ行きを示したか、申してみよ」

と稲平に命じた。

「一族の皆様に申しあげます。京でも金沢でも琉球口と称された南蛮の物産や唐ものが売り出されますと、高値にもかかわらずあっという間もなく品が売り切れになったのでございます。無論、さらに高価な工芸品や化粧品や反物は大事なお客様の下へと持参し、個別の商いをなされました。その売り上げは預かり荷の合算額の十倍にはなろうかという儲《もう》けが出たそうで、京も金沢も大喜びにて、次なる交易のためにすでに荷集めに動かれておられます」

笠蔵が、

「うーむ」

と呻《うめ》き、
と呟《つぶや》いた。

「京や金沢に遅れをとってはならぬな」

「大番頭さんや、この江戸ではわれらが琉球口の品を扱うことはない。三井越後屋様を始め、何軒かの店に卸すだけぞ」

「ほんにさようでした」

と答えた笠蔵が、

「総兵衛様、ちとお尋ねしたき儀がございます」

「大番頭どの、なにかな」

「この富沢町の大黒屋にございますが、われらが居なくなった後、だれにお任せいたすことになりますかな、また江川屋の崇子様ですか」

「そうそう崇子様ばかりに面倒もかけられまい。大黒屋は近々看板を下ろす」

「総兵衛様、先ほどは保持なさると申されませんでしたかな」

「申した。だが、大黒屋は身売りいたす」

「買い主の見当はおつきで」

総兵衛と笠蔵の問答を一族の全員が固唾《かたず》を飲んで見守っていた。

頷《うなず》いた総兵衛が、

「分家の次郎兵衛どのは江戸で顔が知られておらぬ。次郎兵衛どのと鳶沢村におる面々が新しき店の主と奉公人になる」

「おおっ」

「大番頭どのは次郎兵衛どのに代わりて、鳶沢村の差配を致すことになる」

「平たく申せば富沢町と鳶沢村の取り替えですか」

「おう、代替わりすれど富沢町のこの店と砦《とりで》はわれら一族が守りぬく」

「ようよう理解できましてございます」

「ならば大番頭どの、明日から三井越後屋様方に大黒丸の荷の手配りを願おうか」

「承知してございます」

「池城安則どの、そなたらは大黒丸に乗るもよし、この富沢町で新しき主どのと商いを行うもよし、好きな道を選ばれるがよい」

「有難きお志恐縮至極にございます。われら一同話し合いの後、お答えしとうございます、暫時《ざんじ》返答をお待ち願えますか」

「好きなだけ話し合うがよい」

そう応じた総兵衛が、

「江戸を立ち退《の》くには最後の仕掛けがいるわ」

と呟き、

「二番番頭、風神、頭、綾縄小僧《あやなわこぞう》、供をせえ」

と命じると、四人から、

「おう」

の返答が返ってきた。

駒込《こまごめ》の柳沢別邸は中山道の北側にあって、邸宅を六義館《りくぎかん》、庭園を六義園と称され、四万七千坪の広大な敷地を持っていた。

柳沢吉保は綱吉の霊柩が寛永寺に移された夕暮れ、密《ひそ》かに道三河岸の上屋敷を離れて六義館に身を隠した。

これまで吉保の一挙一動に神経を尖《とが》らせていた幕閣、御三家、大名高家、大身旗本たちの吉保を見る目が冷たく険しいものに変わっていたからだ。

新政権で日々、重きをなしつつある間部詮房は吉保にわざわざ歩み寄り、

「ご大老、屋敷にてご謹慎なさらずとも宜《よろ》しいのでござるか」

と耳打ちまでした。

「おのれ、詮房め」

と歯軋《はぎし》りした。

城中のすべてが吉保の凋落《ちょうらく》を好奇の目で見詰めていた。

下城した吉保は家老の乗り物に隠れるように乗りこみ、六義館に移動してきたのだ。

御城から離れたことで吉保はようやく安堵《あんど》した。

酒の支度を命じて飲んでみたが、あのめくるめく酩酊《めいてい》と高揚は戻ってこず、飲めば飲むほどに心が冷えていった。

相手をする近習《きんじゅう》たちも吉保の不安を移して、きょときょととした落ちつかない挙動で神経を逆なでし、煩《わずら》わしいばかりだ。

「その方ら、下がりおれ！　ちと考えることがある」

近習を座敷から追い出してみた。するとさらなる孤独と寂寥《せきりょう》と絶望が襲ってきた。

影警護《とのい》の柿沢伊賀之助らだけが主の失意を、気配を消したまま見詰めていた。

(綱吉様亡《な》き後、吉保の安住の地は六義園にも甲府にも残されておらぬか)

「糞《くそ》っ！」

酒盃《しゅはい》を膳《ぜん》に投げ捨てた。

綱吉と共に過ごした全盛の時がぐるぐると走馬灯のように脳裏に走り過ぎた。

もはや我には生きる術《すべ》も望みもないのか。

その瞬間、大海を走る巨大帆船の光景が浮かんだ。

（そうじゃあ、大黒丸さえ手に入れば、新しき世界が広がるぞ）

そのために相州浦郷村深浦の船隠しに次男の長暢と騎馬軍団武川衆を遠征させていた。

（そろそろ吉報が届いてもよいころじゃ）

吉保の胸が急に熱くなった。

廊下にぼおっと明かりが点《とも》った。

「だれかおるか」

だれも答える風もなく、人の気配もない。

吉保は座から立ちあがると廊下の障子を開けた。すると小山のような黒いものが二つ廊下にみえた。

（なんだ、これは。なぜこのようなものが……）

吉保が目を凝らすと、行灯《あんどん》の光に照らされて小山の正体が見えた。南蛮具足を身に纏《まと》った人間の死骸《しがい》だ。

はっ

とした吉保は思わず後ずさりした。

「長暢か、陣斎か」

呟きが洩《も》れた。

「生死長夜《しょうじぢょうや》の長き夢、驚かすべき人もなし……」

能楽「安宅《あたか》」の一節が廊下の奥から響いて、大きな影が浮かびあがるように姿を見せた。

「大黒屋総兵衛……」

「またの名を鳶沢総兵衛勝頼」

寸刻、総兵衛の頭上から、

すいっ

と殺気が忍び落ちてきた。

吉保の影警護の頭分柿沢伊賀之助が抜き身を抱いて切っ先を下に向け、音もなく落ちてきた。

総兵衛の脳天に切っ先が刺さりこもうとした瞬間、堰《せ》き止められた水が満ち、堰を乗り越えて動きだすように総兵衛の体が舞った。

摺《す》り足で動いた。

腰から三池典太が鞘《さや》走り、光になって、刃とともに落ちてきた影警護の柿沢の下腹部を斬《き》りまわした。

げええっ
さらに左右の部屋から二つの影が総兵衛を襲った。

総兵衛がその場で風のように舞い、刃が肉を斬り、骨を絶った。

二つの影が倒れ伏した。

「総兵衛、そなたは何ものぞ」

吉保の口からこの疑問が発せられた。

いつの間に近くに歩み寄ったか、血に濡《ぬ》れた刃が吉保の眼前に突きだされ、

「家康様拝領の三池典太光世、またの名を葵《あおい》典太と申す」

「そ、そなたはやはり……家康様の隠れ旗本か」

総兵衛が悠然と血振りをくれて葵典太を鞘に納めた。

「柳沢吉保、もはやじたばたしても始まらぬわ。館林《たてばやし》の小身侍の昔を思い出せ。亡き綱吉様と過ごした日々は遠きところに去り申した」

がくん

と吉保は両膝《ひざ》をついた。

「生きる術はもはやなしか」

という言葉が吉保の口から洩れた。

「吉保、大老格を辞し、幕閣から去り、綱吉様との思い出の六義館に逼塞《ひっそく》せえ。それがそなたの余生ぞ」

「柳沢家はもはや終わりか」

「吉里どのが大名として生き残るかどうか、そなたの覚悟次第よ」

吉保から返事はなかった。

長い煩悶《はんもん》の時が流れ、吉保の肩が落ちた。

「相分かった」

権勢を誇った人物は急に小さく萎《しぼ》み、齢《よわい》八十の老人のように見えた。

「さらばじゃ、吉保」

吉保の空《うつ》ろな目から影が消えた。

どれほど時が過ぎたか。

吉保は胸に蟠《わだかま》った憤怒《ふんぬ》を力によろめき立った。

(おのれ、隠れ旗本などに屈してなるものか)

老いを生きる支えは矜持《きょうじ》と自尊心だけだ。大黒屋総兵衛は、吉保の矜持をずたずたに切り裂いてしまった。

(見ておれ、この柳沢吉保、一矢《いっし》を報いずに死ねるものか)

胸中に深く想《おも》いを刻み込んだ。

# 第六章 闇《やみ》祈《き》禱《とう》

## 一

宝永六年（一七〇九）五月朔日《さくじつ》（一日）、千代田城に朝廷の勅使を迎え、将軍宣下《せんげ》の礼が執行された。この日をもって徳川家宣《いえのぶ》は征夷大将軍の位を得て、徳川幕府六代将軍に就いた。

犬公方綱吉の死によって三十年近くの長きにわたる五代様の時代も終わりを告げた。

この綱吉の治世、前半期と後半期ではまるで評価が分かれる。

綱吉政治の始まりは、賞罰厳明の「天和《てんな》の治」の宣告であった。綱吉擁立に功あった堀田正俊《ほったまさとし》を登用して大老に就任させ、綱紀粛正の実があがり、世の期待に応《こた》えるものだった。

だが、すでに堀田正俊一人《いちにん》を登用して権力を集中させるなど、後の側用人《そばようにん》柳沢吉保を寵用《ちょうよう》しての丸投げ政治の萌芽《ほうが》を見せていた。

後半期、生類憐《しょうるいあわれ》みの令に見られる、人民の暮らしを無視し生き物偏愛を貫いた綱吉の評価は全く芳《かんば》しいものではなかった。これに大老格の柳沢の独断政治が加わった。

新将軍家宣は綱吉の兄の子綱豊《つなとよ》が養子となって名を改めたのであり、甲府から西の丸に入って綱吉体制の終焉《しゅうえん》を待っていた。五年近くの西の丸暮らしの後、四十八歳で六代将軍の地位に就いた家宣の最初の仕事は、綱吉の葬送の儀が終るやいなや、生類憐みの令を撤廃したことであった。

そこで江戸市中に早速落首が張り出された。

「万年の亀の甲府が代となれば、宝永年と皆祝うなり」

綱吉の逝去すなわち柳沢政治の終焉に皆が新将軍の治世を期待した。

そんな最中、正月に綱吉が他界して以後、柳沢吉保は幕府に幾たびも隠居を願い出た。だが、なぜか許されず、新将軍が就位してひと月後の六月になってやっと吉里に正式に家督を譲ることを許され、十月に六義園に引きこもって隠《いん》遁《とん》生活に入ることになる。

江戸城の交代劇を確かめるように富沢町でも大きな変化があった。江戸の古着商いを惣代《そうだい》格として牛耳《ぎゅうじ》ってきた六代目大黒屋総兵衛が看板を下ろすという噂《うわさ》が流れ、富沢町を驚愕《きょうがく》させた。

大黒屋は富沢町の一古着問屋というだけの存在ではない。幕府開闢《かいびゃく》以来、富沢町に古着商を集めて束ね、常に主導してきた老舗《しにせ》だった。むろん百年余の商いには、光もあれば影の時代もあった。だが、いかなるときも奉公人が力を結集して、大黒屋主導の商いを盤石に行ってきたのだ。

この大黒屋には初代総兵衛以来、常について回る風聞があった。

「大黒屋総兵衛の表の貌《かお》が古着商いなれば、裏の貌は影の旗本」

として徳川家と幕府を支えている、というものだ。

古着商いは偽装の貌、なぜならば古着商いには盗品なども多く、売り買いに城中から裏長屋の情報までが付いて回った。

幕府は、「質屋、古着屋、古着買い、古道具屋、小道具買い、唐物屋《からものや》、古鉄《ふるがね》屋、古鉄買い」を「八品商売人」として、組織させ鑑札を与えて動向を格別に注視していた。

大黒屋は古着問屋として幕府開闢以来、富沢町に君臨してきたのだ。大黒屋がただの商人ではないことを富沢町の古着商らは当然のこととして受け入れ、特別視してきた。幕府が格別に認めなければ、いや、神君家康の命《めい》と許しがなければ百年の長きにわたって富沢町を主導などできない相談だった。

その大黒屋が看板を下ろすというのだ。

しかし、大黒屋に出入りする古着商や担《かつ》ぎの商人も怖くて確かめられなかった。だが、その噂が日に日に大きくなり、ついに出入りの担ぎ商いの六平が、大番頭の笠蔵に恐る恐る問うた。

六平は房州や奥州筋の在所廻りの担ぎ商いだが、ある事件をきっかけに総兵衛と知り合いになり、大黒屋に出入りを許された経緯があった。

「大番頭さん、ちょいと尋ねたいことがございますが、宜《よろ》しゅうございますので」

「なんですね、六平さんと大黒屋の仲ではございませんか。わざわざお断りされなくても、おい、笠蔵、これはどういうことですとお訊《き》きになればよろしいではございませんか」

「いいのかねえ」

二人の問答を大黒屋に仕入れに来ていた大勢の商人が耳を欹《そばだ》てて聞いていた。一方、奉公人のだれ一人として、その会話を格別に注視している風はなく、それぞれの仕事に専念していた。

「ひょっとしたら、私の聞き込んだ噂が間違いかもしれません。いえ、間違いに決まってますが、お怒りにならないで聞いて下さいな」

「そう丁寧に念押しされると、却《かえ》ってこちらが恐縮しますよ。六平さん、どうぞなんなりと遠慮のうにお訊き下され」

ごくりと六平が唾《つば》を飲み込み、

「大黒屋さんが看板を下ろす、店仕舞いするという噂を小耳に挟んだんですよ。こりゃ、いくらなんでも真《まこと》の話ではありませんよね」

「なんですね、そんなことでしたか」

笠蔵の受け答えに尋ねた当人が店先に腰をぺたりと下ろして、

「ふうーっ、全く胆《きも》を潰《つぶ》しましたぜ。だれがこんな噂を流したものか」

と呟《つぶや》いたものだ。その顔には安堵《あんど》の表情が見えて、二人の会話を注視していた商人らもほっとした顔を見せた。

「六平さん、噂は得てして的を射ているものです。私どもも知らないことではございませんでした。長年ご愛顧を賜った皆様方には時を得て、お知らせするつもりでしたが、こうして六平さんが尋ねられた機会にお答えするのも日頃の厚情に報いる道かと存じます」

「大番頭さん、厚情に報いる道ってなんですね」

と二人の会話を聞いていた別の商人が堪《こら》えきれずに割り込んできた。

「はい。噂どおりに大黒屋は富沢町の商いをこのたび止《や》めることになりました」

笠蔵の返答に店の空気が凍《い》てついた。

「そんな馬鹿《ばか》な」

だれかが呟き、そのあと、だれもがぽかんとして言葉を発する者がいなかった。

どれほど沈黙と緊張の時が過ぎたか。

「大番頭さん、私の聞き間違いにございましょうか」

と六平が青ざめた顔を向けた。

「いえね、皆様を驚かせたようで相すまぬことです。ですが、大黒屋は店を畳んで富沢町を撤退し、古着商いから一線を画することになりました」

「な、なんだって。そんなべらぼうがあるものか」

笠蔵の言葉に店にいた出入りの商人が一斉に口を開いて大騒動になった。

「まあまあ、落ち着いて下されや」

と笠蔵が両手で大きく制止しながら、

「まさかこれほど皆様が驚かれるとは努々《ゆめゆめ》考えもしませんでしたよ」

「大番頭さん、その言葉はいささか冷とうございますな。富沢町は大黒屋と一心同体だ、どんな時代にも惣代の大黒屋がいるからこそ、古着商いの屋台骨がぐらついたことはない。それを今さら大黒屋は看板を下ろすですと、どういうことですね」

と内藤新宿の古着屋が詰め寄った。

「甲州屋さん、長いお付き合いにございましたな。なんとも申し訳ないことにございます。いえね、古着商いも時代とともに変化してきました。お客様の注文も好みもまた時代とともに変わってきました。大黒屋ではその変化を読みつつ、仕入れをしてきたつもりです」

「おうさ、だからこそわっしらはこうして大黒屋さんに出入りして仕入れをしてきたんじゃないか」

「皆様を怒らせてしまいましたな、この笠蔵も老いたということでございますよ」

と笠蔵が困惑の体で漏らした。

「大番頭さん、そんな言葉が欲しいんじゃございませんよ。なぜお辞めになるかその理由が聞きたいのですよ」

「六平さん、最前の答えが中途で終わっておりましたな。初代、二代のころまで古着商はまさに古着だけを扱っておればよかった。ですが、時代とともに袖《そで》を通さない新物が富沢ものに加わるようになり、長崎口や琉球《りゅうきゅう》口から異国の衣類なんぞも時に混じってくる時代が到来しました。古着とはいえ、お客様は常に流行《はや》り物の色柄、新しい織や染を望まれます。その要望を皆様が的確にうちに伝えて、その要望を反映した仕入れを行ってきましたがな、いつしか八品商売人の規範を超えてしまったようです」

一座がまた静かになった。

「幕府《おかみ》の怒りを大黒屋さんは買ったということか」

「ちょっと待った。大黒屋総兵衛様なら大老格の柳沢様だろうがなんだろうが、屁《へ》とも思わず切り抜けてこられたじゃないか」

「その柳沢様も六義園に隠棲《いんせい》なされた」

「うーむ。つまり大老格の柳沢様と刺し違えるかっこうで大黒屋は商いの停止《ちょうじ》を求められたということか」

「さあて、なんとも答えられませんな。ともかく六代目総兵衛は古着問屋とはなにかを考えるために、看板を下ろす決断をしたのでございますよ」

「ちょ、ちょっと待ってくれませんかね。大番頭さん、そうあっさりとはぐらかさないでくださいな。長年大黒屋から仕入れしてきたわっしらの立場は、どうなるんですね。はい、看板下ろしましたと言われて、明日からどこで仕入れをすればよろしいんですね」

「大変心配をおかけ申しましたな。私の言葉が足りなかったようです。たしかに大黒屋は店を閉じます。されど大黒屋の屋号とこの店は、私どもの希望を受け入れてくれたお方に譲り渡しますでな、仕入れも商いの仕方もこれまでどおりにございますよ」

「なんだい、身内かなにかに大黒屋の看板と商いを一時譲っただけかえ。奉公人は残るんだね」

「竹次さん、そうではございません。六代目大黒屋総兵衛以下奉公人一同、この富沢町から引き上げます」

「大番頭さん、本気で言ってなさるか」

「いかにもさようです」

「やっぱり五代将軍綱吉様がこの正月に身罷《みまか》られた。そして、寵愛を受けていた大老格の柳沢吉保様が駒込《こまごめ》に隠居なさった。このことと大黒屋さんの看板を下ろすって話は関わりがあることだったんだね」

「相模《さがみ》屋さん、最前も答えようがないともうしましたぞ。上様が身罷られたことや柳沢吉保様の隠棲と一介の古着問屋の大黒屋の店仕舞いと関わりがある筈《はず》もございますまい」

「大番頭さん、お前様の立場ではそう答えるしかございませんか」

富沢町の住人ならば大黒屋総兵衛が別の貌を持っていることを薄々感じていた。だから、こんな会話がなされ、店先の商人らが黙り込んだ。

「総兵衛様はどうしてなさる」

「すでに富沢町を離れて在所に立ち退《の》きました」

「わっしらに挨拶《あいさつ》もなしか」

「いつもの総兵衛様なればわっしらのような担ぎ商いにも礼儀を尽くされよう。間違いなくお上の命があってのこと、どうにも大黒屋さんが抗《さか》らえないものをわっしらがなんの力になれるわけもない」

言葉に諦《あきら》めが込められていた。

「大番頭さん、今一度念を押そう。もはやわっしらが知る大黒屋は消えてなくなるんだね」

「屋号と商いをお次のお方に譲り渡しましたのでな、皆様方はこれまでどおりに仕入れができますよ、ご安心下され」

「ご安心下されって、そんなにも薄情なつながりだったのかねえ」

と一人の担ぎ商いが呟き、仕入れにきた商人たちが一人二人と大黒屋の店先から姿を消していった。

それをじいっと眺めていた笠蔵の顔に寂しさとも哀《かな》しみともつかぬ感情が漂い、
ふうっ
と大きな吐息が洩《も》れた。

二番番頭の国次が笠蔵を見て、

「大番頭さん、かような別れ方を富沢町の方々としようとは、辛《つろ》うございます」

「番頭さん、こたびのことは向後百年の大計のために総兵衛様が決断なされたこと、私どもも粛々と富沢町から立ち去る仕度を致しましょうぞ」

「次郎兵衛様方が富沢町に引っ越してこられる日までそう日数はございません。打ち合わせのとおり、身の周りのものを持って静かに退散すればよろしゅうございましょうな」

と国次が念を押した。

無人になった店先を見ていた笠蔵が、

「作次郎と一緒にちょいと奥においでなされ」

と二番番頭を店の裏にいくつか並ぶ座敷に呼んだ。そして、自らも帳場格子《ちょうばごうし》を出た。

国次と大黒屋の荷運び頭の作次郎が店座敷に行くと、笠蔵は自ら庭で育てた薬草を煎《せん》じた薬を大きな茶碗《ちゃわん》に注いで飲んでいた。そのなんとも不思議な香りが店座敷に漂っていた。

「さしあたってこの店座敷に来られる客もおりますまい」

と言い訳した笠蔵が茶碗を両手に持ち、

ずずっ

と飲むと、

「何度飲んでも苦《にご》うございますな」

と吐き捨てた。

「苦い煎じ薬と分かっていても飲まれる大番頭さんの気持ちが分からないや」

と大黒屋の中では職人気質を持つ作次郎が笑った。

「なぜ飲むと尋ねられてもな。まあ、冥途《めいど》に旅立つその日まで元気でいたいと答えるしかありますまい。いえ、一つだけございましたぞ、苦い煎じ薬を飲んでも生きていたい理由がな」

「ほう、どのようなことにございましょう」

「二番番頭さん、私もな、大黒丸に乗って一度でよい、異国とやらを訪ねてみたい」

笠蔵の正直な答えににっこりと国次が笑い、

「六平さんら出入りの商人衆を怒らせ、幻滅させてまで大黒屋一統が富沢町の表舞台から姿を消すのは商いの規模を大きくするためにございましょう。商いの統括をなさる大番頭さんが異国を知らんでは、話にもなりますまい。今年の春に長崎を出立する大黒丸に乗船なされてはいかがにございますな」

「年寄りがかぎられた船の席を占めるのがどういうことか承知しております。若いおまえ様方がいくのが大黒屋と鳶沢一族のためによかろうとは思いますがな、信之助とおきぬの子の顔もみたいとあれこれと考えたりな、老いというのは厄介なものです」

と応じた笠蔵がまた茶碗を手に二口目を飲んだ。

「国次、頭、われらが江戸を離れる前に今一度駒込道中の年寄りの様子を調べておきたい」

と笠蔵が二人の幹部に険しい口調で言った。

「おまえ様方も承知のように総兵衛様が柳沢吉保様に直《じか》に、最後通告をなされた。もはや大老格でもなく、手勢のほぼすべてを失い、手足をもぎ取られたも同然の老人がこれ以上われらに刃向うとも思えません。ですが、念には念を入れることもこの際、大事かと考えます」

「大番頭さん、分家ご一統がこの富沢町に引っ越してこられる前に念押ししておくのは大切なことですぜ」

と作次郎が賛意を示し、

「今晩にも六義園に忍び込みます」

と国次が言い切った。

「人数はそういるまい」

「私が指揮し、駒吉と忍び込みます。助っ人に作次郎さん方の力を仰ごうと思いますが、いかがにございますな」

笠蔵が頷《うなず》き、

「おてつと秀三の二人には六義園の見張りを頼んであります。動く前に二人に会うて相談なされ」

と笠蔵が命じ、

「もはや総兵衛様、美雪様方は鳶沢村に到着なされた頃であろう」

と呟いた。

その夜半が過ぎた頃合い、駒込の六義園に黒衣の忍び装束の国次と駒吉が忍び込んだ。おてつと秀三親子は柳沢吉保が池に突き出た離れ屋に寝泊まりしているると教えてくれた。従うのは小姓と若い女中の二人とか。

国次と駒吉は四万七千坪と広大な六義園の隅から隅まで調べた。広い庭は造園の最中で、隠居騒ぎのあと、中断していた。とはいえどこにも訝《いぶか》しい気配は感じられなかった。もはや政《まつりごと》の、戦いの第一線から身を退《ひ》いた老人の静かなる隠居所と思えた。

国次と駒吉は庭木伝いに池の岸に走ると小舟が舫《もや》われた船着場から水に体を沈めた。そして、互いに十数間離れて離れ屋に泳いでいった。

離れ屋は池の水面に突き出た造りゆえ、水中に何本もの丸柱が立って離れ屋を支えていた。

駒吉が手鉤《てかぎ》のついた縄を飛ばして主《あるじ》の寝間の梁《はり》に絡《から》め、水音がしないように黒衣を脱ぐと褌《ふんどし》一丁で縄を伝い、寝間の床下に接近していった。

老人特有の不規則な寝息が響いていた。

柳沢吉保の寝息だろう。

駒吉は梁に身を横たえて、一刻半（三時間）ほど吉保の寝息と付き合った。

吉保は半刻ごとに目を覚まし、若い女中に尿瓶《しびん》を持ってこさせ、

ちょろちょろ

と勢いのない小便をした。

吉保と女中の間に会話はない。

八つ半(三時頃)過ぎの尿に目を覚ました吉保が、

「おゆき、生きるのに疲れたわ」

と一言だけ洩らした。

「保山《ほざん》様、尿がもれまする、寝巻が濡れましたゆえお着替えを」

保山とは吉保の隠居名だ。

「よいわ、寝巻なんぞが濡れたとて」

七つ(四時頃)前、国次と駒吉は六義園をあとにした。むろん一晩でなにか摑《つか》めるとも思っていない。江戸を去る日まで毎晩、六義園に通う覚悟の二人だった。

二人の気配が消えた七つ過ぎ、保山こと吉保の寝息が止まった。

「やはり現れおったか」

と呟《つぶや》いた吉保に女中が、

「殿様、どうなさるおつもりでございますな」

「好きにさせておけ」

「それでは私らの腹の虫が収まりませぬ」

と娘が言った。

「柿沢伊賀之助の仇《かたき》を討つのはしばし時を貸せ」

と吉保が諫《いさ》めながらも唆《そそのか》すように言った。

「そなたの父を殺《あや》めたは大黒屋総兵衛じゃぞ、忘れるでない」

「忘れるものですか」

「おゆき、こたびの戦《いくさ》、わが死の何十年後かに結果が出よう。そのような仕掛けをな、この吉保、頭を絞って考え出してみせる。百年殺しの大計に大黒屋と一統をなんとしても嵌《は》めてみせようぞ」

「百年殺しとはまた気長な」

「おお、現世での戦いなど生温《なまぬる》いわ、世々代々大黒屋が苦しみ抜く策を考えださずにおくものか。この柳沢吉保の気持ちが収まるのは、あの世のことであろうぞ」

「そのためになにをなすべきでございますか」

「しばし待て、この吉保が必ずや思いつくでな。年寄りの怖さ、あの世で総兵衛に味わわせてくれん」

と吉保の影警護《とのい》を務めた柿沢伊賀之助の遺児、おゆきに諭すように言った。

「弟の正人《まさと》を甲斐《かい》の吉里のもとに使いに立てよ」

と吉保の傍らに仕えるもう一人の伊賀之助の遺児正人を甲府に旅立せることにした。

二

駿州《すんしゅう》の久能山沖に大黒屋の持ち船の明神丸が碇《いかり》を下ろし、伝馬《てんま》に幼な子を抱いた大男と女の三人が乗り移った。

神君家康の亡骸《なきがら》が一時葬《ほうむ》られた久能山の霊廟《れいびょう》東照宮が海から突き出たように千百数十段の石段を見せて聳《そび》えていた。

伝馬は鳶沢一族の二人の漕《こ》ぎ手の櫓《ろ》さばきで軽やかに湊《みなと》へと向かった。

久能山付近には千石船の明神丸を停泊させる湊はない。精々伝馬が着けられる船着場があるだけだ。

伝馬の舳《へ》先《さき》に立つのはむろん鳶沢一族の六代目総帥《そうすい》鳶沢勝頼だ。そして、腕の中にあるのは七代目鳶沢春太郎であり、胴ノ間に座して懐《なつ》かしそうに久能山から山裾《やますそ》の尼寺月窓院《げっそういん》の甍《いらか》に目を向け、澄水尼《ちょうすいに》を思い描くのは美雪だった。

この月窓院の暮らしの中で、美雪は総兵衛を敵としてではなく味方として受け入れる決意をなしたのだ。

海上から一族の領地鳶沢村を見ることはできない。久能山の背後にそれは広がっているからだ。

家康が死の床で初代鳶沢成元に改めて命じた一族の使命は、六代目勝頼の時代になっても生きていた。

徳川幕府と徳川家が危殆《きたい》に瀕《ひん》したとき、鳶沢一族は影の旗本として生命を賭《と》して働いてきた。その代わりに家康は江戸城の鬼門、丑寅《うしとら》（北東）の方角半里に二十五間四方の土地を鳶沢一族に分け与え、古着問屋の看板を掲げて惣代《そうだい》を務めることを許し、さらに後には駿州鳶沢村に領地を授け、久能山霊廟衛士《えじ》として働くことを約定させたのだ。

家康と成元との約定から百年余の歳月が過ぎ、幕府と鳶沢一族の間の約束事は新たな展開を見せようとしていた。

六代目総兵衛は、大船大黒丸を建造し、異国との交易を古着屋商いに付け加えようとしていた。そのために総兵衛と奉公人一同は、富沢町から国許《くにもと》の鳶沢村に移り住み、海外交易に専念することを考えていた。ために総兵衛と美雪と春太郎の三人が鳶沢村に移ってきたのだ。

船着場には鳶沢村を預かる分家の長老次郎兵衛《じろべえ》らが出迎えていた。なんと次郎兵衛の風体が変わっていた。白髪頭を剃《そ》りあげ、墨染の衣を着て、仏に仕える姿だった。

「総兵衛様、美雪様、春太郎様、よう来られました」

と次郎兵衛の声が海に響いて、沖合いに停泊していた明神丸の碇が上げられ、帆が張られてゆっくりと江尻《えじり》湊へ移動していった。

明神丸には数日後、次郎兵衛ら鳶沢村の一族が乗り込み、江戸に向けて出帆する。

柳沢吉保一派との長い戦いを収束させるために総兵衛は、大黒屋の主と奉公人を分家の鳶沢村の一族と総取り替えすることにした。

五代将軍綱吉の死とともに大老格柳沢吉保の栄華の時代も果てた。吉保と幾多の暗闘を演じてきた大黒屋、いや鳶沢一族が江戸から姿を消すことを考え出したのは総兵衛だ。

この入れ替りは、もちろん新たな海外交易へ備えるためであったが、今一つ、柳沢吉保一派との暗闘の記憶をいったん払拭《ふっしょく》しておく意味合いもあった。

江戸富沢町の大黒屋総兵衛と奉公人はあくまで古着問屋の主と奉公人だ。それが柳沢一派との戦いが続くなかで衣の下に隠してきた鎧《よろい》がちらちらと見えて、

「大黒屋はただの商人ではなし、隠れ旗本」

との噂《うわさ》が根強く流れていた。それは新たなる家宣の時代に相応《ふさわ》しいことではない。

そんな諸々《もろもろ》があっての江戸富沢町と駿州鳶沢村の一族の交替が行われようとしていた。

この決断を総兵衛にはっきりとさせたのは六義園での柳沢吉保との最後の対決と、影様との対話であった。

吉保は総兵衛に大老格を辞し、権勢を捨て、綱吉の菩提《ぼだい》を弔うために六義園に隠棲《いんせい》することを約定した。

その帰路、総兵衛は、駒込追分で鈴の音を耳にした。

従っていた国次、又三郎、作次郎、駒吉の四人を富沢町の店に先行させた総兵衛は、乗り物に身を入れたままの影様と話し合った。

家康が徳川幕府の永続を願って仕掛けた一手は、忠臣本多弥八郎正純《ほんだやはちろうまさずみ》を初代影とし、隠れ旗本の鳶沢一族に活動を命ずるというものだった。

今、駒込道中の追分の辻《つじ》で二人の身分を示す水呼鈴《すいこれい》と火呼鈴《ひこれい》が互いに音を響かせ、

「勝頼、吉保の始末つけたな」

と姿も見せず乗り物の中から影の声が問うた。

「もはや六義園の館《やかた》から出られることはございますまい」

「うむ」

と影が答え、しばし沈黙を守った。長い沈黙ののち、影が詰問した。

「勝頼、家康様との約定、反故《ほご》にする所存か」

「なんじょうあってさようなことを仰せられますな。われら鳶沢一族に与えられし使命は、一族が生き延びるかぎり未来永劫《えいごう》継承され、お役目を果たし申します」

「そなた、大船を操り、異郷を訪れたようだな」

「いかにもさようにござります」

「家康様との約定を超えた所業とは思わぬか」

影が詰問した。

「影様、家康様との約定を確固とするための行動にござります」

総兵衛が迷いなく言い切った。

「幕府開闢《かいびゃく》以来、百年余の歳月が過ぎ、家康様が礎《いしずえ》をおかれた幕府をとりまく四周の事情が変わり申した」

総兵衛の答えに淀《よど》みはない。

「外交、交易、政治、砲術、航海術、造船術、すべてにおいて異国は日進月歩刻々と進化しておりまする。これまでどおりのご奉公ではもはや新たに出現する敵に抗することはできませぬ。われら鳶沢一族、徳川幕府向後百年に思いをいたし、新たなる体制を作り直す所存にござる。それもこれも鳶沢一族の私利私欲に非《あら》ず、家康様との約定を遂行するために御座候《そうろう》」

「勝頼、その言葉信じてよいか」

「二言はございませぬ」

「水呼鈴が鳴る時、そなたは影の下に駆け付けると申すか」

「たとえ異郷の地にあろうとも鳶沢一族の総帥、影様の下に馳《は》せ参じまする」

追分の辻に再び沈黙の時が支配した。

乗り物から老いた、だが、どこか高揚した声が命じた。

「ゆけ、勝頼。徳川を護《まも》るために新たな地平に歩を進めよ」

「畏《かしこ》まって候」

総兵衛勝頼は追分の辻から富沢町に足を向けた。

その瞬間、総兵衛の脳裏には、一族を率いて大海原を疾駆する巨大帆船大黒丸の雄姿が、満帆に風を孕《はら》んだ五枚帆が浮かんだ。

総兵衛は六代将軍家宣の宣下を待って行動を起こし、美雪と春太郎を連れて江戸を離れた。伝馬が久能山の船着場に着き、舫《もや》い綱が杭《くい》に結ばれた。

「美雪様、お手を」

と次郎兵衛が、今や鳶沢一族総帥の女房としての貫禄《かんろく》を漂わせた美雪に手を差しのべたのに、

「養父上《ちちうえ》、息災でなによりにございます」

と受けて、美雪が伝馬から船着場の床に上がった。

美雪を月窓院に預けたのも次郎兵衛ならば、養女にして一族の者に準ずる女として総兵衛との祝言《しゅうげん》を整えたのも次郎兵衛だった。

次郎兵衛が続いて総兵衛に向き直り、ひた、と顔を見た。

「次郎兵衛、一旦《いったん》は諦《あきら》めましたぞ」

大黒丸で琉球首里《しゅり》泊港に向かった総兵衛らは、ドン・ロドリゴが率いる海賊船と砲撃戦を展開し、さらに嵐《あらし》に見舞われ、行方を絶った。

だが、一年有余後、幾多の危難を乗りこえた大黒丸は装備を改め、一段と精《せい》悍《かん》な商船に進化を遂げて、深浦の隠し船溜《ふなだ》まりに戻ってきた。その知らせは直ちに大黒屋から駿州鳶沢村に知らされたが、次郎兵衛は総兵衛の顔を見るまで

は安心できなかった。

その総兵衛が跡継ぎの春太郎を抱いて、伝馬に立っていた。

「まさかそのせいで仏門に帰依《きえ》したわけではあるまい」

「いえ、富沢町にはこれまでも顔出ししましたでな、だれぞ鳶沢の分家爺《じじい》と覚えておるやもしれませぬ。ここは頭を丸めて俄《にわ》か坊主《ぼうず》になりすまし、富沢町では新生大黒屋の隠居として通す所存にございますよ」

「すると大黒屋の新たなる主《あるじ》はどなたじゃな」

「忠太郎《ちゅうたろう》を考えておりまするがいけませぬか」

「たしかに忠太郎のほうが親父《おやじ》様より富沢町では知られておるまい。じゃが、大黒丸を下りたばかりで商いには慣れておらぬ」

忠太郎は深浦にあって、大黒丸の二代目主船頭又三郎にあれこれと引き継ぎする作業に追われていた。

「それは私とて同じこと、忠太郎と二人でも一人前にも足りますまい」

「新生大黒屋の主が俄か坊主と船頭上がりとは面白いかもしれまいて」

と答える総兵衛に、

「総兵衛様、わが腕に春太郎様を抱かせてくだされ」

と次郎兵衛が願い、総兵衛の腕から渡された。総兵衛は次郎兵衛が両腕に抱きとめたのを見て、
ひょい
と伝馬から船着場に飛び上がった。

「やっぱり総兵衛様じゃや、幽霊ではないぞ」

と思わず次郎兵衛の瞼《まぶた》が潤《うる》んだ。

「分家、そう涙脆《もろ》うては富沢町の切り盛りができまいて。冥途《めいど》に旅立つ前にひと働きしてくれねばな」

「総兵衛様、田舎爺に江戸での商いが出来ましょうか」

と正直な気持ちを吐露した。

「われら一族が百年余にわたり、あれこれと経験を重ねてきた商いの諸々を認《したた》め残してあるわ。それにそなたらは大黒屋の看板を買い取った者たちよ、坊主商法であれなんであれ、どのような商いをしようとそれでよいのだ。われらを想起させぬ商いなればそれに越したことはない」

「爺には荷が重いことにございますがな、鳶沢一族の百年を思えと総兵衛様が江戸から書状に認められてきましたでな、次郎兵衛、かくも決心を致しました」

「江戸入りの仕度はできておるか」

「総兵衛様を鳶沢村にお迎えし、われら分家一族、江戸へと明日にも即刻旅立ちます」

「おう、明神丸を江尻湊に回してあるでな、海路にて江戸入りせよ」

「明神丸に乗って江戸入りしたのでは柳沢一派に、大黒屋の後釜《あとがま》はやはり総兵衛様の傀儡《かいらい》と怪しまれませぬかな」

「もはや江戸に柳沢吉保の力は残っておらぬ。駒込に隠棲して綱吉様の供養に生きる年寄りに過ぎぬ。じゃが、用心に越したことはあるまい。先代大黒屋の係累《けいるい》と怪しまれぬために明神丸は神奈川沖につけて下船し、そこから徒歩《かち》にて江戸入りなされ」

「畏まりました」

と応じた次郎兵衛が、

「いざ、鳶沢村に」

と総兵衛ら三人を案内しようとした。

「次郎兵衛どの、まず久能山に上がり、家康様にご挨拶《あいさつ》致そうか」

「なに、船旅のあと、その足で久能山千百数十段を登られますか」

「おう、美雪と春太郎を伴うての久能山参りは初めてじゃ。分家どの、案内を願おうか」

「なんと出迎えるのみかと思うたら久能山詣《もう》でを年寄り坊主に命じなさるか」

と次郎兵衛が嘆いた。

半刻後、総兵衛、美雪、春太郎に次郎兵衛ら鳶沢一族の面々は久能山山頂下にある霊廟前に座していた。

総兵衛は柏手《かしわで》を打って瞑想《めいそう》した。

(家康様、お久しゅうございます)

無言の挨拶は海から久能山に吹き上げる風が葉群をざわめかしただけだった。

(勝頼、鳶沢村に隠居致しまする)

（心にもないことを言うでないわ）

総兵衛の胸に言霊《ことだま》が響いた。

（家康様はわが本心を見抜いておると仰せられますか）

（大黒丸なる商船を造り、異国との交易を企てておろうが、隠居など毛頭考えてもおらぬくせに）

（さようにござりますな）

家康の返答はしばし間があった。

（総兵衛、そなた、未《いま》だ年寄りがなんたるか分かっておらぬわ）

（それがし、どなたかをないがしろに致しましたか）

（次郎兵衛に重荷を負わせ、わしまでも踏みつけにしおるわ）

（滅相もございませぬ。年寄りが頼りにされるのは生きがいではございませぬか）

（年寄りにあるのは残された短いようで長い日々よ。そのような時、妄想《もうそう》が妄想を呼んでな、思わぬ力が思わぬところにかかるものよ）

（家康様、この総兵衛に公案を解けと）

(思いあたらぬか)

(まさか柳沢吉保様がこと)

さらばじゃ、という言霊が尾を引いて総兵衛の胸の中で消えた。

この宵、鳶沢村では別れの宴が催された。

鳶沢一族の総師六代目総兵衛勝頼と江戸店の奉公人が鳶沢村に拠点を移し、分家の長老次郎兵衛が俄か坊主になって江戸の古着問屋、新生大黒屋の主として奉公人二十二人を率いて鳶沢村を出立するのだ。

家康と成元の約定から百年余が過ぎ、次なる百年に向って新たなる布石を打つための別離と出立だった。

鳶沢村じゅうの老若男女が一堂に会して酒を酌《く》み交わし、気持ちを新たにした。

翌早朝、久能山北側の岩場に総兵衛が独り立ち、三《み》池《いけ》典太《でんた》を手にゆったりとした祖伝夢想流を舞っていた。

その眼下の鳶沢村では江戸に向かう俄か坊主の次郎兵衛と二十二人の男女が旅仕度で村に別れを告げて、江尻湊に向って出立していった。

だが、総兵衛は独り稽古《げいこ》を止《や》めようとはせず次郎兵衛らが出立していく気配を岩場から見送りながら、

（そなた、未だ年寄りがなんたるか分かっておらぬわ）

という家康の言葉を考え続けていた。

江戸では新たな動きがあった。

その朝、富沢町の大黒屋の雨戸が開かれず、不思議に思った住人が大黒屋の前に集り、その通告を目にした。

「閉店通知

永らくご愛顧賜りました古着問屋大黒屋は宝永六年五月吉日をもって閉店と致すことになりました。長い間のご厚情に感謝し、欠礼を深謝致しますとともに皆々様の商い繁盛とご壮健をお祈り申します。

大黒屋総兵衛、奉公人一同」

「富沢町惣代が立ち退《の》くというのに、なんだいこれだけかい」

「嘘《うそ》でしょ。あれほど付き合いにはうるさい大黒屋さんのことだよ。後々、ご挨拶があるんじゃないかね」

「おい、大黒屋さんの商いが傾いたって話は聞いたか」

「そんなことは一つもねえぜ。だってよ、あれだけの大きな船を造り、幕府に内緒で異国に船を走らせて、あれこれと珍しい品々を買い込んでひと商売あてたばかりの大黒屋さんだぜ。千両箱を積む場所には困っても金には困ってねえ筈《はず》だぜ」

「そこだ。それだけ威勢のいい大黒屋さんが夜逃げ同然に立ち退くとはどういうことだ」

「まあ、商いから手を引くとは聞かされていたからさ、夜逃げじゃない。だが、その辺にこの素っ気ない立ち退きの原因があるんじゃないかえ」

「どういうことですね」

「幕府のどなたかの怒りを買ったということですよ」

「だって大黒屋さんの長年の仇《かたき》は大老格だった柳沢吉保様だよ、道三河岸《どうさんがし》は駒込道中に引っ込んで、勝負がついたって噂《うわさ》じゃないか」

「家宣様が六代将軍になられたと同時に側用人《そばようにん》間部詮房様が老中格に抜てきされてさ、これからは間部様の時代って噂だ。間部様が柳沢様の仇敵《きゅうてき》大黒屋を煙たがられたとしたら、どうなるね」

「どうなるねってとはどういうことだ」

「喧嘩《けんか》両成敗という言葉もあろう。柳沢様の失脚と同時に大黒屋の力を減じられようと考えたとしたら、こういう立ち退きにならないか」

閉店通知の前の一同が黙り込んで、

「まさか大黒屋さんが暖簾《のれん》を仕舞う日がくるとは夢にも思わなかったよ」

と一人が呟《つぶや》いた。

そんな群れの中から若い女が一人、そうっと抜け出て富沢町から駒込へと戻っていった。

一刻後、若い女、柿沢おゆきの姿を六義園の離れ屋に見ることになる。主《あるじ》の柳沢吉保に富沢町の異変を報告すると吉保が長いこと沈思した。

「間部詮房が喧嘩両成敗など考えるわけもない」

「と申されますと」

「大黒屋の屋号から暖簾まで譲り受けたというやからも大黒屋総兵衛の息がかかった連中に過ぎぬ」

「とすると富沢町の主と奉公人の顔ぶれが一時変わっただけですか」

「いかにもさよう」

と吉保が再び熟考した。長い沈黙のあと、吉保は、

「間部詮房とて大黒屋を野放しにはすまい」

と呟いた。

老中格側用人に新任された間部とて一商人が幕府の触れに反して堂々と異国への交易船を出すことには快い気分ではあるまいと推量していた。とするとなんらかの手を打つはず、そのことを吉保は期待した。

「影の旗本を率いる頭領は総兵衛一人、配下の面々が頭領の総兵衛を凌《しの》ぐはず

もない。ならば大黒屋を百年殺しにする企てがないわけではない」

「どうされますな」

「おゆき、予《かね》てのてはずどおりに甲府より陰陽師《おんみょうじ》と風水師を呼べ。それとな、雛《ひな》人形職人を四人もな、こちらも江戸の住人ではならぬ。吉里に命じて甲斐から呼びよせよ」

と命じた。

三

代替わりした大黒屋が富沢町に新たな看板を上げた。

なんと主は墨染の衣を着た年老いた坊主で滅多に店先に姿を見せることはなく、早晩倅《せがれ》に代を譲ると高言しているとか。その倅の忠太郎は上方に商いの修業に出ているそうな。

また駿州の在所から江戸に出てきたという奉公人一同も古着商いが分かっているとも思えず、大黒屋に出入りしていた担《かつ》ぎ商いらが挨拶を兼ねて荷の仕入

れに行くと、

「主を筆頭に奉公人一同、江戸にも商いにも慣れておりませぬ。どうか皆の衆、旧大黒屋同様のお付き合いを願いますゆえ、商いやら富沢町の仕来《しきた》りを教えて下され」

と次郎兵衛に坊主頭を下げられ、面食らった。だが、そこは商人のことだ。口先では、

「へえへえ、在所から出てきたばかりで江戸の古着商いは難しゅうございましょうね。まして前の大黒屋さんは富沢町の店商いの他に千石船を仕立てて陸奥《むつ》一円に出張って商いをなされたり、琉球に出店を開いて、大きな声ではいえねえが異国との交易にまで手を広げておられましたからな。素人《しろうと》が大黒屋総兵衛様の真似《まね》ができるわけもなし、最初は手堅く、せいぜいわっしらに安値で品を回しておくんなせえ」

「はいはい、承知致しました」

「旦那《だんな》、なにをさておいても八品商売人の鑑札を町奉行所で得ることだ」

「なんですね、その八品商売人とは」

「えっ、ご存じないので。八品商売人とは古着屋、古道具屋、質屋、唐物屋など町奉行所の監督を直《じか》に受ける商いですよ。まあ、いいや、そんなことは。こちらは大黒屋の商いを受け継がれたのだ。まず鑑札の書き換えでことが済みましょう。奉行所に参られることですよ。いささか金子《きんす》を大目に用意なされてね」

「へえへえ、町奉行所に行くこと、と」

と次郎兵衛が忘れないように帳面に書き留めた。それを見た別の担ぎ商いが、

「前の大黒屋さんはこの富沢町の惣代を務められた商売人でした。いくら看板から店、奥まで居抜きで譲り受けられたとはいえ、同じ商売を最初からしようとしたって無理にございますよ。しっかりと仕入れをしてさ、わっしら担ぎ商いに安く古着を回して下さいな」

と願って早々に店をあとにし、半町も離れてから互いに顔を見合わせ、

「総兵衛様はいくらなんでもあんな年寄り坊主に店を譲ることはねえやね。あれじゃ、商いどころか八品商売人の鑑札の書き換えだってうまく受けられますかね」

「いくらで大黒屋の看板を買ったか知らないが、これで富沢町から大黒屋は消えましたな。今、同じ屋号を掲げておるのはまったく別の大黒屋ですよ」

と本音を言い合った。

だが間を置かず、担ぎ商いらの予測に反して新生大黒屋はすんなり町奉行所の八品商売人の古着屋鑑札がとれたという噂《うわさ》が広がった。それでも彼らは、

「よほどあの年寄り坊主は銭を使ったね。昔の総兵衛様ならそのようなやり方は許されなかったがね」

「どうするよ、大黒屋から仕入れるかえ」

「わっしらは古着を売って一枚数文の利の商いだ。品がよくて卸値が安いなら ば顔出ししますか」

「そうだね、あの様子じゃ大口の仕入れ先もあるまい。昔の大黒屋さんの品がある間の付き合いだね。まあ看板を下ろすのはそう遠い先のことではありませんよ」

などと新生大黒屋の先行きを案じた。

だが、三月《みつき》が過ぎ、半年が経《た》っても新生大黒屋は相変わらず実直に店を開き、

品薄になる気配も見えず、新しい担ぎ商いなどが顔を出すようになって、富沢町にだんだんと馴染《なじ》んでいった。

駒込道中の六義園に甲府城下から職人らが姿を見せて、広大な六義園の庭造りが再開された。隠居名の保山《ほざん》に改めた吉保は、六義園の造園完成に余生を捧《ささ》げることに人生最後の情熱を注ぐことにした。ために六義園に職人衆が出入りし、槌音《つちおと》が響いてもだれも怪しまなかった。

夜半九つ（午前零時頃）、離れ屋から六義園の北西に広がる、武蔵野の名残りをとどめる鬱蒼《うっそう》とした原生林の一角に主が姿を見せ、そこには甲府から密《ひそ》かに六義園に入り込み、日中の光の下には姿を見せない陰陽師賀茂火睡《かもかすい》と風水師李《り》黒《こく》の二人が待ち受けていることに、この界隈《かいわい》の人々はだれも気付かなかった。

ひんやりとした闇《やみ》の中、小さな灯りが四つ、原生林の中にぽっかりと開いた百坪ほどの空き地を浮かび上がらせていた。

皿の油は異様な臭《にお》いを放つ狼《おおかみ》の脂肪を固めたもので、灯心は狼の尻尾《しっぽ》の毛であった。

風水師の李黒が卜占《ぼくせん》を行い、裏玄武《げんぶ》、裏青龍《せいりょう》、裏朱雀《すざく》、裏白虎《びゃっこ》の四神の位置を定めた。

四つの灯りと裏四神の中央に笹竹《ささたけ》が立てられ、黒い御幣がだらりと下がっていた。

陰陽師賀茂火睡が闇四神の司《つかさど》る土地に加持祈禱《かじきとう》を七夜繰り返し、すべての仕度は終った。

風水師と陰陽師の合議によって黒褐色の土に縄が張られ、堀が開削され、道が造られ、およその町並みが描かれていった。黙々とした作業は夜明けとともに終りを告げ、ふわり、といった感じで姿を隠した。

原生林の中に描かれた巨大な絵図面造りに三月ほどを要した。

ふうっ
と保山と号した老人が大きな息を吐くと、江戸の町を模した絵図を眺めた。

富沢町界隈の町並みが五間（約九メートル）四方に縮尺されて克明に写されていた。

「よう出来た」

「保山様、いったん土に帰しまする」

賀茂火睡が縮尺された富沢町の鬼門に立ち、何事か念ずると三月をかけて描きあがった富沢町絵図が武蔵野の黒褐色の土に埋もれて消えていった。

次の夜、保山の姿は作業場にあった。そこでは甲府から連れてこられた雛人形の職人四人が富沢町の縮尺した橋、道、辻《つじ》、お店《たな》、住人などを克明に作る作業に従事していた。この作業もまた富沢町の絵図を描く作業と同時に始められていたが、膨大な数の作り物にあと一月はかかりそうな様子だった。

保山が一軒の古着屋を模した建物を手に、

「おお、ようもできておるわ」

と満足げな笑みを浮かべた。

この夜から富沢町絵図の上に橋が、火の見やぐらが、お店の一軒一軒がきちんと置かれていった。さらに一月後の八つ半(午前三時頃)、富沢町鳥瞰図《ちょうかんず》の真ん中に三百分の一に縮尺された大黒屋の模型が配置され、完成した。

五寸(約一五センチ)四方の大黒屋の裏玄武、裏青龍、裏朱雀、裏白虎にあたる場所に黒御幣が立てられた。

その夜明け前、四月余にわたって富沢町のお店や橋を作り上げた雛人形師四人が旅仕度で、縮尺の富沢町が広がる森に別れの挨拶《あいさつ》にやってきた。最後の別れをこの場で執り行うとおゆきに告げられていたからだ。

「保山様、わっしらはこれで甲府に戻らせて頂きます」

と四人の雛人形師の頭分が保山こと吉保に告げた。

「ご苦労でしたな」

と黒衣を着た吉保が四人の職人を労《ねぎら》い、

「最後にな、そなたらが造った町並みをとくと見ていきなされ」

と四人を裏玄武、裏青龍、裏朱雀、裏白虎の位置に立たせた。

「保山様、最後にお尋ねしてようございますか」

と頭分が願った。

「なんなりと申せ」

「この町並み、どこぞ、江戸の町並みを模したように思えますが、なんのために造られたのでございますな」

「おお、そのことか」

四人の雛人形師それぞれの背後に陰陽師賀茂火睡、風水師李黒、柿沢おゆき、柿沢正人が静かに忍び寄った。

「百年の呪《のろ》いをこの世に残すための仕掛けよ」

「ひ、百年の呪いにございますか」

雛人形師の声が震えた。

「あの世にて大黒屋総兵衛が煉獄《れんごく》の炎に身を焼かれて苦悶《くもん》する様子が見えるようじゃ」

と呟く保山、いや、柳沢吉保の怨念《おんねん》に四人の職人は怖くなって思わず後ろに下がった。その背に陰陽師らが保持した刃《やいば》がすいっと差し込まれ、心臓《しんのぞう》を貫いた。

髪が切られ、心臓が抜かれてどこかへと持ち去られ、骸《むくろ》一体ずつは闇四神の位置に埋められ、陰陽師賀茂火睡が三七二十一日の闇祈禱をなした。

富沢町の大黒屋が代替わりして半年後、加賀、京、江戸の産物を船倉に満載した大黒丸が肥前《ひぜん》長崎の湾口に碇《いかり》を下ろした。

主船頭は初代忠太郎から二代目又三郎に代わっていた。

旧暦十月から十一月にかけて吹く季節風に乗って一気にバタビアまで南下して、島と半島伝いに交易を繰り返しながら北に向かい、交趾《こうち》ツロンに入る予定だった。そして、翌年の秋口に交趾を出船する予定になっていた。

この年、季節風が幾分遅れていた。

長崎奉行所が支配する湊《みなと》の外に仮泊する大黒丸に長崎奉行所の御用船が接舷《せつげん》し、陣笠《じんがさ》をかぶった役人衆が乗船してきた。

大黒屋では大黒丸の仮泊地として湾外を使わせてもらうために、それなりの金子を長崎奉行所に届けていた。

だが、大黒丸に乗り込んできたのは、又三郎らが知らぬ役人衆だった。京都町奉行所から転任したばかりという野々村晋兵衛《しんべえ》は、長崎奉行支配組頭と職分を名乗り、

「いささかの詮議《せんぎ》これあり、湊に移して船留め」

を命じた。

「野々村様、畏《かしこ》まりました。詮議にはどれほどの時を要しましょうかな」

又三郎は総兵衛から命じられたとおりに長崎奉行所の沙汰《さた》に素直に従うことにして尋ねた。

宝永五、六年（一七〇八、九）当時、長崎を取り巻く交易環境は変化しようとしていた。

宝永五年の唐人船は、百二十六艘《そう》が入港し、うち二十一艘に違反ありとして積戻しを命じた。元々この年の長崎奉行所が認めた唐人交易船は八十艘であったが、四十六艘が非公式に荷下ろしを企てたことになる、むろん長崎奉行所のお目こぼしと長崎会所の了解があってのことだ。積戻しとは、

「荷揚げを許さず」

という沙汰だ。さらに翌宝永六年からは八十艘を五十九艘に制限すると通告されていた。

長崎に利益をもたらす唐人交易船が大幅に削減されると、実質的に交易を仕切る長崎会所やそれを監督する長崎奉行所にも影響してくる。その減らされた輸入額を補うのが、長崎湾外で行われる、

「お目こぼし」

の交易だった。抜け荷だが、この唐人交易は幕府の出先機関である長崎奉行所ばかりか、西国の有力大名も長崎口を含め、琉球口、福江《ふくえ》口などを通じて常習的に行ってきたことだ。

大黒丸もまたこの長崎の仕来《しきた》りに従い、長崎湾外に大黒丸を停泊させていた。

又三郎の問いに対して野々村は、

「遺漏なきように江戸へ指示を仰ぐ。ゆえに早くて一月半」

「なんと」

又三郎は言葉を失った。

一月半も長崎に船留めされれば季節風の季節は去ってしまい、出帆の時機を喪《うしな》う。ということは、翌年のこの時期まで待たねばならない。だが、相手の魂胆が分からない以上、どう行動してよいか迷った。むろん異国に交易に行くので、なんとか便宜をなどと主張できるわけもない。

又三郎はいきり立つ助《すけ》船頭の清吉《せいきち》らをなだめて、一先《ひとま》ず野々村の命に従うことにした。湊内に係留された大黒丸には野々村支配の与力同心の見張りが張り付き、動きを封じられてもいた。

異常事態を鳶沢村の総兵衛に知らせることと、総兵衛から預かった交趾ツロンの地に連絡を待つソヒに宛《あ》てた、ぶ厚い書状をどうするか、急を迫る問題が又三郎らを悩ませた。

又三郎は役人の隙《すき》を見て、大黒丸から清吉を密《ひそ》かに下ろし、長崎湾外れに停泊する唐人船を訪ねさせた。ツロンへの書状を託するためだ。

香港に向かうという唐人交易船は長崎奉行所が許した交易船ではない。海千山千の面々が乗り組んでいた。だが、大黒屋の交易船大黒丸は彼らの間にもその名が知られていた、いわば非公式な交易に従事する仲間同士だ。

書状の配達依頼を受けたが、一通の書状に小判二十両と法外な運び賃を要求した唐人船頭は、

「香港《ホンコン》で必ずやツロンに向かう南蛮船に託する」

と約定した。船仲間の約定を信ずるしかない。

この唐人船は清吉が書状を託した二日後に長崎湾外れを抜錨《ばつびょう》して香港に向かった。その一月後に香港にてバタビアからセイロンのゴールに向かうポルトガル船にソヒに宛てられた総兵衛の書状が確かに託されたが、出船五日後に海賊

船に襲われ、ポルトガル船の物品は奪われた上に乗組み員は殺され、船は焼かれた。

総兵衛の想《おも》いを託したソヒへの書状は海底に沈んだ。

だが、又三郎も総兵衛もそれを知る由《よし》はない。

大黒丸の長崎湊船留めは鳶沢村の総兵衛に知らされた。大黒丸が野々村の命に従った一月半後のことだ。

総兵衛は分家屋敷に笠蔵を呼んで、又三郎が長崎奉行所の見張りの目を盗んで長崎の飛脚問屋に託した書状を見せた。笠蔵が速読して、

「なんとしたことが」

と言葉を失った。

「ただ今の長崎奉行は別所常治様か。おそらくはこの支配組頭は別所様の命で動いておるのではあるまい」

「総兵衛様、まさか柳沢様が最後に放たれた者ではありますまいな」

と笠蔵が首を捻《ひね》りながら言い出した。

「最前からあれこれと考えたが柳沢吉保にもはや幕府の人材を動かす力はある

まい」

「となりますと別の筋と申されますか」

と笠蔵が総兵衛に尋ねた。

「ただ今幕府を動かしおられるのは間部詮房様、間部様が長崎に手を突っ込まれたか、思案に余るところよ」

「総兵衛様、江戸に使いを出して大目付本庄《ほんじょう》様に問い合わせられますか」

と笠蔵が提案した。

「大黒屋は代替わりしたばかり、次郎兵衛どの方も必死で江戸の気風と富沢町の商いに慣れようとしておられるところであろう。そこに鳶沢村に引っ込んだわれらがあれこれと口を出してよいものか。それでは次郎兵衛どのらの立場もない」

「では、長崎の又三郎らを放置しておくと申されますか」

笠蔵が焦《じ》れたように言った。

「異国との交易ではあれこれ不測の事態が起こるものよ。又三郎はそれを切り抜けるのが役目よ」

「と申されても長崎湊に動きを封じられていては交易もなにもございますまい」

「大黒丸の船留めはせいぜい一月半か二月と見た」

「それはまたなぜにございますな」

「大黒丸が目指したバタビアには季節風に乗って一気に南下するのが上策、しかしもはや季節風の時期は去った。となればどなた様かはすでに用を達したことになる。なぜならば大黒丸はもはや今年の長期航海は失したのだからな」

「総兵衛様、となりますと加賀の御蔵屋《みくらや》様、京のじゅらく屋様、江戸の越後屋様の荷は長崎にて一年を待つことになりますか。何万両もの交易品が船留めとは」

大黒丸の船腹には綸子《りんず》、縮緬《ちりめん》、羽二重《はぶたえ》の絹織物、縫箔《ぬいはく》された緞子《どんす》、蒔絵《まきえ》、漆塗り、螺鈿《らでん》細工、金細工の調度品、伊万里《いまり》の絵皿、長崎亀山焼の染付絵皿、光琳《こうりん》派の絵師作屏風《びょうぶ》、掛け軸、金唐革《きんからかわ》袋物、金唐革煙管《きせる》入、鎧兜《よろいかぶと》、刀剣類など数万両の買値の品々が積み込まれていた。

「大番頭さん、又三郎もそこそこに甲羅を経た船商人よ、福江口、琉球口を通じてなんとか交易をして深浦に戻ってこよう。じゃが、その場合は直《じか》にバタビア、ツロンに交易に行くより利は減じよう。それは致し方あるまい。よき年も悪《あ》しき年もあるのが異国との交易よ」

「長崎に使いを立てずにようございますか」

「江戸店同様に又三郎らを信じて大黒丸を送り出したのだ。又三郎ら乗り組みの者の腕と知恵に期待してしばらく様子をみようか」

と総兵衛が決断した。

長崎湊で船留めにあった大黒丸に船留め解除の沙汰が下りたのは先のこと、この年の年の瀬だった。

又三郎は粛々と大黒丸の碇を上げさせ、東シナ海を南下して島伝いに琉球首里湊へと航海することを命じた。

ともあれ大黒屋の異国交易の苦難の再開だった。

## 四

駿州鳶沢村に引きこもった大黒屋の奉公人笠蔵以下の面々は、江戸の新生大黒屋の次郎兵衛らを陰から援助しながら、次なる海外交易のための荷集め、さらには総兵衛らが難破の末に修理回航した大黒丸の船腹に集めた荷を売りさばく商いに奔走していた。

この荷集めと商いのために明神丸を頻繁に京、加賀に向かわせ、時に津軽や陸奥の城下町でその地の特産物を買い入れたりしていた。

鳶沢一族の国許《くにもと》、鳶沢村での、

「船商い」

が軌道に乗ったあと、総兵衛は美雪、春太郎とともに鳶沢村での静かにも満ち足りた暮らしを楽しんでいた。だが、どこか鬱々《うつうつ》とした欲望を抱え込んでいるのも事実だった。

美雪は総兵衛が海外交易の陣頭指揮をしたい気持ちを押さえて、鳶沢村に、

「隠棲《いんせい》」した理由を女の勘で感じとっていた。だが、美雪は総兵衛との、「今」を大事に思い、口に出して問い質《ただ》すことはなかった。そして、「総兵衛と一統は大黒屋向後百年の大計」のためにしばしの休息を得ているのだと己に言い聞かせていた。

総兵衛の立場なれば大黒丸に乗り込み、海外交易の基盤を盤石にするために奔走し、交易の規模と販路を拡大したいと熱望しているはずだと美雪は知っていた。

総兵衛は、大黒丸の商いを、海外交易を一族の者たちに託した。だが、総兵衛自らが大黒丸の舳先《へさき》に屹立《きつりつ》して陣頭指揮するのと、又三郎が主船頭として交易に走るのでは鳶沢一族の意気込みと動きが違った。

いくら又三郎が大黒丸の操船に長《た》けていたとしても、武と商の二面を合わせ持って行動しなければならない鳶沢一族の頭領の代役は荷重だった。なにより初代成元とならんで六代目総兵衛勝頼はほとんど神格化された頭領だった。い

や、

「唯一無二《ゆいいつむに》」

の存在だった。

又三郎がどうあがいても一族を率いる総兵衛とそれを助《す》ける又三郎では天と地ほどの違いがあったのだ。その違いが長崎の大黒丸船留めに現れていた、と美雪は見ていた。

そのことをすべて見通したうえで総兵衛は鳶沢村に引きこもったのだ。

総兵衛もまた、美雪が江戸から鳶沢村に引いた、

「別の理由」

を感じとっていることを承知していた。

ツロンにあるソヒの存在だ。

総兵衛は、ソヒとの間に子が生まれていると予感していた。それを美雪は勘づいていると推測していた。

一年有余の空白は、総兵衛と美雪に深い絆《きずな》とともに微妙な壁をもたらしていた。

美雪は、それでも総兵衛が大黒丸の航海に自ら乗り込まなかった事実は、

「家族（なかんずく美雪）を思ってのこと」

と自分に言い聞かせていた。

美雪は迷いに落ちたとき、春太郎を連れて月窓院に澄水尼を訪ね、四方山《よもやま》話をして心の平安を取り戻した。

この日も澄水尼の庵《いおり》を訪ねた美雪は師走《しわす》の一時を穏やかに過ごした。

澄水尼は鳶沢村の次郎兵衛に、

「一人女子《おなご》を預ってほしい」

と願われたとき、曰《いわ》くがある
「女性《にょしょう》」

であることは直ぐに察しがついた。

女の本性を敢《あ》えて隠して、

「一剣客」

として生きてきたのが美雪だった。

久能山の霊廟衛士《れいびょうえじ》を務める鳶沢一族は、駿府界隈《かいわい》では一目置かれる存在だっ

た。その一族の長老が身柄を託した美雪が、

「どのような人物か」

澄水尼は、次郎兵衛から聞かされていなかった。

澄水尼のほうから美雪の過ぎ去った日々や暮らしを問うことはなかったし、尼寺の静謐《せいひつ》な時の流れと場所を提供したに過ぎなかった。

美雪は月窓院に入った日から尼たちの修行と日課を己に課した。迷いや疑問はいったん胸に秘めて自らに問おうとはせず、淡々と尼寺の単調と思える暮らしと所作を見倣《みなら》っていた。

美雪が月窓院に入ってどれほど時を経たときか、美雪が澄水尼に許しを乞《こ》うたことがあった。

「月窓院の日課の外で体を動かしてよいでしょうか」

というものであった。

「美雪様、あなたは尼僧ではございませぬ。お好きなようになされ」

「月窓院の静けさを乱してもなりませぬ。院の外で行います」

と断った美雪はそれまで封印してきた小太刀の独り稽古《げいこ》を厳しい尼寺の日課

に加えた。

あの日、美雪は、

（鳶沢一族の頭領総兵衛との運命に従う）

と決したのではないか。


「美雪様」

と澄水尼が美雪を呼んだ。

美雪が澄水尼を見た。

「なんでございましょう」

「二番目のやや子を宿されたのではございませんか。なにやら美雪様のお顔がふっくらとされたような」

「澄水尼様の目は騙《だま》し果《おお》せませぬな」

と美雪が微笑《ほほえ》んだ。

月窓院に入った頃の美雪には迷いがあった。だが、鳶沢一族の六代目の嫁として一族に迎え入れられた美雪には一族を率いる頭領の嫁としての貫禄《かんろく》とそこはかとない色気が漂っていた。と同時に澄水尼は、美雪が新たな、「迷い」を生じさせていることを承知していた。だが、今の美雪ならば難なく乗り越えていくだろうと、澄水尼は信じていた。

「総兵衛様はご存じか」

「いえ、未《いま》だ告げておりませぬ」

「お帰りになったらお知らせなされ」

「喜ばれましょうかな」

と呟《つぶや》きながら、美雪が庭先で月窓院の下女と遊ぶ春太郎の様子をちらりと目に留めた。

「むろんお喜びなされますとも。それともなんぞご懸念がございますか」

「いえ、澄水尼様、どうして懸念などございましょうか」

と自らを奮い立たせるように言った美雪が、

「あれ、いつの間にか陽射しが傾いております。いつもながら澄水尼様の貴重なお時間を美雪が無益に使うてしまいました。申し訳ないことにございます」

「なんのことがございましょう。私も美雪様とあれこれ話し合えることがどれほど楽しいか」

「私が洩《も》らす話の種々《くさぐさ》は、澄水尼様の修行の妨げになりませぬか」

「尼とて世間様と縁を絶って生きられるはずもなし、世の中に起こるすべての事象が私どもの修行の設問にございますでな。諸国を旅してこられた美雪様の話は尼寺では想像もつかないものばかり、時にはっとさせられます」

美雪はいつもながらの澄水尼の親切に感謝しながら、辞去の挨拶《あいさつ》をなした。


月窓院を出たとき、七つ（午後四時頃）前であった。

師走とはいえまだ日は西の空にあった。美雪は春太郎の手を引きながら、久しぶりにもぞもぞと背筋に嫌な感触、危険を感じ取っていた。

（鳶沢一族に敵対する何者かがこの地に入り込んだか）

月窓院のある古宿《ふるやど》村から久能山背後に広がる鳶沢村までは指呼《しこ》の間《かん》だ。海沿いの道をせいぜい半里（約二キロ）、西日に輝き始めた駿河《するが》湾が穏やかに広がっていた。

（姿を見せるなれば見せよ）

と美雪は襟元に差した懐剣にちらりと目を落とした。

代々鳶沢一族と関わりが深い石尊院の門が見えたとき、境内から顔見知りの寺男が箒《ほうき》を手に姿を見せて、

「これは総兵衛様のお内儀様と春太郎様ではございませんか。お二人で浜に参られましたかな」

「いえ、月窓院を訪ねてきたところです」

「おや、澄水尼様はお元気にございましょうな」

「息災にございましたよ」

「それはなにより」

と言葉を交わした美雪は石尊院の辻《つじ》から鳶沢村へ続く地蔵道に折れた。寒椿《かんつばき》が咲く道は一丁おきに野地蔵が置かれて、地蔵道と呼ばれていた。地蔵道の中途に小さな切通しがあったが怪しげな者が襲いくるとしたら切通し、と美雪は気持ちを引き締めた。

だが、切通しにかかって美雪と春太郎の前になんの異常もなかった。

その代わり、地蔵道の向こうに小僧の栄三の姿があって、

「お迎えに上がりましたよ、お内儀様、春太郎様」

と叫んだものだ。

その刻限、総兵衛は手代の駒吉を供に久能山霊廟の前に辿《たど》りついたところだ。

「総兵衛様、毎日山登りをなされてようも飽きられませぬな」

「手代どのは、鳶沢村の暮らしに早、倦《う》み飽きられたか」

「正直申しまして、いささか退屈の虫に苛《さいな》まれております」

「ほう、退屈の虫に苛まれておられるとな」

生き馬の目を抜くなどと言われる江戸のど真ん中、古着商が何百軒も軒を並べて、商いを競う富沢町で惣代《そうだい》格として百年余を過ごし、また鳶沢一族として徳川幕府の危難を、命を張って戦い抜いてきた総兵衛であり、駒吉だった。

鳶沢村に引き込んだはいいが総兵衛もまた、

「退屈の虫」

に見舞われていた。若い駒吉が感じないはずもない。

「総兵衛様、どこぞに御用旅はございませぬか」

「御用旅な、隠居した総兵衛にそのような用もなし」

「総兵衛様、われら、百年の大計のために鳶沢村に引き込んだのでございますな」

「まあ、そうかのう」

家康の霊廟前だ。

大黒屋の主従としてより、鳶沢一族の総帥《そうすい》と戦士として話し合っていた。だが、この主従、気が合いすぎて笠蔵などは駒吉の言辞にははらはらしていた。

「そうかのうでは頼りなさ過ぎます。この次の交易にはだれがなんと申されようと、この手代の駒吉をお加え下され。むろん、総兵衛様も大黒丸に乗り組まれて万里の波濤《はとう》をともに乗り越えましょうぞ」

「手代どのから許しが出たか」

「参られますな」

「どこへ」

「どこへとは頼りない、異国にございますよ。駒吉は今一度ツロンを訪れとうございます」

と駒吉は霊廟前を清めながら総兵衛を見た。

ツロンに行けばソヒがいた。

駒吉の気持ちが分からぬ総兵衛ではない。

が、総兵衛はそれには答えず霊廟の傍らから染《し》み出す岩清水を手桶《ておけ》に汲《く》んで、霊廟前に捧《ささ》げた。

主従は霊廟前に胡坐《あぐら》をかくとしばし頭を垂れた。

鳶沢村入りして以来、夕暮れ前の日課だった。

ふうっ
と総兵衛が頭を上げ、

「駒吉、退屈の虫封じに肥前長崎まで出向いて参れ」

「な、なんと仰《おお》せられましたな」

「長崎まで使いせよと申しておる」

「な、長崎」

「嫌か」

「滅相もない、参ります」

「御用の筋は承知か」

「大黒丸の船留めの様子を確かめてこよと申されるのですな」

「行け」

駒吉は総兵衛の命を聞いて即座に受け、その場から姿を消した。

徳川の影旗本を務めてきた鳶沢一族だ。総帥の命あらばその場からでも御用の地に出向く、迅速機敏が一族の者の務めだった。

総兵衛は独りになって再び霊廟前で瞑想《めいそう》した。

どれほどの時が流れたか。

ゆっくりと総兵衛が立ち上がった。

「姿を見せぬか」

と話しかけた。

久能山の頂き付近には樹齢何百年もの原生林が繁茂していたが、その薄暗りが揺れて二つの影が姿を見せた。

一人は七尺（約二一二センチ）余の長身を持て余したようにくの字に曲げた、

壮年の武芸者で、もう一人は年恰好《としかっこう》が判然としない女だった。小脇《こわき》に菰《こも》包みを抱えて一文字笠《いちもんじがさ》を被《かぶ》り、笠の下に見える顔は凄《すご》みを感じさせる美貌《びぼう》だった。だが、男女の体には流浪の旅の苦労が染みついており、男の長い顎《あご》に白髭《しらひげ》交じりの無精髭が生えていた。

「大黒屋総兵衛」

と男が呟《つぶや》いた。

「またの名は鳶沢勝頼」

「いかにもさよう。未《ま》だ己の名を忘れるほど呆《ぼ》けてはおらぬ」

と答えた総兵衛が、

「そなたらとどこぞで行き会《お》うた記憶がない」

「甲賀五姓家鵜飼衆時雨組《うかいしゅうしぐれ》常磐木風松《ときわぎふうまつ》」

「洞爺斎蝶丸《とうやさいちょうまる》がもと女房こい」

と男女が名乗った。

「ほう、懐《なつ》かしい名を聞いたものよ。蝶丸がもと女房とな、常磐木どのと駆け落ちでもなしたか」

「七年前のことであった。親方は私が弟分の顎松とわりない仲にあることを承知で駆け落ちを見逃してくれなさった」

「蝶丸はそのような憐憫《れんびん》を持ち合わせていたか」

「洞爺斎蝶丸には、こいのことで恩義がある」

「総兵衛、そなた、蝶丸ばかりか娘の紅蛇子《あかへび》を殺したな」

とこいがいった。

「京の鴨川《かもがわ》河原で始末致した」

「許せぬ」

と紅蛇子の母親、こいが菰包みから棍棒《こんぼう》の先に針が埋め込まれた鉄球が三本の鉄鎖でつながれた奇妙な得物を出して、三つの鉄球を巧妙にも振り回し始めた。

常磐木風松は一本だけ腰に差し落した長尺の刀を鞘《さや》ごと抜くと、頭上に構えた。

総兵衛は腰の銀煙管《ぎんぎせる》だけが身を護《まも》る道具だった。

「鵜飼衆時雨組を抜けた幸せを全うせぬか。下忍に義理や恩義は無縁のものであろうに」
「抜かせ」
と常磐木風松が呟き、傍らのこいの鉄球三つの鉄鎖が伸び縮みして、総兵衛の身に迫った。
「洞爺斎蝶丸、借りを返す」
と叫んだこいの鉄球が、
ぐぐーん
と伸びて総兵衛の額を襲った。
その瞬間、霊廟を囲む原生林の一角から手鉤《てかぎ》のついた縄がするすると伸びてきて、総兵衛を攻め殺さんと神経を集中させたこいの首に絡《から》まり、
くいっ
と締め上げると、こいの体が、
きゅん
と竦《すく》んだ。
直後、綾縄《あやなわ》小僧の駒吉が虚空《こくう》の枝から身を投げると、反対にこいの体が虚空

へ、
ぴょん
と飛び上がった。

太枝の間を跨《また》いだ縄が上下して、駒吉とこいは虚空ですれ違った。総兵衛を襲うはずの鉄球がこいの体に絡みついていた。

ぱっ
と霊廟の玉砂利に下りた駒吉が腰に差し落していた三池典太光世《みいけでんたみつよ》を総兵衛へと投げた。

「長崎へと命じたぞ」

「長崎に立つ前にひと仕事をしてのけとうて戻って参りました」

「よう気づいた」

総兵衛が悠然と光世を着流しの腰に差し、

「常磐木風松、そなたが蝶丸に恩義を感じるこいは、蝶丸のもとへと一足先に旅立った」

顎松と呼ばれた抜け鵜飼衆時雨組の遣い手が鞘に収まったままの長剣を振り

上げつつ、総兵衛に向って走った。くの字に曲がった体がいよいよ前傾姿勢になり、大きな弧を描いて長剣を振り下ろすと鞘のみが総兵衛の喉元《のどもと》に突き立つように飛んだ。

総兵衛の体が優美にも舞い動くと、鐺《こじり》に毒の塗られた針が仕込まれた鞘が袖《そで》を掠《かす》めて後方に飛び去った。

転瞬、抜身の顎松の長剣が総兵衛の動きに合わせて振り下ろされた。

総兵衛は、

そより

と顎松の内懐《うちぶところ》に大胆にも入り込むと、腰の典太光世二尺三寸四分が光に変じ、常磐木風松の胴にめり込んで、一気に引き回した。

くの字の顎松が前傾姿勢のままに硬直し、しばらく不自然な姿勢で竦んでいたが、

どどっ

と音を立てて玉砂利の上に崩れていった。

しばし久能山を沈黙が支配した。

「総兵衛様、お怪我《けが》は」

「ない。助かった」

と総兵衛が駒吉に礼を言い、

「長崎に走れ、又三郎の顔色を確かめてこよ」

と改めて命じた。

この久能山霊廟前の戦いが、鳶沢一族に伝えられた六代目総兵衛勝頼の最後の戦いであった。

# 終章

正徳四年（一七一四）十一月二日、保山こと柳沢吉保は、綱吉の死から五年後、駒込の六義園で寂しく死んだ。

見送ったのは陰陽師《おんみょうじ》賀茂火睡と風水師李黒の二人だけで、吉保は枕辺《まくらべ》に控えた二人に富沢町の大黒屋総兵衛と鳶沢一族に対する闇祈禱《やみきとう》を続けるように言い残して死んだ。

その折、大黒屋総兵衛に父柿沢伊賀之助を討たれた仇《あだ》を返さんとした遺児のおゆきと正人の姿は吉保の枕辺にはなかった。その理由をもはやだれも知らない。

吉保の息絶えんとしたとき、総兵衛の姿がおぼろに浮かんだ。

（わが生涯はいかなるものであったのか）

吉保は死の床でそのことを思い考えた。

わずか百五十石の陪臣から始まり、出世を重ねて松平姓を許され、徳川一門が就く甲斐国甲府藩十五万余石の藩主に昇進した吉保は、なぜかそのとき一首の落書を思い浮かべた。

「守（紙）おほき中にもうすき美濃紙は、風にさそへば嶋（死魔）のみくづぞ」

むろん美濃紙とは柳沢美濃守にかけた言葉だ。

（およそ人の生涯とはかようなものよ）

苦笑いを浮かべた吉保は身罷《みまか》った。


吉保の宿敵大黒屋総兵衛こと鳶沢勝頼の死は、柳沢吉保の死から十八年後、享保十七年（一七三二）仲春（陰暦二月）のことであった。

寒暖の差が激しかったこの年、総兵衛は厠《かわや》で倒れた。その後、高熱を発して床に就いた。医師は、

「もはや意識が戻ることはありますまい」

と診断した。

江戸の大黒屋と琉球の出店に、

「総兵衛、倒る」

の知らせは発せられた。

三日三晩、ごうごうと鼾《いびき》をかいて眠る総兵衛の顔に時折笑みのようなものが浮かぶことがあった。枕辺で見守る美雪に七代目を継ぐことになる春太郎改め勝成が思わず洩《も》らしたものだ。

「親父《おやじ》様はなんの夢を見ておられましょうかな」

「武と商に生きる鳶沢一族を率いて、自由闊達《かったつ》に生きてこられましたからね」

と白髪が混じり始めた美雪が呟《つぶや》いた。

「母上、親父様には悔いなどなかったのでございましょうか」

「さあてどうでしょうか」

美雪は大黒丸の難破と交趾での交易を経験して帰還した宝永六年以来、ついに異国の地へと航海に出ることがなかった総兵衛の心中を思っていた。

(悔いがあるとしたらそのこと)

だが、すべては総兵衛自ら決断したことだった。

「勝成どの、総兵衛様がどう考えなされたか知りませぬ。鳶沢村に引き込んで以来、とうとう六代目は大海原にも富沢町にも戻ることは叶《かな》いませんでした。分家に遠慮してのことかとも思います。鳶沢一族と大黒屋の頭領を受け継ぐそなたは、鳶沢村を出て江戸に戻らねばなりませぬ」

父の寝顔をしばし凝視した勝成は、

「畏《かしこ》まりました」

と己の胆《きも》に命ずるように短くも潔く返答した。

総兵衛の意識は途切れ途切れに蘇《よみがえ》った。

（人の一生は夢まぼろし）

悔いなどあろうか。

（あるとしたら……）

長崎で船留めにあった宝永六年の翌年、大黒丸は十月中旬、福江島沖から琉球経由でバタビアへの航海に旅立った。この航海も主船頭は二代目の又三郎で助船頭は清吉、そして再び駒吉が乗り組んでいた。

このときの大黒丸は、バタビアからジャンビ、ビンタン、パタニ、シンゴラ、アユタヤと交易を重ねながら北上した。

交趾のツロン湊《みなと》に接近したとき、辺りの海に茶色の濁流が注ぎ込んでいた。とてもツロンに近付ける状況ではない。交趾付近を大雨が襲い、ツロン全域が水没しているというのだ。

ソヒ宛ての総兵衛の手紙を預った又三郎は、なんとか手渡す手段はないかとあらゆる策を試みたがついに断念せざるを得なかった。

かくて総兵衛が想《おも》いを託した手紙二通は二通ともにソヒのもとに届くことはなかった。

大黒丸が駿府久能山沖合に戻り、又三郎から交趾での結果を知らされた総兵衛はただ頷《うなず》き、今後大黒屋の船が、

「ツロンに立ち寄ること」

を禁じた。

総兵衛が倒れて五日目の未明、鼾が低くなった。熱が下がっていた。

だが、医師は病が癒《い》える兆候ではなく死に至る過程に過ぎないと美雪らに告

げた。

蠟燭《ろうそく》が燃え尽きる前に一瞬炎が大きくなる。

総兵衛の両眼が開かれ、美雪を見た。

「おまえ様」

「死の刻《とき》が参った」

「楽しゅうございましたな」

小さく頷いた総兵衛の視線が美雪から勝成とあき、二人の子に移り、

「勝成、一族を頼む。あき、母者を大切にせえ」

と願うた。

「父上、畏まって候《そうろう》」

と勝成は応《こた》え、あきは忍び泣いた。

「江戸に戻り、武と商を見直せ」

と勝成に最期《さいご》の言葉を告げた総兵衛は再び眠りに落ち、朝の到来とともに身罷った。

享保十七年二月十四日七つ半（午前五時頃）を過ぎた刻限であった。

柳沢吉保と鳶沢勝頼の宿敵二人が亡《な》くなり、吉保の怨念《おんねん》のみが江戸の一角に深く沈潜して残っていた。

〈古着屋総兵衛影始末　完〉

## 旧版あとがき

佐伯泰英

古着屋総兵衛影始末シリーズの第一作『死闘！』が世に出たのは平成十二年の夏であった。巻を重ねて十一作『帰還！』で第一部の幕を一旦《いったん》下ろす。

宿敵柳沢吉保の失脚が最大の原因である。

シリーズ作品にとって悪役が力を失うことは物語の活力を失わしめる因《もと》である。それだけ柳沢吉保の存在が大きく、古着屋シリーズを支えてきたともいえる。

「武」と「商」に生きる鳶沢《とびさわ》総兵衛勝頼こと大黒屋総兵衛とその一統の物語は、三田村鳶魚《えんぎょ》の『江戸語彙《ごい》』の鳶沢某なる野盗が家康に許されて鳶沢町を造ることを許され、古着商いの権利を得たという、短い記述から始まった。

史実は史実だが、柳沢長暢の死を始め、鳶沢一族が隠れ旗本として徳川安泰のために働き、ついには異国にまで大船を走らせるなど虚構も虚構、物書きの「夢」に過ぎない。

古着屋シリーズは不思議な連作で、物語のあちらこちらに破綻《はたん》があるにもかかわらず、

「あれは変わっていて面白いですよ」

という熱心な読者を持つ小説であった。

平成は逼塞《ひっそく》した時代で、なにをやるにしてもちまちまとしたことが多い。そんな世の中、読者は嘘《うそ》にしろ、「武」と「商」、二つの武器を得て自在に活躍する破天荒な人物総兵衛に、不自由な時代の欲求不満の解消を仮託したのかもしれない、などと作者は勝手に考えている。

古着屋総兵衛シリーズ第二部がどうなるか、構想を練って再び愛読者諸氏にお目にかかれる日が近く訪れることを作者は切望して止《や》まない。

長らくご愛読感謝申し上げてまずは筆を擱《お》く。

平成十六年十月二十五日

# 新潮文庫版あとがき

旧版『古着屋総兵衛影始末』十一巻を昨年以来手直しして、新潮社にて『決定版古着屋総兵衛影始末』として順次刊行することにした。そのことに先立ち、十年余前に出版した旧版を改めて読み直し、決定版に緩みがないかどうか自問した。具体的には、

「小説が古びてないか」

そのことだった。

時代小説の特徴の一つであろう。現代ものと異なり、描写される風俗が古びるということはない、なにしろ二、三百年前の話なのだから。ただし文体が古めかしくなるという可能性は十分にあった。

改めて感じたことがある。書下ろし文庫時代小説に最後の生き残りを賭《か》けた

売れない小説家の必死さが伝わってきて、それなりに力強いと思った。これならば「新・古着屋総兵衛」シリーズと連携して、「新しい物語」になり得るのではと感じた。

さりながら年間十四、五冊の新作出版ペースに合わせて旧作十一巻の手直しは正直厳しかった。その間に個人的には前立腺ガンの手術をし、大地震、津波、原発事故に東日本が見舞われた。どうしても気分が高揚しない、反対に沈み込む。ために手直しは遅々として進まなかった。

だが、新潮社の編集者佐々木勉氏と校閲部の的確な指示と、さらにはわが友米田光良氏（拙作『居眠り磐音　江戸双紙』シリーズの生みの親の一人）の忠言でなんとか、旧作十一巻の手直しを終えることができた。

むろんスピードを要求される文庫書下ろしの弊害も多々見えた。拙速のあまり資料の読み込み不足、表現の稚拙、物語の展開の見落とし、勘違いなどあれこれと露呈した。それでも文庫書下ろしの長所（？）か、一発勝負の壺《つぼ》に嵌《はま》ったときの面白さ、早書きが生み出すダイナミズムが物語の随所に感じられた。

出版不況の折、文庫書下ろし時代小説が新たな出版形態として読者に受け入れられた第一の要因は、

「スピード」

にあったと思う。脱稿して二、三か月後には書店の本棚に本が並ぶのだ。一方、雑誌連載、単行本出版、文庫化を辿《たど》る通常の刊行の流れでは数年がかりとなる。

手直しに際しても書下ろしの長所は残そうと思った。

また一方、『新・古着屋総兵衛』スタートと併せて、新旧二シリーズの『古着屋総兵衛』で、新たなる物語に改められないか、挑戦したいと思った。

十年前と比べ、明らかに体力は落ちた。だが百六十余冊の文庫書下ろし時代小説を刊行した経験が加わっている。

旧作十一巻目『帰還』の最終章を新たに書き加えて、『新・古着屋総兵衛』と百年の時の経過を越えて二つの物語が密に連携を保つ試みをなした。

『新・古着屋総兵衛』はどこを着地点として目指すか。第一巻『血に非《あら》ず』、第二巻『百年の呪《のろ》い』を書き終えて、新シリーズの序章は終えた。第三巻から新たな『新・古着屋総兵衛』の新展開の物語が本式に始まる。

作者の寿命との競争になった。

できるだけ気持ちはゆったりと持って、シリーズを書き進めていこうと思う。

読者諸賢、愛読のほどお願い申し上げます。

平成二十三年七月吉日　佐伯泰英

# 強靭《きょうじん》な無意識の舞い

重里徹也

## 1

まず、ささいな私事から書き始めることを許していただきたい。

今年の三月十一日のこと。東日本大震災のために、首都圏の交通がストップした。夜になっても地下鉄が動き出さないので、私は東京都千代田区の会社から杉並区の自宅まで歩いて帰ることにした。会社に泊まるという選択もあったのだけれど、自宅がどんな状態になっているのか心配だった。金曜日の夜のことで、何時になってもたどり着ければいい、という開き直った思いもあった。

早稲田通りは家路をたどる人々でいっぱいだった。大勢の老若男女《ろうにゃくなんにょ》が、みんな同じようなペースで進んでいた。不謹慎なたとえだけれど、初詣《はつもう》でで混み合う正月の神社近くの参道のようだった。人々は礼儀正しく、静かで、あまり歩き慣れていない道を黙々と前へ進んでいた。

実は私には少し不安があった。三年前に交通事故に遭い、足や胸や肩にひどいけがをした。リハビリに励み、日常生活は送れるようになったけれど、好きだった登山は封印し、あまり無理をしないようにしていた。この日、退院してから最も長い距離を歩くことになったのだ。

歩いていると道に面した商店などから、ニュースが目に入り、耳に聞こえてくる。津波による悲惨な被害も垣間見る《かいまみる》ことができた。銀座にいた家族からメールが来て、バスと徒歩で家をめざしていることがわかった。東北地方に旅をしていた友人からもメールが入り、帰京の相談を受けた。何という事態が起きたのだろうと思いながらも、私はただ夜道を歩くことしかできない。ヘルメットをかぶっている人もいて、それは視力の弱い私には、一昔前のどこかのセクトのデモ行進のように見えたのを覚えている。

三時間余り歩いて、自宅のある街の一つ手前の駅にたどり着いた。よく訪れる喫茶店が深夜まで開いているので、疲れた足を休めようと小休止をとることにした。店内はいつも混んでいるのに、さすがに客は少ない。温かいコーヒーを飲み、足をさすりながら、手持ち無沙汰《ぶさた》なので、持っていた文庫本を開いた。それが、この『古着屋総《そう》兵衛《べえ》影始末』の第一巻『死闘』だった。

まだ、何十ページかしか読んでいなかったので、物語の世界がよく呑《の》み込めていなかった。でも、他の佐伯作品と同じく文章の切れ味がよくて、抜群に読みやすい。そして主人公の姿が何とも頼もしい。彼は、剣戟《けんげき》場面においては、相手の内懐《うちぶところ》に入る。自ら危地に飛び込んでいき、相手を倒す。それが何とも、快かった。

喫茶店には二十五分ぐらいいただろうか。コーヒーと佐伯作品で元気を取り戻して、再び、家への道を急いだ。

## 帰還

### 2

十一巻すべてを読み終わった今、当時を思い出して、妙に印象が鮮やかだ。大震災の日に『古着屋総兵衛』の初巻を読み進むなんて、何というめぐり合わせだろうと思う。全巻を振り返れば、総兵衛は歩く人、移動する人だったことがわかった。不屈の人であり、人生というものを大切に楽しむ人であることも知った。潔《いさぎよ》くて、モラリストであることも認識した。大震災の日に、その舞うような剣に勇気づけられたのだと、改めて今、思い返している。

この大河のような物語を貫いている背骨は、自由自在な、いわば曲線的とでも呼べるような思想だ。それは、しなやかで、強靭な思想のようにうかがえる。

それは全編に流れていて、物語がうねる中で、しばしば姿を現す。このことが何よりも、この長篇小説のたまらない魅力になっている。

この思想の内実については、主人公である鳶沢《とびさわ》総兵衛勝頼《かつより》（六代目大黒屋《だいこくや》総兵衛）の剣のあり方が象徴的に示している。彼の剣そのものが、物語全体を支えている思想を鮮やかに、凝縮して表現しているのだ。

彼は祖伝夢想流《そでんむそうりゅう》の遣い手である。戦国時代の気風を残した実戦剣法で、早く相手の間合いのなかに入りこみ、相手の剣の動きを見定めつつ、太刀を舞うようにふるうのが特徴だ。

総兵衛は、この祖伝夢想流をさらに深化させ、落花流水剣と名づけた秘剣を確立した。落花は水に添うように無理なく移ろっていく。流水は落花を乗せて地面の形に逆らわず、あり方を自在に変えて流れていく。自然の理《ことわり》を体現するような秘剣なのだ。

第六巻から、この剣の神髄を示した描写を引用してみよう。

〈総兵衛の落花流水の秘剣には、終わりも始まりもない。

白椿《しろつばき》の一輪がときを悟って、枝からぽろりと落ちる。

無限の時間の一瞬を悟ることが落花の極意。

流れに落ちた白椿が流水に花を委《ゆだ》ねて下流へと流れていく。

勢いに従い、ときに流れの中央に、ときに端に身を寄せる。

自然が生みだす玄妙な力の狭間《はざま》で力に逆らうことなく、敢《あ》えて身を寄せることなく流れゆく、これが流水の心得〉

剛直でも、意識的でも、頑《かたく》なでもない。宇宙の原理に自身を同化させ、無念無想の状態で、舞うように相手を斬《き》る剣だ。

このような思想は、剣だけでなく、主人公・総兵衛のすべての行動原理になっている。それにとどまらない。実は、この波乱に満ちた長篇小説全体を統御している根本のエンジンになっているのだ。

総兵衛を狙《ねら》う剣客たちは、いずれも自意識が過剰で、血気にはやって挑んでくる。それに対して、融通無《ゆうずうむ》碍《げ》の、舞いのような総兵衛の剣は無意識が形になって立ち現れたものだ。

自意識と無意識が対決して必ず無意識が勝つ。これが、この小説が私たちに与えてくれる解放感の基本的な原理なのではないか。

始まりも終わりもない剣とは、円環のようなものだ。相手は直線的に攻めてくる。いくら鋭い攻めであっても、直線的な攻めはやり過ごせば、返ってはこない。無意識の舞いはそうではない。何度も寄せては返し、繰り返し循環し、水のように、空気のように、相手の隙《すき》に入り込み、相手に合わせながら、その弱点を突き、必ず倒す。

3

この小説の大きな枠《わく》組みは、総兵衛率いる鳶沢一族と、私利私欲に走る権力者・柳《やなぎ》沢吉保《さわよしやす》（当初は柳沢保明《やすあきら》）との戦いである。

「隠れ旗本」である鳶沢一族が依拠しているのは、徳川家康との約定であり、その大義とは徳川の世を守護することである。これは全編にわたって一貫していて、揺るがない。徳川家が存亡の危機に陥った時に、敢然と戦うことを宿命づけられている。

主人公の人生を規定している約束事はこれだけだ。総兵衛も絶対にこの一線を守り続ける。彼が倫理的に見えるのは、このためだ。

柳沢は、将軍の庇護《ひご》のもと、大老格にまで上り詰め、わが世の春を送っている。彼は権力の中枢《ちゅうすう》近くにいながら、自分の欲望のおもむくままに、この世の秩序や平和を乱している。

この両者の戦いが、えんえんと繰り広げられていくのだ。

さてここで、この小説の基本的な構図を指摘しておこう。それは、伝奇性と合理性がせめぎ合って、物語世界が成り立っているということだ。

一読して、伝奇的な魅力のある時代小説だとわかるだろう。

奇想天外な仕掛けや神秘的な力を持った人物が頻出する。また、死者と語り合ったり、宗教的な力が噴出したりもする。主人公は霊界にいる徳川家康と問答をするし、超能力を持った子供は未来を予言する。異形の忍者たちは奇怪な忍術で総兵衛を苦しめる。不思議な世界の断片があちこちにちりばめられているのだ。

しかし、ここが大切だと思うことなのだが、物語全体が伝奇性にのめりこむということはない。むしろ、作者は神秘的な暗闇《くらやみ》に陥ってしまうこと、不思議なことを文学的な深みだと思わせることを巧妙に避けているように見える。

伝奇性を抑制しているもの。それが合理主義的な精神であり、経済原理であり、商家の道徳なのだ。

老舗《しにせ》の古着屋という商家の経済活動が、伝奇性とともに物語の中心で主導権を争っている。元禄《げんろく》期の経済のあり様を踏まえながら、総兵衛や番頭たちの経済人としての才覚が随所で楽しめるのだ。

たとえば、総兵衛が鎖国を破って海外との交易を進めるのは、その代表だろう。科学技術の発達した外国に対して、日本はいつのまにか遅れをとっているのではないか。それはいずれ、日本の植民地化を招くのではないか。幕末の開明思想のような思いに基づいて、総兵衛は巨大な貿易船を建造し、大海原へ出ていき、商いをより大きくしていくのである。

つまり、この長大な物語では、伝奇的世界と合理主義精神が絶えず、せめぎ合っているのだ。それが、この小説の気品のある雰囲気や秩序だった緊張感の源になっているように思う。

## 4

この小説を読んで、剣豪小説の魅力を味わえるのは、前述したことでも明らかだろう。戦国の気風の名残りをどこかで感じさせる荒々しい剣戟場面が堪能《たんのう》できる。登場するのは個性豊かな面々だ。彼らが自分の特性を生かしながら有機的につながり、一つ一つの事業をやり遂げていく姿は、組織小説としての魅力に満ちている。近年、組織をリアルに描いた警察小説が人気を呼んでいるが、多くの読者が組織と人間というテーマに関心が強いからだろう。

そんな人間模様の中で、少年の成長も、恋愛の成就《じょうじゅ》も楽しめる。

たとえば、数多い登場人物の中で、出てくるたびにパッと場面が明るくなるのは、綾縄《あやなわ》小僧の駒吉《こまきち》だ。愛すべきキャラクターで、総兵衛も気に入っているらしく、二人の会話は息が合っている。彼が十一巻を通して着実に成長していくのを追いかけるのも楽しい。教養小説のような趣がある。

恋愛小説としても魅力的だ。二つの深い恋愛が成就するのだが、そこに焦点を絞って読んでも、面白い。だいたい、男も女も、個性的で、魅力的なのだ。佐伯泰英は、女性たちの抑えた官能性を描くのに長《た》けていて、彼女たちの運命を考えていると時が経《た》ってしまう。

登場人物たちはしきりに旅をする。北は蝦夷《えぞ》や陸奥《むつ》から、南は琉球《りゅうきゅう》、果ては東南アジアまで、紀行小説としても楽しめる。

特に後半は海洋冒険小説になり、読者をどこまで連れて行ってくれるのかと思う。海戦シーンや船の構造の工夫など、細部まで楽しめる。日本では白石一郎などの例外を除き、海洋歴史小説が少ない。海に囲まれた島国なのにどうしたことだろう。

白石は生前、江戸幕府の鎖国の影響が大きいと指摘していた。海が「壁」になってしまうのだ。逆に海洋小説においては、海は「道」になる。この作品は、そんな中でも、貴重な試みだろう。

また、互いに諜報《ちょうほう》活動を競い合うスパイ小説であり、権力の移ろいを冷めた目で見る政治小説でもある。

全十一巻を読めば、いくつもの引き出しを持つ豊かな物語世界が実感できるはずだ。

5

各巻の魅力をごく簡単に一望してみよう。

第一巻『死闘』。十一巻全体の枠組みが明快に示される。「隠れ旗本」の由来が解説され、その活動の実際がつづられ、柳沢からの宣戦布告が大長篇の始まりを告げる。主人公の仲間二人が殺され、ミステリー仕立ての導入部になっている。総兵衛はあらゆる手段を使って、敵の正体を暴《あば》いていく。

第二巻『異心』。ここで掘り下げられるのは、主人公・総兵衛のアイデンティティーである。人は何をよりどころにして生きていけばいいのか。どんな価値観に自己を所属させればいいのか。自身が信じるべき大義の中身とは何なのか。現代人なら誰もが悩むところだが、総兵衛もギリギリのところで煩悶《はんもん》することになる。総兵衛が「隠れ旗本」となった時、幕閣の協力者「影」の指令を受けることを義務づけられている。しかし、「影」の指示が間違っていると思った時には、どうすればいいのか。何によって自身の行動規範を守ればいいのか。この問題に、主君の仇《かたき》を討とうとする赤穂《あこう》浪士たちをどう評価するかという問題がからんでいる。堀部安兵衛の姿に胸を躍らせる読者の方もいることだろう。

第三巻『抹殺』。ここで早くも、総兵衛の幼馴染《おさななじ》みの千鶴《ちづる》が凌辱《りょうじょく》されたうえで殺されるのには驚いた。しかも、彼女は総兵衛の子供を身ごもっていたのだ。物語は緊迫し、報復劇を奏《かな》でていく。「影」との全面戦争には、自分たちが存在することの根っこをまさぐるような趣がある。

第四巻『停止《ちょうじ》』。この巻では、総兵衛が深い危機に陥る。奉行所に監禁された総兵衛は厳しい拷問《ごうもん》を受け、瀕死《ひんし》の状態になってしまう。大黒屋も商いが停止に追い込まれ、ピンチに陥る。何人かの人間が総兵衛を助けるのだが、それが思わぬドラマを生むことになる。一つは恋愛であり、もう一つは権力中枢でのやり取りだ。

第五巻『熱風』は奇妙な後味を残す一冊だ。伊勢《いせ》参りを題材にしながら、ここで真正面から取り上げられているのは宗教や信仰とは何なのかという問題だ。未来を予知できるなど、異能の持ち主が登場し、彼が物語を縦横に動かしていくことになる。日本人にとって神とは何かという問題を問い詰めていくと、日本人の精神の一番底にあるものは何か、日本人の心を形づくっているものとは何なのかという問題に行きついてしまう。総兵衛の行動は、そんな問いに触れていくようなのだ。

第六巻『朱印』。この巻で興味深いのは、徳川家康の強敵だった武田信玄の騎馬軍団が復活することだろう。甲斐《かい》の信玄は優れた戦国武将であり、家康が苦戦したことでも知られている。あるいは、家康にとっては、ある種の手本のようなところがあったかもしれない。だから、総兵衛が武田の軍団と全面的に戦うということは、歴史そのものを問い直すような性格を帯びてくる。大黒屋の一番番頭で槍《やり》の名手でもある信《しん》之助《のすけ》と、おきぬ（大黒屋の女中で総兵衛の世話係）の恋愛に火がつくのも、この巻だ。

第七巻『雄飛』。総兵衛の親友であり、同志でもある本庄勝寛《ほんじょうかつひろ》（大目付）の息女が加賀藩重役の嫡男《ちゃくなん》に嫁ぐことになり、総兵衛は公務に忙しい本庄に代わり、父親代わりとして金沢まで同行することになる。行く手を妨害する刺客たちと戦うことで、鳶沢一族の実力がまたもや問われることになる。百万石の大藩・加賀の人々が頼もしい。

この巻で大黒屋の大型商船、大黒丸が登場する。

第八巻『知略』。この巻で総兵衛が対決するのは、甲賀の忍者たちだ。歴史の闇にうごめく忍者たちと「隠れ旗本」との戦い。物語は伝奇的色彩を深めて興味深い。また、大黒丸は柳沢の送った鉄甲武装船団と海戦を演じる。

第九巻『難破』。大黒丸の乗組員に裏切者が出て、船は危機に直面する。琉球に入港する直前になって、大黒丸は南蛮の大型海賊船と激しい海戦を繰り広げることになる。総兵衛の志向はどんどん遠心力を強め、外へ外へと向かっていく。それは鎖国という徳川幕藩体制の規範も超えていく。

総兵衛には、外国を知り、交易することが、徳川の国を守ることにつながるのだという信念があった。国は文明をどう受け入れればいいのか、本当の忠義とは何なのか。自問を重ねながらも、総兵衛に迷いはあまり感じられない。経済活動を大きくしていく商人の合理的精神と冒険心が彼に躊躇《ちゅうちょ》を許さない。

第十巻『交趾《こうち》』。大黒丸は南の無人島に漂着した。総兵衛たちのスケールの大きな冒険はとどまるところを知らない。すぐに琉球には帰らず、さらに南のベトナムをめざし、ツロン港で大がかりな物品の売買ができることになる。日本から移民してきて、鎖国政策のために帰れなくなった人々の姿が印象的だ。もう一つの日本史といえばいいか。外へ、新しい世界へと冒険をやめない主人公は、私たち読者に、新鮮な光景をいくつも見させてくれる。

第十一巻『帰還』。一冊を通して作者の琉球への思いが吐露されている。そこにあるのは、日本を江戸という中心から見るのではなく、琉球の立場に寄り添って世界を見るような視点だ。

「ヤポネシア」という言葉がある。奄美《あまみ》群島と縁が深かった作家、島尾敏雄が考案した用語だ。画一的に日本を見るのではなく、太平洋に浮かぶ島々の連なりとして、日本列島を見るという態度から生まれた言葉だ。南の島々を抑圧し搾取《さくしゅ》する薩摩《さつま》。彼らと戦う総兵衛には、このヤポネシア論と共通した世界認識があるように感じさせる。琉球民謡の調べや、泡盛の深みや、琉球舞踊の美しさが伝わってくる場面もある。鳶沢一族と琉球王との結びつきは、新たな物語の展開を予感させる。

なお、大黒丸は加計呂麻《かけろま》島と請島《うけしま》の間の請島水道を通って、東シナ海から太平洋へ出る。ダイナミックな記述からは、作者が八重山《やえやま》諸島から大隅《おおすみ》諸島に至る琉球弧を意識しているのがうかがえる。加計呂麻島は、島尾敏雄が戦時中、魚雷艇震洋の特攻隊隊長として駐屯していた場所だ。

## 6

最後に、乱暴な思いつきのようになってしまうが、司馬遼太郎との比較に触れておきたい。思考のトレーニングのようなもののきっかけになればいいのだが。十一巻を楽しむと、どうしても司馬の作品世界と比較したくなってしまった。

これまで見てきたように、この『古着屋総兵衛影始末』のシリーズは、伝奇的世界と合理主義のせめぎ合いから成っている。この二つの力の葛藤《かっとう》が司馬を想起させるのだ。

司馬は当初、伝奇小説家としてスタートした。魔術師や忍者や祈禱《きとう》師や密教者を好んで描いた。『竜馬がゆく』を執筆していた途中から、合理主義的な精神に基づいて歴史を解釈する作家へ変身していったというのが大方の見方だろう。司馬は忍者物の得意な伝奇小説家から、大胆な歴史解釈を前面に出した作家へと変貌《へんぼう》していったのだ。

それに対し、この佐伯作品の場合、伝奇性は物語の楽しみとしてずっと担保されながら、合理主義的な精神が主人公の行動を、ひいては物語の進行を大きな枠《わく》組みの中では秩序づけているように見えるのが興味深い。

そして、実は、伝奇性と合理主義精神を調和させているのが、先に記した強靭《きょうじん》な無意識の舞いなのではないかと思えてくる。

伝奇性にも溺《おぼ》れないし、合理性に硬直することもない。両者のせめぎ合いを懐《ふところ》深く受け止めながら、自在に舞い、自然にふるまうこと。そのために、日々の鍛錬を怠らず、広く世界を見渡すこと。これが舞踊のような剣という美に結晶し、主人公たちを新たな行動へ促していく。

主人公の総兵衛に重ねられた、こんな作者の志向は、短いセンテンスを連ねた、切れ味のいい、映像を喚起する文章で、私たちを解放し、心の底から楽しませてくれるのだ。

（平成二十三年八月　毎日新聞社論説委員）

この作品は平成十六年十二月徳間書店より刊行された。新潮文庫収録に際し、加筆修正し、タイトルを一部変更した。

**死闘** 古着屋総兵衛影始末 第一巻

佐伯泰英著

表向きは古着問屋、裏の顔は徳川の危難に立ち向かう影の旗本大黒屋総兵衛。何者かが大黒屋殲滅に動き出した。傑作時代長編第一巻。

**異心** 古着屋総兵衛影始末 第二巻

佐伯泰英著

江戸入りする赤穂浪士を迎え撃て――。影の命に激しく苦悩する総兵衛。柳生宗秋率いる剣客軍団が大黒屋を狙う。明鏡止水の第二巻。

**抹殺** 古着屋総兵衛影始末 第三巻

佐伯泰英著

総兵衛最愛の千鶴が何者かに凌辱の上惨殺された。憤怒の鬼と化した総兵衛は、ついに〈影〉との直接対決へ。怨徹骨髄の第三巻。

**停止**（ちょうじ） 古着屋総兵衛影始末 第四巻

佐伯泰英著

総兵衛と大番頭の笠蔵は町奉行所に捕らえられ、大黒屋は商停止となった。苛烈な拷問により衰弱していく総兵衛。絶体絶命の第四巻。

**熱風** 古着屋総兵衛影始末 第五巻

佐伯泰英著

大黒屋から栄吉ら小僧三人が伊勢へ抜け参りに出た。栄吉は神君拝領の鈴を持ち出したのか。鳶沢一族の危機を描く驚天動地の第五巻。

**朱印** 古着屋総兵衛影始末 第六巻

佐伯泰英著

武田の騎馬軍団復活という怪しい動きを摑んだ総兵衛は、全面対決を覚悟して甲府に入る。柳沢吉保の野望を打ち砕く乾坤一擲の第六巻。

司馬遼太郎著

梟の城

直木賞受賞

信長、秀吉……権力者たちの陰で、凄絶な死闘を展開する二人の忍者の生きざまを通して、かげろうの如き彼らの実像を活写した長編。

司馬遼太郎著

国盗り物語（一〜四）

貧しい油売りから美濃国主になった斎藤道三、天才的な知略で天下統一を計った織田信長。新時代を拓く先鋒となった英雄たちの生涯。

司馬遼太郎著

新史太閤記（上・下）

日本史上、最もたくみに人の心を捉えた〝人蕩し〟の天才、豊臣秀吉の生涯を、冷徹な史眼と新鮮な感覚で描く最も現代的な太閤記。

司馬遼太郎著

関ケ原（上・中・下）

古今最大の戦闘となった天下分け目の決戦の過程を描いて、家康・三成の権謀の渦中で命運を賭した戦国諸雄の人間像を浮彫りにする。

司馬遼太郎著

城塞（上・中・下）

秀頼、淀殿を挑発して開戦を迫る家康。大坂冬ノ陣、夏ノ陣を最後に陥落してゆく巨城の運命に託して豊臣家滅亡の人間悲劇を描く。

司馬遼太郎著

覇王の家（上・下）

徳川三百年の礎を、隷属忍従と徹底した模倣のうちに築きあげていった徳川家康。俗説の裏に隠された〝タヌキおやじ〟の実像を探る。

藤沢周平著

用心棒日月抄

故あって人を斬り脱藩、刺客に追われながらの用心棒稼業。が、巷間を騒がす赤穂浪人の動きが又八郎の請負う仕事にも深い影を……。

藤沢周平著

孤剣 用心棒日月抄

お家の大事と密命を帯び、再び藩を出奔――用心棒稼業で身を養い、江戸の町を駆ける青江又八郎を次々襲う怪事件。シリーズ第二作。

藤沢周平著

刺客 用心棒日月抄

藩士の非違をさぐる陰の組織を抹殺するために放たれた刺客たちと対決する好漢青江又八郎。著者の代表作《用心棒シリーズ》第三作。

藤沢周平著

凶刃 用心棒日月抄

若かりし用心棒稼業の日々は今は遠い。青江又八郎の平穏な日常を破ったのは、密命を帯びての江戸出府下命だった。シリーズ第四作。

藤沢周平著

橋ものがたり

様々な人間が日毎行き交う江戸の橋を舞台に演じられる、出会いと別れ。男女の喜怒哀楽の表情を瑞々しい筆致に描く傑作時代小説。

藤沢周平著

時雨みち

捨てた女を妓楼に訪ねる男の肩に、時雨が降りかかる……。表題作ほか、人生のやるせなさを端正な文体で綴った傑作時代小説集。

池波正太郎著
剣客商売① 剣客商売

白髪頭の粋な小男・秋山小兵衛と巌のように逞しい息子・大治郎の名コンビが、剣に命を賭けて江戸の悪事を斬る。シリーズ第一作。

池波正太郎著
剣客商売② 辻斬り

闇の幕が裂け、鋭い太刀風が秋山小兵衛に襲いかかる。正体は何者か？ 辻斬りを追跡する表題作など全7編収録のシリーズ第二作。

池波正太郎著
剣客商売③ 陽炎の男

隠された三百両をめぐる事件のさなか、男装の武芸者・佐々木三冬に芽ばえた秋山大治郎へのほのかな思い。大好評のシリーズ第三作。

池波正太郎著
剣客商売④ 天魔

「秋山先生に勝つために」江戸に帰ってきたとうそぶく魔性の天才剣士と秋山父子との死闘を描く表題作など全8編。シリーズ第四作。

池波正太郎著
剣客商売⑤ 白い鬼

若き日の愛弟子を斬り殺された秋山小兵衛が、復讐の念に燃えて異常な殺人鬼の正体を追及する表題作など、大好評シリーズの第五作。

池波正太郎著
剣客商売⑥ 新妻

密貿易の一味に監禁された佐々木三冬を秋山大治郎が救い出すと、三冬の父・田沼意次は嫁にもらってくれと頼む。シリーズ第六作。

宮城谷昌光著
風は山河より（一～六）
すべてはこの男の決断から始まった。後の徳川泰平の世へと繋がる英傑たちの活躍を描く歴史巨編。中国歴史小説の巨匠初の戦国日本。

宮城谷昌光著
新三河物語（上・中・下）
三方原、長篠、大坂の陣。家康の覇業の影で身命を賭して奉公を続けた大久保一族。彼らの宿運と家康の真の姿を描く戦国歴史巨編。

宮城谷昌光著
香乱記（一～四）
殺戮と虐殺の項羽、裏切りと豹変の劉邦。秦の始皇帝没後の惑乱の中で、一人信義を貫いた英傑田横の生涯を描く著者会心の歴史雄編。

宮城谷昌光著
青雲はるかに（上・下）
才気煥発の青年范雎が、不遇と苦難の時代を経て、大国秦の名宰相となり、群雄割拠の戦国時代に終焉をもたらすまでを描く歴史巨編。

宮城谷昌光著
楽毅（一～四）
策謀渦巻く古代中国の戦国時代。名将・楽毅の生涯を通して「人がみごとに生きるとはどういうことか」を描いた傑作巨編！

宮城谷昌光著
玉人
女あり、玉のごとし――運命的な出会いをした男と女の烈しい恋の喜びと別離の嘆きを幻想的に描く表題作など、中国古代恋物語六篇。

## 新潮文庫最新刊

高橋由太著
ものの け、ぞろり
白狐となった弟を元の姿に戻すため、大坂夏の陣に挑んだ宮本伊織。死んだはずの織田信長が蘇って……。新感覚時代小説。

塩野七生著
神の代理人
信仰と権力の頂点から見えたものは何だったのか——。個性的な四人のローマ法王をとりあげた、塩野ルネサンス文学初期の傑作。

辻邦生
北杜夫著
若き日の友情
—辻邦生・北杜夫 往復書簡—
旧制高校で出会った二人の青年は、励ましあい、そして文学と人生について語り合った。180通を超える文学史上貴重な書簡を収録。

川本三郎著
いまも、君を想う
家内あっての自分だった。35年間、いい時も悪い時もいつもそばにいた君が逝ってしまうとは。7歳下の君が——。感涙の追想記。

半藤一利著
幕末史
黒船来航から西郷隆盛の敗死まで——。波乱と激動に満ちた25年間と歴史を動かした男たちを、著者独自の切り口で、語り尽くす！

梅原猛著
葬られた王朝
—古代出雲の謎を解く—
かつて、スサノオを開祖とする「出雲王朝」がこの国を支配していた。『隠された十字架』『水底の歌』に続く梅原古代学の衝撃的論考。